세계 추리소설 필독서 50

셜록 홈즈부터 히가시노 게이고까지,
추리소설의 정수를 한 권에

세계 추리소설 필독서50

무경
박상민
박소해
이지유
조동신

50 Must-Reads of
Mystery Novel

센시오

독자여, 작가여!
추리소설의 세계로
어서어서 나오라!

일본 추리소설의 아버지라 불리는 에도가와 란포는 추리소설을 "주로 범죄에 관한 난해한 비밀이, 논리적으로 서서히 풀려나가는 경로의 흥미를 주안으로 삼는 문학"이라 말했다. 또한 한국 추리소설의 시조라 일컬어지는 김내성은 탐정소설의 본질은 "엉?"하고 놀라는 마음이자, "으음!"하고 고개를 끄덕이는 마음이라는 말을 남겼다.

이 책《추리소설 필독서 50》를 집필하기 위해 다섯 명의 추리소설 작가들이 모였다. 오래전에 읽었던 작품들을 오랜만에 다시 읽으며 '추리소설의 정의'를 새삼 실감할 수 있었다.

추리소설의 일반적인 흐름은 이렇다. 살인 사건이 일어난다. 범인이 어떻게 들어갔다가 어떻게 나갔는지 알 수 없거나, 모든 용의자에게 확실한 알리바이가 존재하거나, 혹은 현장에 알 수 없는 메시지 등이 남겨져 있는 등 일반적으로 이해하기 어려운 사건이다. 그 속에서 주어진 단서를 가지고 합리적으로 추론하여 진실을 밝히고 사건을 해결한다.

누군가는 '굳이 왜 범죄 이야기에서 흥미를 찾는가?'라고 물을지도 모르겠다. 범죄가 게임이나 오락도 아닌데 말이다. 일본 추리소설 작가 요코미조 세이시는 《나비부인 살인 사건》에서 탐정 유리 린타로의 목소리를 빌려 이런 이야기를 한다. 교묘한 수법의 범죄가 많이 일어난다는 사실은 역설적으로 그 사회가 안정되고 발달되었음을 의미한다고. 사람이 죽어도 대수롭지 않게 여기는 사회야말로 혼란스러운 사회라고 말이다.

지금 우리 시대는 추리소설을 읽으며 교묘한 수법을 보는 재미를 즐길 수 있는 때이다. 한국추리작가협회의 창립 멤버이자 번역가인 이가형 교수는 '추리소설이야말로 지적인 오락 문학'이라고 말하기도 했다. 추리소설의 가장 큰 재미는 불가사의해 보이는 수수께끼를 풀이하는 것이다. 수수께끼를 풀어내는 과정은 논리적인 사고가 필요하며, 독자들 스스로 범인의 시각이 되어 보고, 앞으로의 상황을 예측하기도 하는 과정에서 고유의 재미를 느끼게 된다. 무엇보다 마지막에 사건이 논리적으로 해결될 때의 쾌감은 우리가 추리소설을 찾는 큰 이유가 되곤 한다.

추리소설의 또 한 가지 재미는 범죄와 그 풀이 방식을 통해 당대 사회의 모습을 엿볼 수 있다는 데 있다. 추리소설은 그 시절의 생활상과 시대상을 반영하고, 인간의 본성이나 욕망을 고스란히 표현해 내는 소설이다.

에드거 앨런 포가 첫 추리소설을 펴낸 해가 1841년이니 추리소설 역사가 그리 길다고는 할 수 없다. 하지만 추리소설이라는 장르가 큰 인기를 얻으면서 그 뒤를 이어 무수한 작가들이 작품을 발표했고, 19세기 이후 가장 인기 있는 장르 중 하나가 되었다.

우리나라에서도 1908년 이해조가 표제에 '뎡탐소설'이라는 말을 덧붙인 《쌍옥적》을 발표한 뒤 여러 작가들이 꾸준히 추리소설을 창작했다. 1983년에는 한국추리작가협회가 설립되었고 이를 바탕으로 교류하며 수많은 작가들이 추리소설을 쓰고 발표하고 있다. 그리고 인연이 닿아서 한국추리작가협회 소속 작가 다섯 명이 이 책 《추리소설 필독서 50》을 쓰게 되었다.

책의 목적은 두말할 필요도 없이 세계의 추리소설 걸작을 소개하는 데 있다. 어떤 작품을 소개할 것인지 고르면서 많은 고민과 논의를 거쳐야 했다. 작가들 사이에서 이것으로 하자, 다른 것으로 하자 등등 몇 번이나 의견 충돌이 일어나기도 했다. 그래도 다행히 뜻을 모으고 다듬어 원고를 완성하는 데 성공했다.

추리소설을 사랑하는 독자 중에는 왜 이 작가와 이 작품은 없는지 불만을 가지는 경우도 분명 있으리라 생각한다. 세상에는 명작이나 걸작이라고 평가받는 추리소설이 무척 많아 책 한 권으로 다 소개하기 힘들기에, 우리 역시 안타까운 마음으로 몇 가지 기준을 세우고 작품과 작가를 골랐음을 이해해 주시기를 바란다.

작품 선정 기준은 크게 세 가지다.

첫째는 고전, 즉 세월이 흘러도 읽을 가치가 충분한 작품을 우선했다. 추리소설을 제대로 읽어 보고 싶은 사람이라면 놓쳐서는 안 될 작품, 더불어 어렵지 않게 읽을 수 있는 작품을 택했다. 여기서 '어렵지 않다'는 기준을 좀 더 설명하자면, 범죄 사건을 다루면서도 너무 잔인하거나 복잡하지 않아 사건 해결 과정을 순수하게 즐길 수 있는 작품이다.

둘째, 추리소설 역사에서 의미 있는 작품을 선정했다. 그동안 수많은 작가가 여러 권의 걸작을 써냈고, 매력적인 탐정 캐릭터를 만들었다. 명탐정의 대명사라 할 수 있는 셜록 홈즈를 비롯하여 탐정 캐릭터나 사건 해결 방식이 개성 있는 작품, 독특한 시도를 하여 이후의 추리소설에 영향을 끼친 작품을 골랐다. 이런 작품들은 오래된 고전이지만 지금 읽어도 결코 지루하지 않다.

셋째, 현재 우리나라 독자들이 쉽게 구할 수 있는 작품을 뽑았다. 아무리 추천할 만한 작품이라 해도 구할 수 없으면 소용없다. 따라서 되도록 서점에서 쉽게 찾을 수 있는 작품 위주로 선정했다. 간혹 절판 등의 사유로 구매가 어려운 책도 있지만 도서관이나 중고서점, 전자책 등을 이용해 읽을 수 있으니 시도해 보았으면 한다. 다만, 예외적으로 《마인》 편에서는 현재 찾아보기 힘든 작품들을 언급해야 했다. 한국 추리소설의 역사가 100년이 넘었으며, 어려운 와중에도 수많은 작가들이 꾸준히 작품을 발표해 왔음을 독자들이 알아주었으면 하는 마음이었다.

소개하는 작품은 발간 연도(현지 기준) 순서로 담았고, 같은 해에 나온 작품은 제목 기준 가나다순으로 배치했다. 단, 《Y의 비극》과 《이집트 십자가 미스터리》는 같은 연도에 나왔지만 내용 이해를 돕기 위해 후자를 먼저 소개했다. 그리고 《모방범》과 《13계단》도 한 해에 나왔지만 후자의 작가 다카노 가즈아키가 전자의 작가 미야베 미유키의 영향을 많이 받은 작품이라 전자쪽을 먼저 소개했다. 더불어 책 소개에는 모두 작품 결말을 담지 않았음을 미리 밝힌다. 다른 장르도 그렇지만 추리소설을 이야기할 때 그 마지막을 말하는 일은 금기 중의 금기이기 때문이다.

책마다 같이 볼만한 작품을 참고도서 형태로 덧붙였다. 해당 작가의 또 다른 작품도 있지만 결이 맞는 다른 저자의 책도 넣었고 소설 외의 책도 골랐다. 단,《추리소설 필독서 50》은 여러 작품을 다루고 또 여러 명이 쓴 책인 만큼 중복되는 참고도서도 있다. 중복된다면 그만큼 꼭 읽어 볼만한 작품이라는 뜻도 된다.

이 책을 통해 많은 독자들이 더 넓은 추리소설의 세계를 탐험하게 되기를 바란다. 혹여 여기서 소개하는 작품들이 취향에 맞지 않는다고 느끼더라도 그러한 시행착오나 경험 역시 추리소설의 세계에 더 깊이 발을 들이는 하나의 과정임을 기억해 주셨으면 한다. 글 한 편 한 편이 10분 안팎이면 읽을 수 있는 분량이다. 짧은 시간 투자로 시작해 풍부하고 즐거운 독서의 여정을 누릴 수 있으리라 믿는다.

독자들에게 바라는 점이 또 하나 있다. 이 짧은 책을 통해 더 많은 사람이 추리소설 창작에까지 도전하게 된다면 좋겠다. 모든 작가는 작가이기 전에 독자라고 할 수 있기 때문이다.

미국추리작가협회에서 펴낸《미스터리를 쓰는 방법》서문에는 재미있는 에피소드가 나온다. 옛 친구를 우연히 만난 저자는 요즘 자신이 창작 교실에서 강의를 하고 있다고 말한다. 친구는 왜 라이벌을 키우냐고 하더니, 일부러 엉터리 같은 것들을 가르치느냐고 심술궂게 묻는다. 하지만 우리는 라이벌을 두 팔 벌려 환영한다. 경쟁이 없으면 전체적인 수준도 내려가기 때문이다. 추리소설이라는 것은 문학의 장르 중에서도 특히 훈련받은 재능과 구성 감각이 필요하다. 좋은 창작을 위해서는 많이 읽어야 한다는 점은 몇 번을 강조해도 지나치지 않다. 따라서 이 책이 작가 지망생들에게도 하나의 가이드 역할을 할 수 있기를 바라는 마음을 담았다.

최근 들어 한국의 소설들도 해외에 많이 소개되고 있다. 윤고은 작가의 《밤의 여행자들》이 영국의 추리소설 상인 대거상 번역소설 부문에서 수상했을 정도로, 한국 작품의 해외 진출 및 수상 소식이 들려와 매우 고무적이다. 앞으로 우리나라에서도, 이 책에 소개된 수많은 걸작에 뒤지지 않을 훌륭한 추리소설이 나올 수 있기를 기대한다.

마지막으로, 김내성 선생이 1939년에 수필잡지 《박문博文》 9월 호에 기고한 글의 마지막 대목을 빌려 이 글을 마치고자 한다.

"탐정 작가여, 어서어서 나오라! 그리하여 우리 조선 문단으로써 하나의 훌륭한 탐정 문단을 가지도록 하라!"

50 Must-Reads of
Mystery Novel

서양

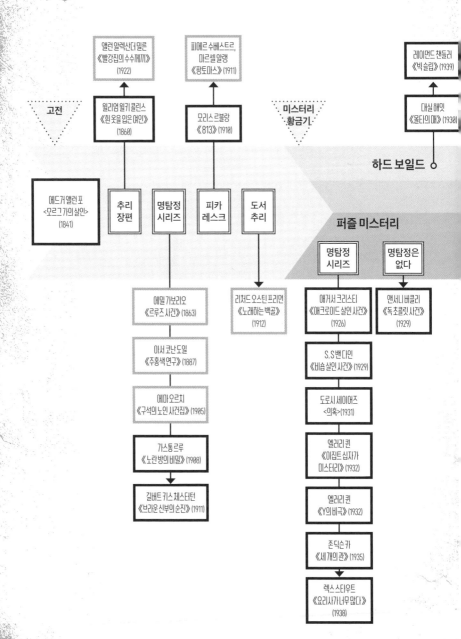

고전

앨런 알렉산더 밀른
《빨강집의 수수께끼》
(1922)

피에르 수베스트르,
마르셀 알랭
《팡토마스》(1911)

레이먼드 챈들러
《빅슬립》(1939)

윌리엄 윌기 콜린스
《흰 옷을 입은 여인》
(1860)

모리스 르블랑
《813》(1910)

미스터리
황금기

대실 해밋
《몰타의 매》(1930)

하드 보일드

에드거 앨런 포
<모르그가의 살인>
(1841)

추리
장편

명탐정
시리즈

피카
레스크

도서
추리

퍼즐 미스터리

명탐정
시리즈

명탐정은
없다

에밀 가보리오
《르루즈 사건》(1863)

리처드 오스틴 프리먼
《노래하는 백골》
(1912)

애거서 크리스티
《애크로이드 살인 사건》
(1926)

앤서니 버클리
《독 초콜릿 사건》
(1929)

아서 코난 도일
《주홍색 연구》(1887)

S.S 밴 다인
《비숍 살인 사건》(1929)

에마 오르치
《구석의 노인 사건집》(1905)

도로시 세이어즈
<의혹>(1931)

가스통 르루
《노란 방의 비밀》(1908)

엘러리 퀸
《이집트 십자가
미스터리》(1932)

길버트 키스 체스터턴
《브라운 신부의 순진》(1911)

엘러리 퀸
《Y의 비극》(1932)

존 딕슨 카
《세 개의 관》(1935)

렉스 스타우트
《요리사가 너무 많다》
(1938)

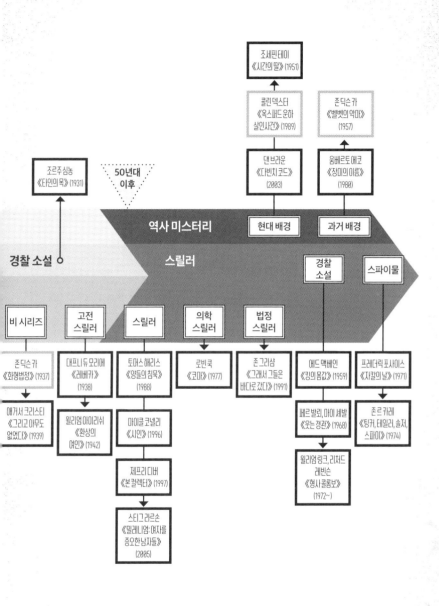

조세핀 테이
《시간의 딸》 (1951)

콜린 덱스터
《옥스퍼드 운하
살인사건》 (1989)

존 딕슨 카
《벨벳의 악마》
(1957)

조르주 심농
《타인의 목》 (1931)

50년대
이후

댄 브라운
《다빈치 코드》
(2003)

움베르토 에코
《장미의 이름》
(1980)

역사 미스터리

현대 배경

과거 배경

경찰 소설

스릴러

경찰
소설

스파이물

비 시리즈

고전
스릴러

스릴러

의학
스릴러

법정
스릴러

존 딕슨 카
《화형법정》 (1937)

대프니 듀 모리에
《레베카》
(1938)

토머스 해리스
《양들의 침묵》
(1988)

로빈 쿡
《코마》 (1977)

존 그리샴
《그래서 그들은
바다로 갔다》 (1991)

에드 맥베인
《킹의 몸값》 (1959)

프레더릭 포사이스
《자칼의 날》 (1971)

애거서 크리스티
《그리고 아무도
없었다》 (1939)

윌리엄 아이리쉬
《환상의
여인》 (1942)

마이클 코널리
《시인》 (1996)

페르 발뢰, 마이 셰발
《웃는 경관》 (1968)

존 르카레
《팅커, 테일러, 솔저,
스파이》 (1974)

제프리 디버
《본 컬렉터》 (1997)

윌리엄 링크, 리처드
레빈슨
《형사 콜롬보》
(1972~)

스티그 라르손
《밀레니엄: 여자를
증오한 남자들》
(2005)

추리소설 필독서 50권에 포함된 작품
추리소설 필독서 50권에 포함되지 않은 작품

추리소설 계보도

동양

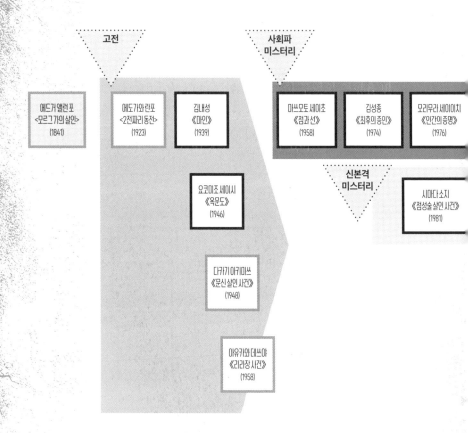

고전

에드거 앨런 포
<모르그가의 살인>
(1841)

에도가와 란포
<2전짜리 동전>
(1923)

김내성
《마인》
(1939)

사회파
미스터리

마쓰모토 세이초
《점과 선》
(1958)

김성종
《최후의 증인》
(1974)

모리무라 세이이치
《인간의 증명》
(1976)

요코미조 세이시
《옥문도》
(1946)

신본격
미스터리

시마다 소지
《점성술 살인 사건》
(1981)

다카기 아키미쓰
《문신 살인 사건》
(1948)

아유카와 데쓰야
《리라장 사건》
(1958)

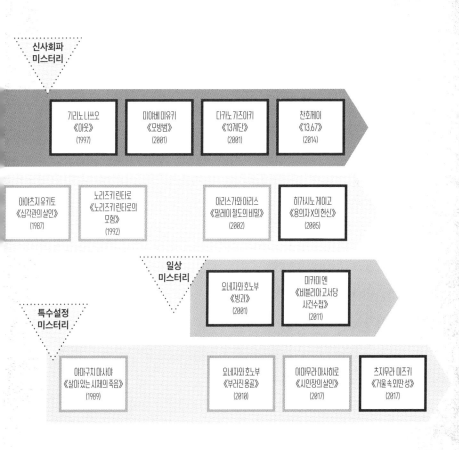

신사회파
미스터리

기리노 나쓰오
《아웃》
(1997)

미야베 미유키
《모방범》
(2001)

다카노 가즈아키
《13계단》
(2001)

찬호께이
《13.67》
(2014)

아야츠지 유키토
《십각관의 살인》
(1987)

노리즈키 린타로
《노리즈키 린타로의
모험》
(1992)

아리스가와 아리스
《말레이 철도의 비밀》
(2002)

히가시노 게이고
《용의자 X의 헌신》
(2005)

일상
미스터리

요네자와 호노부
《빙과》
(2001)

미카미 엔
《비블리아 고서당
사건수첩》
(2011)

특수설정
미스터리

야마구치 마사야
《살아 있는 시체의 죽음》
(1989)

요네자와 호노부
《부러진 용골》
(2010)

이마무라 마사히로
《시인장의 살인》
(2017)

츠지무라 미즈키
《거울 속 외딴 성》
(2017)

━━━ 추리소설 필독서 50권에 포함된 작품
░░░░ 추리소설 필독서 50권에 포함되지 않은 작품

목차

#서양고전 #탐정소설 【무경】

추리소설이 내딛은 위대한 첫 발자국

모르그가의 살인

The Murders in the Rue Morgue
1841

에드거 앨런 포 *Edgar Allan Poe, 1809~1849*

1809년 1월 19일 미국 보스턴에서 태어났다. 어린 나이에 떠돌이 생활을 하다 부유한 상인에게 입양되었다. 1826년 버지니아 대학교에 입학했지만 술과 도박 중독으로 양부와 갈등을 겪다가 1년도 채 되지 않아 중퇴한다. 얼마 뒤 군에 입대하고 육군사관학교까지 갔으나 불명예제대를 하고 양부와도 절연한다.

포는 1827년 시집 《티무르, 다른 시들》을 익명으로 출판하면서 본격적으로 작품 활동을 시작했다. 이후 단편 소설 〈병 속에서 발견된 원고〉, 〈리지아〉, 〈군중 속의 사람〉 등과 장편 소설 《아서 고든 핌 이야기》, 단편집 《그로테스크와 아라베스크에 대한 이야기》 등을 연이어 발표하며 작가로서 명성을 얻었다.

그러나 그의 삶에는 친부모의 부재, 양부와의 불화, 첫 애인과의 파혼, 경제적 궁핍, 아내와의 사별 등 불행이 이어졌다. 1849년 의식 불명으로 쓰러진 채 발견되고 며칠 뒤인 10월 7일 마흔이라는 이른 나이에 사망했다.

포는 환상적이고 기괴한 소재를 바탕으로 특유의 기묘한 분위기를 드러내는 작품들을 주로 창작, '장르 문학의 아버지'로 불린다. 프랑스의 시인 샤를 보들레르, 아르헨티나의 소설가 호르헤 루이스 보르헤스 등 세계의 수많은 작가에게 영향을 주었다. 에드거 앨런 포는 환상 공포 문학의 대명사이며 19세기 낭만주의 문학의 선두주자다.

👣 추리소설의 아버지

"추리소설은 언제, 어떻게 시작되었나?"

추리소설을 좋아하는 사람이라면 한 번쯤 떠올렸을 질문이다. 하지만 대답하기 어려운 질문이기도 하다. '미스터리는 인류가 좋아하는 이야기 구조 중 하나이기에 인류의 역사 초창기부터 미스터리 이야기는 존재했다'라는 주장이 있다. 이 주장을 떠올리며 세계의 신화와 전설을 보면 어렵지 않게 미스터리와 스릴러의 요소를 발견할 수 있다. 성경의 카인과 아벨, 그리스 로마 신화의 오이디푸스 왕 이야기 등에는 추악한 범죄와 꼭꼭 숨겨져 있던 비밀이 밝혀지는 과정이 담겼다. 서양뿐만이 아니다. 동양, 우리나라에도 이야기 속 미스터리는 존재한다. 《삼국유사》에 실린 소지 마립간과 얽힌 사금갑 설화에서 미스터리의 구조를 찾을 수 있다.

'소설의 형식을 가진 것'으로 범위를 좁혀 보아도 답을 하나로 쉽게 정할 수 없다. 최초의 추리소설이 무엇인지에 대해서도 연구자들 사이에는 이견이 존재한다. 하지만 "추리소설의 아버지가 누구냐?"라는 질문을 들으면 사람들은 망설임 없이 에드거 앨런 포라고 대답한다. 왜 그럴까?

🔍 〈모르그가의 살인〉, 최초의 추리소설

에드거 앨런 포가 남긴 작품 가운데 추리소설로 분류되는 세 작품, 그중에서도 가장 먼저 창작된 〈모르그가의 살인〉을 살펴보자. 최초의 추리소설로 가장 많이 언급되는 작품이고, 그 안에 에드거 앨런 포가 추리소설의 아버지로 불리는 이유도 담겨 있다.

〈모르그가의 살인〉은 1841년, 에드거 앨런 포가 편집장으로 있던 《그레이엄스 매거진》에 실린 작품이다. 거의 200년 전에 창작되었으니 발표 시기만으로도 '고전'으로 분류할 수 있다. 하지만 발표 시기보다 더 놀라움을 주는 것은 소설의 재미와 흥미로움이다.

작품은 화자인 '나'가 분석 능력이란 어떤 것인지 장광설을 펼치며 시작한다. 분석 능력이 무엇인지 설파하는 내용이 현대 독자에게는 지루하게 느껴질 수 있다. 그러나 이를 넘고 나면 비로소 진짜 이야기가 펼쳐진다. 화자가 자신의 이론에 '주석'으로 취급할 이야기를 들려주겠다고 하는데, 여기서 드디어 우리에게 익숙한 이름이 나온다.

화자인 '나'는 프랑스 파리에서 C. 오귀스트 뒤팽이라는 인물을 만나 교류했는데, 극도의 은둔 생활을 하는 괴짜 뒤팽이 어떤 비범한 능력을 가졌는지 알 수 있는 일화 하나를 들려준다. 화자가 뒤팽과 산책하던 중의 일이었다. 화자는 속으로 생각하고 침묵하며 산책 중이었다. 그런데 어느 순간 뒤팽이 그 생각에 대한 대답을 소리 내어 말하자 깜짝 놀라고 만다. 화자인 '나'를 관찰하는 것만으로 내면에서 벌어진 사고의 흐름을 알아차리고 때에 맞게 말을 건넨 것이다. 뒤팽이 가진 비범한 분석 능력은 그렇게 선보이며 깊은 인상을 남긴다.

이어지는 이야기는 본격적인 살인 사건이다. 파리 여러 신문에 모르그가에서 벌어진 잔혹한 모녀 살인 사건 기사가 실린다. 범행의 잔혹함과 여러 사람이 꺼낸 종잡을 수 없는 증언들이 뒤얽힌 괴사건 기사를 본 '나'는 혼란에 빠진다. 하지만 뒤팽은 침착한 태도로 사건을 분석하고 (때마침 적절하게 등장하는 경시총감과의 인연을 이용해) 뒤죽박죽이 된 현장을 조사하기도 하며, 사건에서 보이는 여러 이상한 점과 갈피를 잡을 수 없는 증언에 드러난 실마리를 토대로 놀라운 진상을 추론해 낸다.

👣 오귀스트 뒤팽, 최초의 명탐정

〈모르그가의 살인〉은 '탐정'이라는 존재를 처음으로 이야기 중심에 두고 선보인 작품이다. 이성을 기반으로 한 추리력을 발휘해 미궁에 빠진 사건을 명쾌하게 해결하는 인물이 이야기를 주도하는 형식은 이전에는 존재하지 않았다. 의문을 추적하고 해결하려는 인물이 있어도 그는 주연이 아닌 조연에 머물거나, 대부분 인물의 사건 해결이 서사의 중심 내용이 아니었다. 〈모르그가의 살인〉에 이르러 비로소, '탐정이 주인공이 되어 미스터리를 해결한다'는 추리소설의 기본 틀이 생겨났다. 포가 추리소설에 남긴 건 그뿐만이 아니다.

추리소설에 익숙한 독자들은 〈모르그가의 살인〉을 읽으며 자연스레 셜록 홈즈를 떠올린다. 명탐정이 자신의 특별한 사고 능력을 선보이는 장면, 본격적인 사건의 제시와 탐정의 조사, 그리고 놀라운 진상이 명쾌하게 밝혀지는 구조 등이 닮았다. 아서 코난 도일의 《주홍빛 연구》에는 셜록 홈즈가 〈모르그가의 살인〉에서 뒤팽이 보인 추론을 지적하며 자신이 그보다 우월하다고 말하는 장면이 나오기도 하는데, 이는 이 작품이 무엇의 영향을 받았는지에 대한 반증이 된다. 실제로 아서 코난 도일은 작품 밖에서 에드거 앨런 포, 그리고 뒤팽을 극찬한 바 있다.

🔍 추리소설은 이렇게 시작되었다

이 작품을 처음 읽은 현대의 독자라면 놀랄 것이다. 만들어진 지 200년 가까이 된 최초의 추리소설임에도 추리소설의 틀이 거의 완성되어 담겨 있기 때문이다.

　고전 추리소설의 형식은 '이해할 수 없는 사건 - 탐정의 조사와 추리 - 밝혀지는 범인과 뜻밖의 진상' 세 단계로 정리할 수 있다. 〈모르그가의 살인〉에는 이 구조가 충실하게 담겨 있다. 초반의 철학적 논변과 탐정 뒤팽의 우수성을 드러내는 장면을 넘긴 이후, 본 사건을 다루는 부분에서 세 단계 구조가 뚜렷하게 보인다. '모르그가에서 벌어진 끔찍하고 기이한 모녀 살인 - 뒤팽의 신문 기사 분석과 현장 조사 - 화자에게 설명해 주는 뜻밖의 진범과 놀라운 진상'이라는 전개다.

〈모르그가의 살인〉은 밀실 미스터리 장르의 선구자격인 작품이기도 하다. 살인 사건이 벌어진 공간은 평범한 인간이 침입할 수 없는 닫힌 공간으로 보인다. 언뜻 불가능해 보이는 상황이 진범의 정체가 드러났을 때 독자를 납득시키는 장치가 된다. 제한적인 상황에서 살인이 가능한 존재는 진범뿐이기 때문이다.

그 외에도 〈모르그가의 살인〉에는 흥미로운 요소가 많다. 가령 1인칭 관찰자 시점의 서술자를 선택하여 미스터리의 특성을 극대화시켰다는 점이나, '현장에서 활동하는 탐정'과 '안락의자 탐정'이라는 두 갈래 탐정 유형의 가능성을 동시에 제시한 점 등도 놓쳐서는 안 된다.

추리소설의 아버지가 남긴 유산은 참으로 깊고 드넓은 바다 같다. 후대의 추리 작가들은 모두 포의 창조물을 자기들의 방식으로 받아들이고 변주하여 사용한다. 포가 추리소설 역사에 남긴 유산을 세세히 꼽자면 수도 없겠지만, 크게는 두 가지이다. 첫째, 탐정이라는 캐릭터의 발명. 둘째, 온전한 추리소설의 구조 제시. 이 두 가지로 포는 추리·미스터리라는 장르를 만들어 냈다. 그렇기에 포는 '추리소설의 아버지'라고 불리며, 〈모르그가의 살인〉은 최초의 추리소설로 가장 유력하게 언급된다.

포가 남긴 작품 가운데 추리소설의 성격을 가진 작품은 모두 셋이다. 〈모르그가의 살인〉 이외에도 〈마리 로제의 비밀〉(1842)과 〈도둑맞은 편지〉(1844)가 있는데, 두 작품 다 추리소설 역사에서 중요한 위치를 차지하는 작품이다.

〈마리 로제의 비밀〉은 뒤팽이 신문 기사만 보고 마리 로제 살인 사건의 진상을 '추측하는' 작품이다. 사건의 진상이 뚜렷하게 밝혀지지 않는다는 약점이 있지만 '안락의자 탐정'이라는 형식을 처음으로 제시했다. 미국에서 실제로 벌어졌던 사건을 프랑스라는 배경으로 새롭게 재구성해 다각도로 분석해 보여준다.

〈도둑맞은 편지〉는 제목 그대로 도둑맞은 편지를 찾아내는 내용이다. 왕궁 귀부인의 중요한 편지를 훔친 사람은 D 장관임이 명확하지만, 정작 D 장관과 그의 저택을 경찰이 철저하고 집요하게 수색해도 편지는 보이지 않는다. 도둑맞은 편지는 대체 어디에 있을까? 뒤팽이 인간의 심리적인 맹점을 근거로 편지를 찾아내는 과정이 전체 줄거리이다. 또한 '무능한 경찰과 꿍꿍이 모를 탐정'이라는 정석적인 구도가 이 작품에서 처음 등장한다. D 장관의 캐릭터 또한 인상적이다. 뒤팽은 과거 그에게 골탕 먹은 적 있었기에 이 사건을 해결하는 것으로 그에게 복수한다. 둘의 관계는 추리소설에서 '탐정'인 히어로로 셜록 홈즈와 '과거부터 탐정과 악연을 맺은 범죄자'인 모리아티 교수로 대표되는 빌런의 대립 관계가 최초로 드러난 사례라고 볼 수 있다.

〈황금 벌레〉(1843) 또한 언급해야 마땅하다. 탐정물은 아니지만 보물찾기를 다룬 이 작품에 후대 추리소설 소재로 자주 등장하는 암호 해독이 중요한 요소로 다뤄지기 때문이다. 현대의 독자는 작품 속 인종 차별적인 여러 묘사가 불편하게 느껴질 수도 있다. 하지만 백인 주인과 흑인 하인 간의 케미스트리가 무척 매력적이라는 사실은 부정하기 어렵다. 포의 작품에서 우중충하고 울적하지 않은 재미난 개성을 가진 인물이 크게 활약하는 드문 사례이기도 하다.

02

빅토리아 시대에 탄생한 불멸의 역작

흰 옷을 입은 여인

The Woman in White
1860

윌리엄 윌키 콜린스 *William Wilkie Collins, 1824~1889*

찰스 디킨스와 더불어 영국 빅토리아 시대를 대표하는 작가로, 유명한 화가였던 아버지의 영향을 받아 어린 시절부터 미술과 글쓰기에 남다른 재능을 보였다. 법률을 공부한 콜린스는 변호사 자격증까지 취득했지만 법률가는 자신의 길이 아니라고 판단해 작가의 길을 선택했고 이때 익힌 법률 지식이 훗날 그의 작품에 상당 부분 반영되었다.

1847년 죽은 아버지를 추억하며 쓴 《윌리엄 콜린스의 회고록》을 시작으로 본격적인 작품 활동을 시작했다. 친구이자 문학적 스승이었던 영국의 대문호 찰스 디킨스와 1851년 친교를 맺고 그가 편집하는 주간지 《하우스홀드 워즈》에 정기적으로 기고했으며 그와 합작으로 작품을 발표하는 등 오랜 우정을 다졌다. 특히 1859년 연재를 시작해 1860년에 책으로 나온 《흰 옷을 입은 여인》은 출간과 동시에 당대 최고의 베스트셀러가 되었고 인기 작가의 반열로 단숨에 올라섰다. 이후로도 그는 《월장석》이라는 탁월한 작품을 발표하며 추리소설 역사에 거대한 발자취를 남겼다. 셜록 홈즈를 창조한 아서 코난 도일이 가장 큰 영향을 받은 작가로 인정할 정도로 그의 소설은 역사적으로 높은 가치를 지닌다.

👣 인기와 완성도를 모두 갖춘 최고의 추리소설

추리소설 걸작을 논할 때 빠지지 않고 언급되는 작품이 있다. 빅토리아 시대라고 불렸던 1800년대 영국에서 출간된《흰 옷을 입은 여인》은 등장과 함께 세계적인 흥행을 기록했다. 그 뒤 수없이 많은 추리소설이 쓰이고 잊히는 긴 시간 속에서도 최고의 명작으로 여전히 평가 받고 있다. 세계 최초의 장편 추리소설로 꼽히는 에밀 가보리오의《르루주 사건》이 세상에 모습을 드러낸 게 1863년이었다는 점을 떠올려보면 1860년에 발표된《흰 옷을 입은 여인》은 원조 격에 해당하면서도 시대를 훌쩍 앞서간 작품이다. 멜로 요소가 다분해서 출간 당시에는 선정 소설로 인식되었지만, 미스터리 요소 또한 많아《월장석》과 함께 윌리엄 윌키 콜린스의 추리소설 대표작으로 꼽힌다. 콜린스는 생전에 자신의 묘비에 '《흰 옷을 입은 여인》을 비롯한 여러 소설들의 작가'라고 써 달라고 요청했을 정도로 이 작품에 각별한 애정을 드러냈다.

콜린스와 절친한 사이였던 찰스 디킨스는 이 소설을 극찬하며 1859년 잡지《사시사철》에 연재를 결정했고, 미국에서는《하퍼스 매거진》이 동시에 소설을 실었다.《흰 옷을 입은 여인》은 출간 즉시 작가에게 세계적인 명성을 안겨 주었는데 심지어 디킨스의 소설 판매량을 앞지를 정도였다니 인기가 얼마나 대단했을지 짐작된다. 당시 영국 총리였던 글래드스턴이 읽던 책을 마저 읽으려고 극장 예약을 취소했다는 일화, 빅토리아 여왕의 남편 앨버트 공이 소설을 감명 깊게 읽어 지인들에게 선물했고, 시인 에드워드 피츠제럴드는 너무 재미있어서 다섯 번을 탐독했다는 이야기가 전해진다. 소설의 인기가 대단해 그 제목을 딴 상품까지 불티나게 팔렸다고 한다.

《흰 옷을 입은 여인》은 상업적인 성공 외에도 비평적인 면에서도 높은 평가를 받았다. 미국추리작가협회와 영국추리작가협회가 선정한 역대 미스터리 소설 100선과 타임지 선정 역대 추리 스릴러 소설 100선에 들었다. 그리고 까다롭기로 유명한 평론가 줄리언 시먼스가《선데이 타임스》의 요청으로 선정한 100대 추리소설에서 3위로 꼽기도 했다. 아서 코난 도일이 추리소설을 쓰게 되는 데 가장 큰 영향력을 줬다고도 알려진 이 소설은 영화, 드라마, 뮤지컬로도 수차례 각색되었다. 현대에도 끊임없이 재해석되어 1997년과 2018년 BBC에서 TV 드라마로 방영되었다.

서스펜스, 공포, 미스터리, 사랑, 탐욕, 광기, 유머 등 인간이 체험할 수 있는 모든 종류의 감정을 선사하는《흰 옷을 입은 여인》은 선정 소설의 선구적인 작품이기도 하다. 외딴 영지의 저택, 막대한 유산 상속을 둘러싼 음모, 매혹적인 여인, 출생의 비밀과 같은 대중적 요소를 문학적이고 유려한 필체로 그려내며 장대한 분량의 서사를 끌어나가는 능력은 이후의 어느 추리소설도 범접할 수 없다는 점에서 경이로울 따름이다. 산업혁명 이후 발전한 인쇄술, 스코틀랜드 야드의 설립, 철도 여행의 보편화, 여성 독자의 증가 등으로 대중 소설 수요가 비약적으로 증가했던 시기에 콜린스는 당대의 독자들이 필요로 한 것을 근사하고 먹음직스러운 요리로 만들어 냈다.

🔗 매혹적인 상속녀, 그리고 치밀한 음모

"지금부터 시작될 이야기는 여성의 인내로 견뎌낼 수 있는 어떤 것, 그리고 남성의 의지로 성취할 수 있는 무언가에 대한 것이다."

《흰 옷을 입은 여인》의 첫 문장은 앞으로 전개될 처절한 비극과 고난을 함축적으로 표현한 것으로 이후의 각 장은 일기, 편지, 진술서 등 다양한 형식으로 한 가지 사건에 대해 여러 인물의 시점에서 그려내는 다중 서사 구조를 취한다. 작가는 범죄 공판에서 한 사람 이상이 증언대에 서듯이 사건의 서술자를 여러 사람으로 설정한다. 사건 진행 과정을 빠짐없이 추적해 가장 정확하고 이해하기 쉽게 진실을 드러내는 데 이보다 좋은 방법은 발견하지 못했기 때문이라고 작품 안에서 설명한다. 이와 같은 형식은 그의 또 다른 걸작 《월장석》에서도 활용된다.

이제 본격적으로 소설을 더 살펴보자. 페어리 가문 입주 그림 교사로 채용된 월터 하트라이트는 리머리지 저택으로 향하던 밤, 거리를 헤매던 흰 옷을 입은 여인을 만나 도와준다. 이후 그 밤의 일을 잊고 저택에서 그림을 가르치던 월터 하트라이트는 제자인 로라 페어리의 미모에 빠져 연정을 품게 되고 로라 또한 그에게 호감을 가진다. 하지만 로라 페어리에게는 돌아가신 부친이 정해 둔 약혼자가 이미 있다는 사실을 알고 절망한다.

로라 페어리의 이복 언니 마리안 할콤은 그의 마음을 눈치 채고 약혼자인 퍼시발 글라이드 경이 오기 전에 얼른 떠나서 잊어버리라고 충고한다. 이를 받아들인 하트라이트는 상심한 채 남미로 탐사 여행을 떠났고 수개월의 여행을 마치고 돌아왔다가 로라 페어리의 사망 소식을 전해 듣는다. 충격에 빠져 무덤을 찾아간 하이라이트는 그곳에서 한 사람을 마주치고 깜짝 놀라고 마는데, 그 사람은 바로 살아 있는 로라 페어리였다.

거대한 음모의 배후에는 약혼자 퍼시발 글라이드 경과 포스코 백작이 있었고 그들이 노린 것은 그녀에게 남겨진 막대한 유산이었다. 사회에서 사망 판정을 받고 귀족으로서의 지위도, 가족도, 돈도 모두 강탈당한 옛사랑의 복수를 위해 하트라이트는 목숨을 걸고 진실을 밝히는 여정에 나서기로 결심한다.

🐾 매력적인 악역과 시대를 앞선 여성 캐릭터

선악의 대립구도가 명확한 이 작품에서 정의의 파수꾼인 월터 하트라이트가 선이라면, 그 반대편 악의 축 끝에는 퍼시발 글라이드 경의 친구인 포스코 백작이 자리 잡고 있다.

그는 소설사에서 보기 드문 매력적인 악당 캐릭터로 사람의 마음을 휘어잡는 유창한 언변과 박학다식함, 백작이라는 지위를 무기로 모든 사람을 자신의 뜻대로 조종하는 인물이다. 포스코 백작은 괴물처럼 뚱뚱해서 전반적으로 우스꽝스럽고 해학적으로 묘사되는데, 동물을 너무나 사랑해 언제나 새를 데리고 다니고 쥐가 온몸을 돌아다니도록 놔두는 인정 넘치는 면모를 보이기도 한다. 그가 설계한 악마적인 계략이 더 소름끼치게 다가오는 이유는 이런 상반된 모습 때문이다.

글라이드 경은 충동적이고 조그만 일에도 쉽게 화를 내는 성격이나 그 친구인 포스코 백작은 결코 남들에게 자신의 솔직한 감정을 내보이지 않고 교묘한 화술로 마음을 진정시킨 뒤 보이지 않는 곳에서 비수를 날리기를 서슴지 않는다. 특히 포스코 백작과 글라이드 경의 대화를 엿들은 마리안 할콤이 그 내용을 기록해 둔 일기 바로 다음 장에 포스코 백작이 일기를 손에 넣었다며 자신만만하게 승리를 선언하는 장면이 압권인데, 셜록 홈즈의 맞수 모리아티 교수도 울고 갈 만한 악랄함을 보여 준다.

이 소설은 로라 페어리를 중심으로 펼쳐지는 이야기지만 가장 매력적인 여성 캐릭터이자 진정한 히로인은 마리안 할콤이다. 마리안 할콤은 빅토리아 시대의 일반적인 여성상과 달리 거침없고 저돌적이며 때로는 남자들에게 대드는 등 독특한 매력을 발산한다. 이 소설에서 월터 하트라이트와 함께 동생 로라 페어리를 구하기 위해 종횡무진 하는데, 악랄한 포스코 백작마저 그 용기와 지성에 감탄해서 극찬을 아끼지 않고 마지막 순간까지도 마리안 할콤이 세상에서 가장 아름다운 여성이라면서 추켜세우며 경외심을 품는다.

영국 문학에서 유일하게 콧수염 난 여주인공일 것 같은 그녀는 콜린스가 선호했던 지배적인 성향의 여성상이 반영된 인물로 현대의 주체적인 여자 주인공들과 견주어도 결코 뒤지지 않는다. 소설 연재가 한창이던 무렵 많은 남성들이 청혼할 목적으로 마리안 할콤의 모델이 된 실제 여성을 알려 달라는 편지를 작가에게 보냈다고 하니 당시 남성들 사이에도 자신을 이끌어 줄 수 있는 터프한 여성을 원하는 이들이 많았던 모양이다.

이 작품에서 가장 미스터리한 존재로 나오는 인물은 흰 옷을 입은 여인 앤 캐서릭이다. 강제로 정신병원에 갇혀 있었다고 주장하는 그녀는 소설 속 인물들의 입을 빌리면 로라 페어리와 놀라울 정도로 닮았고, 이러한 특징은 추후에 벌어질 대담하고 사악한 사기극에서 악당들에 의해 교묘하게 이용되고 만다.

콜린스는 죽기 이태 전에 소설의 구성을 밝힌 흥미로운 글을 썼는데, 18세기 프랑스에서 한 여성의 가족이 형제에게 재산을 넘기기 위해 여자에게 약을 먹이고 감금해 그녀를 죽은 사람으로 꾸민 사건을 모티브로 했다고 밝혔다.

🔍 이 작품이 흥미롭다면 ───────────

윌키 콜린스의《흰 옷을 입은 여인》을 흥미롭게 읽었다면 그의 또 다른 명작《월장석》도 읽어 보기를 권한다. 더불어 그의 친구이자 대문호 찰스 디킨스의 미완성 유작인 추리소설《에드윈 드루드의 미스터리》, 동시대에 활동하며 그에게 영향을 줬다고 알려진 에밀 가보리오의《르루주 사건》을 읽으면 그 시대 추리소설의 재미를 제대로 느낄 수 있을 것이다.

03

최고의 명탐정, 세상을 뒤흔들다

셜록 홈즈의 모험

The Adventures of Sherlock Holmes
1892

아서 코난 도일 *Sir Arthur Conan Doyle, 1859~1930*

1859년 스코틀랜드 에든버러에서 태어났다. 어릴 적부터 낭만적인 모험담과 수많은 이야기에 빠져 살았고, '셜록 홈즈' 시리즈를 집필하는 토대가 되었다. 아서 코난 도일은 1887년 셜록 홈즈가 등장하는 첫 작품《주홍색 연구》를 발표했다. 홈즈의 기막힌 관찰력과 추리력은 도일의 경험에서 비롯되었다. 의사였던 도일은 병을 진단하는 과정에서 관찰과 추론을 반복하였는데, 이 과정을 범죄의 진상을 해결하는 데 적용한 것이다.

1890년 미국 잡지사의 요청으로 발표한 두 번째 장편《네 사람의 서명》에 이어, 1892년 단편집《셜록 홈즈의 모험》으로 인기 작가가 되었다. 이후 '셜록 홈즈' 시리즈만으로 두 편의 장편과 네 권의 단편집을 더 발표하며, 아서 코난 도일은 최고의 탐정소설 작가이자 셜록 홈즈의 창조자로 명성을 날린다.

도일은 명탐정의 모델을 확립했으며, '기이한 사건 - 탐정에 의한 논리적 추리 - 뜻밖의 결말'이라는 고전 미스터리의 형식을 구축하며 장르 역사에 한 획을 그었다. 도일이 닦아 놓은 토대는 이후 애거서 크리스티, 도로시 세이어즈, 앤서니 버클리, S.S. 밴 다인 등의 거장이 등장하는 미스터리 황금기의 초석이 되었다.

👣 왜 '명탐정=셜록 홈즈'인가?

아서 코난 도일은 '셜록 홈즈를 만든 사람', 혹은 농담처럼 '셜록 홈즈를 죽이려다 실패하고 다시 살려내야만 했던 사람'으로 기억된다. 다른 작품들, 가령 영화 〈쥬라기 공원〉에 영향을 미친 장편 《잃어버린 세계》(1912)를 포함하는 '챌린저 교수 시리즈'나 작가 스스로 자신의 최고 작품이라고 평가한 여러 역사 소설들이 있음에도, 코난 도일의 이름은 '셜록 홈즈'와 함께 기억된다. 정말로 코난 도일이 한 가장 위대한 일은 셜록 홈즈라는 캐릭터를 창조해 낸 것일지도 모른다.

하지만 생각해 보면 좀 이상하다. 셜록 홈즈는 최초의 명탐정도 아니며, 모든 사건을 완벽하게 해결해 내는 무결점의 탐정도 아니다. 독특하고 까다로운 괴짜로서의 존재감은 있을지언정 만인과 잘 어울리며 사랑받을 원만한 성격을 가지고 있지도 않다. 그런데 어떻게 셜록 홈즈는 명탐정의 대명사가 되었을까?

🔗 명탐정의 조용한 등장과 폭발적 인기

1892년 출간된 《셜록 홈즈의 모험》은 《스트랜드 매거진》에 발표했던 단편을 모은 첫 번째 책이자 코난 도일의 명성을 드높인 책이다. 셜록 홈즈라는 탐정이 처음 등장한 책은 그보다 조금 앞선 《주홍색 연구》로 1887년에 나왔다. 《주홍색 연구》에서는 셜록 홈즈와 존 왓슨의 '탐정-조수' 콤비 결성 과정을 그렸고, 셜록 홈즈의 추리 방법론을 정립, 제시한다. 하지만 이 작품은 인기를 끌지 못했다. 1890년에 나온 후속 장편《네 사람의 서명》역시 마찬가지였다. 코난 도일의 이름은 알려졌지만 지금 같은 독보적인 위상으로 자리 잡지는 못했다.

코난 도일의 운명은《스트랜드 매거진》에 단편을 연재하면서 바뀐다. 첫 작품〈보헤미아 스캔들〉이 선풍적인 인기를 끈 것이다. 이후 그는《스트랜드 매거진》에 연재를 이어 나갔고, 그중 열두 편의 작품을 모아서 단편집을 펴냈는데, 바로《셜록 홈즈의 모험》이다. 그렇게 불멸의 명성이 시작되었다.

그런데 셜록 홈즈 시리즈는 어떻게 이렇게 큰 인기를 얻게 되었을까? 이 작품들 속 어떤 점이 그렇게 매력적이었던 걸까?

추리소설 캐릭터의 전형이 탄생하다

코난 도일은 추리소설에 등장하는 캐릭터의 전형을 확립했다. 우선 셜록 홈즈를 살펴보자. 홈즈는 명탐정이다. 하지만 사교적인 인물이 아니다. 특이한 외모와 괴팍한 성격, 독특한 버릇 등으로 그가 세상 사람들 속에 섞여서 활동할 인물이 아니라는 점을 그린다. 하지만 그는 세상에서 한 걸음 떨어져 있으면서도, 오히려 세상을 날카롭게 살피는 눈을 가지고 있다. 셜록 홈즈는 의뢰인을 갓 맞닥뜨린 순간 의뢰인이 어떤 사람이고 방문 목적이 무엇인지를 관찰만으로 알아차린다. 그는 대중의 상식 대신 범죄 수사에 필요한 지식만 섭렵한다. 보통 사람과 비슷하지만 전혀 다른 존재, 바로 '영웅'인 셈이다.

셜록 홈즈의 모험을 기록하는 존 H. 왓슨 박사는 평범한 인물이다. 의사이고 참전 군인이었으며 정의감이 투철한 신사, 하지만 머리 쓰는 일은 보통 사람과 다르지 않다. 마치 독자의 전형적인 모습을 긍정적으로 잘 가공한 듯한 인물이 셜록 홈즈 옆을 따라다니며 관찰하고, 뒤늦게 홈즈의 생각을 받아 적으며 놀란다. 즉 왓슨 박사의 시선은 독자의 시선이다. 독자는 왓슨 박사를 따라 영웅의 일대기에 몰입하게 된다.

셜록 홈즈로 대변되는 명탐정 캐릭터와 왓슨 박사로 대변되는 조수 캐릭터의 협업 구도는 추리 장르의 형식 확립에 기여했다. 포의 소설에서 시작된 '무능한 경찰'이라는 전형적 인물 역시 셜록 홈즈 시리즈에서 확고한 캐릭터성을 갖추고, 명탐정과 두뇌를 겨룰 수 있는 팜므 파탈 역시 아일린 애들러라는 인물로 모습을 보이며, 명탐정에 대적하는 천재 악당 범죄자의 전형은 정체가 모호한 제임스 모리아티 교수라는 인물로 드러난다.

이 캐릭터들은 시간이 지나면서 잊히기는커녕 원작보다 더 극적인 변화를 겪었다. 아일린 애들러가 등장하는 에피소드는 한 편뿐이며 거기서도 홈즈를 놀라게 하는 인상적인 장면이 있을 뿐, 홈즈를 유혹하지는 않는다. 하지만 현재 대중매체에서 재창조되는 아일린 애들러는 홈즈의 맞수 후보이자 홈즈를 유혹하는 팜므 파탈로 그려진다.

모리아티는 어떠한가? 처음 등장했을 때의 모리아티는 급조한 티가 나는 데우스 엑스 마키나, 그저 평면적이고 전형적인 악당일 뿐이었다. 하지만 지금은 추리소설 속 '흑막'을 언급하면 모리아티라는 이름을 떠올린다. 그의 캐릭터성 역시 원작 소설의 묘사를 넘어서는 면모를 작품 너머에서 갖추게 되었다.

♋ 생생한 무대와 캐릭터, 변주 가능한 생명력

작품의 배경 또한 독자의 기억에 강렬히 남았다. '베이커가 221B 2층'이라는 주소는 추리소설 팬이라면 모를 수가 없다. 허드슨 부인이 운영하는 하숙집 2층, 한쪽 벽에는 홈즈가 난사한 총알 자국이 있고, 짙은 담배 냄새와 화학 약품 냄새가 배어 있다. 이 주소를 듣는 순간 독자에게 떠오르는 모습이다. 강렬한 캐릭터를 뒷받침해 주는 멋진 배경을 창조한 코난 도일 덕에, 셜록 홈즈의 여러 모험은 사람들 기억에 깊이 남았다.

코난 도일이 만든 강렬한 캐릭터와 존재감 가득한 배경은 후대의 2차 창작에 큰 이점을 주었다. 셜록 홈즈가 등장하는 작품이 다양한 매체에서 창작되는 양상을 살펴보면 원작의 이야기를 그대로 재현한 작품이 뜻밖에 그리 많지 않다는 사실을 알 수 있다. (원작 재현에 충실하기로 가장 유명한 작품은 제레미 브렛 주연의 BBC 드라마다.) 셜록 홈즈 시리즈의 캐릭터들을 사용하지만, 그들을 원작의 사건이 아닌 새로 창작한 사건에 투입하는 경우가 더욱 많다. BBC의 드라마《셜록》을 떠올려 보자. 약간의 변주만 가하고 인물의 성격과 관계성의 큰 틀은 유지한 채, 원작을 뒤틀고 시대에 맞는 개성을 부여한 별개의 사건에 던져 넣지 않는가.

　과거의 창작물은 시간이 지나면서 서서히 낡고 뒤처진 이야기가 된다. 어쩔 수 없는 이런 현상 때문에 과거의 명작이 현재까지 온전히 가치를 인정받는 경우는 드물다. 추리소설 역시 마찬가지이다. 고전 중에는 시대적 가치는 있지만 지금까지도 재미있을지 의문이 드는 작품이 더러 존재한다. 하지만 셜록 홈즈 시리즈는 이 문제를 강렬한 캐릭터로 극복했다. 캐릭터 관계를 다양한 배경에 쉽게 이식할 수 있다는 점이 뜻밖의 생명력을 불어넣었다. 셜록 홈즈는 추리 장르만이 아니라 공포물, 심지어 SF로도 2차 창작이 이루어진다는 점을 떠올려 보자.
　셜록 홈즈 시리즈의 이야기는 낡았을지도 모른다. 하지만 캐릭터들은 여전히 생생하다. 셜록 홈즈는 아마 앞으로도 계속 다양하게 변주되어 창작될 것이다. 코난 도일은 셜록 홈즈를 비롯한 캐릭터들을 멋지게 창조해 냈다. 코난 도일의 가장 큰 업적이 셜록 홈즈를 창조한 것이라고 말하는 이유는 그 때문이다.

🔍 이 작품이 흥미롭다면 ────────

셜록 홈즈가 처음 등장하는 《주홍색 연구》와 두 번째 장편 《네 개의 서명》
은 시리즈의 초기작이기에 인물의 개성은 더욱 날카롭고 또렷하며, 셜록
홈즈 특유의 관찰력과 수사 기법 또한 자세하게 제시된다. 셜록 홈즈의 조
사는 추리가 제시되는 부분 이외의 분량은 사족처럼 느껴지거나 그리 매
력적으로 느껴지지 않는다. 하지만 그런 약점을 가지고도 작품은 고유한
매력을 지닌다. 네 번째 장편 《공포의 계곡》(1915)에서도 셜록 홈즈가 주인
공이 아닌 이야기의 비중이 크다. 당시 노동조합을 과도하게 악하게 묘사
했다는 점이 걸리지만 이야기 자체는 매력 있다.

세 번째 장편 《바스커빌의 개》(1902)는 시리즈 최고의 작품을 거론할 때 반
드시 언급된다. 도입부의 강렬한 마무리, 음울한 다트무어 황무지의 묘사,
정체 모를 존재가 불러오는 공포 등이 잘 어우러져 흠잡을 곳 없다. 셜록
홈즈 시리즈 중 가장 잘 짜인 작품이라고 해도 틀리지 않다.

두 번째 단편집 《셜록 홈즈의 회상록》(1894)은 셜록 홈즈의 형이자 그를 넘
어설 정도로 뛰어난 인물 마이크로프트 홈즈가 등장한다. 또한 셜록 홈즈
가 급조된 숙적 제임스 모리아티 교수와 함께 죽는 이야기가 들어 있는 것
으로 유명하다. 코난 도일이 작가로서의 정체성을 지키려 한 이 선택은, 오
히려 그의 명성을 '셜록 홈즈'에 더욱 단단히 묶는 결과만 낳았다.

이후 나온 단편집들은 앞선 두 단편집에 비하면 이야기의 완성도가 낮은
편이며, 특히 마지막 단편집 《셜록 홈즈의 사건집》(1927)에 대한 평가는 박
하다. 하지만 그렇다고 해서 이야기꾼으로서 코난 도일의 자질이 사라진
건 아니다. 결국, 셜록 홈즈에 빠진 이들은 이 작품들을 읽으며 셜록 홈즈
라는 인물이 가진 다면적인 매력을 더욱 깊이 탐구하게 된다.

밀실 트릭의 역사적인 작품

노란 방의 비밀

Le Mystère de la chambre jaune
1908

가스통 르루 *Gaston Leroux, 1868~1927*

1880년 예술 학교에 입학했고, 이후에는 파리에서 법학을 공부해 한동안 변호사로 활동했다. 그러다 시나 논문을 잡지에 투고하는 일에 마음이 쏠렸고 1891년 잡지사 기자가 되었다. 그는 법정에서 긴장한 탓에 말 한마디 못 받아 적었음에도 강렬한 직관으로 악명 높은 테러범 기사를 멋지게 써서 유명해진다. 스칸디나비아 반도와 동유럽, 북아프리카 등 세계 곳곳에서 특파원으로 활동했고 이때의 풍부한 경험은 미스터리, 환상 소설 창작의 자양분이 되었다.

1900년대 초부터 소설을 쓰기 시작, 1907년 주간지에 연재하고 다음해 단행본으로 출간한 《노란 방의 비밀》로 작가로서의 명성을 얻었다. 이 작품에서 사용된 트릭과 반전은 100여 년이 흐른 지금도 세계 추리소설 역사에 남아 있을 정도로 인상적이다. 1910년에 발표한 《오페라의 유령》은 세계 최대 규모의 유서 깊은 파리 오페라 극장을 무대로 벌어지는 비극적이고 애절한 사랑 이야기다. 영화와 뮤지컬로 끊임없이 각색되어 토니상과 올리비에상, 아카데미 촬영상, 미술상, 그래미상, 에미상 등 수십 개의 상을 거머쥔 대작이다.

미스터리의 꽃 밀실 트릭

밀실 트릭은 언제나 추리작가들의 가슴을 설레게 하는 단어로 본격 미스터리의 꽃이라고도 불리는 유서 깊은 장르다. 존 딕슨 카, 엘러리 퀸이 활약했던 황금기와 달리 현대 영미권에서는 스릴러가 대세라 이제 보기 힘들어졌지만, 추리소설 강국 일본에서는 여전히 많은 작가들이 현대 기술과 접목하는 등 신선한 밀실 트릭을 선보이고 있다.

　《노란 방의 비밀》은《오페라의 유령》으로 세계적인 명성을 얻은 작가 가스통 르루의 첫 번째 소설이자 추리소설 역사에서 밀실 살인 사건의 대표작으로 꼽히는 작품이다. 영국 가디언지가 선정한 밀실 미스터리 역대 베스트 10, 에드워드 호크가 추리작가들과 함께 선정한 밀실 및 불가능 범죄 베스트 10, 주간 문춘 본격 미스터리 100선 등 본격 미스터리 순위 선정 때마다 빠지지 않는 명작이다. 밀실 트릭의 대가 존 딕슨 카는 소설《세 개의 관》에서 명탐정인 펠 박사의 입을 빌어 이 작품을 언급, 밀실 미스터리 중 가장 완벽한 스토리를 지닌 역대 최고의 미스터리 소설이라며 극찬한다. 특히《알프레드 히치콕 미스터리 매거진》일본판이 선정한 세계 추리소설 순위권에 포함되어, 일본 출판계의 영향을 많이 받은 우리나라 마니아들 사이에서《노란 방의 비밀》은 세계 10대 추리소설이라고 알려져 있다. 국내에는《노랑방의 수수께끼》라는 제목으로도 출간되었다.

1892년에 이스라엘 장윌이 발표한《빅 보우 미스터리》역시 밀실 트릭을 대표할 만한 작품이지만 중편 분량으로,《노란 방의 비밀》은 밀실 트릭을 다룬 세계 최초의 장편 추리소설이라고 할 수 있다. 이 소설의 유명한 트릭은《소년 탐정 김전일》1편〈오페라 극장의 살인〉에도 등장해 표절 논란이 일기도 했는데, 에피소드 제목과 줄거리 모두 가스통 르루에 대한 존경이 담겨 오마주 쪽에 가깝다.《노란 방의 비밀》에 등장하는 신출귀몰한 범인 캐릭터가 몇 년 후 발표한《오페라의 유령》속 유령 모티브와 유사한 면이 보여 두 권을 함께 읽으면 더 흥미롭다.

🔍 어린 나이의 명탐정

본격 미스터리와 명탐정은 떼려야 뗄 수 없는 관계인데 이 소설에도 역시 매력적인 탐정이 등장한다.《에쁘끄》의 청년 기자인 조제프 룰타비유는 18세라는 어린 나이에도 불구하고 뛰어난 추리 능력을 가지고 있다. 오베르깡 거리의 토막 살인에서 발견되지 않은 시신 일부를 직접 추리하고 찾아내 특종 기사를 쓰며 잡지에 채용되었는데 그때 고작 16세였다.

폭탄처럼 동글동글한 머리통을 가지고 있어 공을 굴리라는 뜻의 별명 '룰타비유'라 불린다. 본명은 조제프 조제팽, 마음씨 좋고 명랑하며 시기심마저 녹여버릴 정도로 사람들에게 싹싹하게 대하는 성격이라 많은 이에게 귀여움을 받는다. 기자들이 범죄 소식을 얻으려고 모이는 카페에서도 수완이 좋다는 정평을 얻고, 특파되면 내로라하는 명탐정들의 콧대를 꺾기도 다반사다. 《노란 방의 비밀》에서 노란 방의 비밀을 풀어내며 세계에 이름을 떨친다. 룰타비유는 파리 경시청의 명탐정 프레데릭 라르상과 맞대결을 펼치는데, 이 모든 일련의 과정을 룰르따비유의 친구이자 변호사 생클레르가 서술하는 형식으로 소설은 전개된다.

이 책이 출간되었을 당시는 아서 코난 도일이 창조한 명탐정 셜록 홈즈가 세계적인 인기를 얻고 모리스 르블랑의 괴도 아르센 뤼팽이 세상에 모습을 드러냈을 무렵이다. 1900년대 초반에 나온 추리소설에는 자주 셜록 홈즈에 대한 질투와 경쟁심이 드러난다. 《노란 방의 비밀》에서도 셜록 홈즈를 의식한 부분이 나온다. 라르상을 향한 룰타비유의 비판에서 가스통 르루의 마음이 고스란히 드러난다.

"프레데릭 라르상이여, 소설 속의 형사는 바로 당신을 말하는 거란 말이야! 이봐, 당신. 당신은 코난 도일을 너무 많이 읽었어! 셜록 홈즈 덕분에 당신은 바보 같은 짓을 하고 있어. 소설에서조차 없을 정도로 지독하게 어리석은 논리를 진행하고 있는 거야. 그리고 그 결과 죄 없는 인간을 체포해 버리겠지. 당신은 코난 도일식의 방법으로 예심 판사와 경시총감, 모두를 설득했어."

증거는 조작될 수 있어 지각에 의존한 추리를 혐오하는 룰타비유에게 돋보기를 들고 다니며 먼지 한 조각 놓치지 않는 셜록 홈즈는 우스꽝스럽게 보일 뿐이다. 이성에 기반을 두고 연역적 추리를 선호하는 그의 신념은 아래와 같은 대사에서도 확인할 수 있다.

"저는 외면적인 징후를 내세워 진상을 파악하려 들지 않습니다. 다만 단순히 그런 징후가 저의 이성의 올바른 움직임에 의해 지시된 진상과 모순되지 않게 할 따름입니다."

👣 매혹적인 수수께끼

《노란 방의 비밀》에 등장하는 불가사의한 사건들이 룰타비유에게 도전 정신을 불러일으킨 것은 지극히 당연하다. 이 소설에는 두 가지의 매혹적인 수수께끼가 나온다.

첫 번째 수수께끼는 이렇다. 출입구는 여러 사람이 지키고 있고 그 외에는 창문과 쇠창살로 완벽히 출입이 통제된 노란 방에서 스탕제르송 양이 피를 흘린 채 발견된다. 분명히 총성이 났고 벽면에는 핏자국과 남자의 발자국이 가득하지만 방 안에는 피해자를 제외하면 아무도 없다. 비밀 통로 같은 것은 전혀 없다. 범인은 방에서 어떻게 사라진 걸까?

두 번째는 저택의 기다란 통로에서 룰타비유가 범인을 추적하고 반대편에서는 라르상이 길목을 지키는 상황이다. 두 사람이 거리를 좁히다 길 모퉁이에서 맞닥뜨리지만 망토를 걸친 범인은 온데간데없다. 아래로 뛰어내린 흔적도 없다. 범인은 땅으로 꺼진 걸까, 하늘로 솟은 걸까?

도저히 해답이 없어서 혹시 마법이라는 속임수가 사용되지는 않았나 의문이 들 만큼 소설 속의 미스터리는 기상천외하다. 롤타비유는 기이한 사건들을 그가 그려 둔 이성의 원 안에 넣어서 사람들의 눈과 귀를 현혹시키는 요란하고 화려한 단서들에 숨겨진 진상에 다가가는데 그 과정은 군더더기 없이 깔끔하다. 그렇다고 밀실이라는 무대에 어설픈 구석이 있는 것도 아니다. 가스통 르루는 책 속에서 〈모르그가의 살인〉, 〈얼룩끈〉과 같은 작품에 소위 밀실이라며 등장한 공간의 허술함을 지적하며 이 소설 속 노란 방만큼은 미세한 공기도 침입할 수 없는 밀폐 용기와도 같은 완벽한 밀실이라고 강조한다. 이 사건의 해답은 '오페라의 유령' 같은 대담하고 화려한 연출 속에 가려져 있다. 경악스러운 반전과 밀실 트릭이 밝혀지는 순간, 본격 미스터리만이 선사할 수 있는 황홀함을 독자는 만끽하게 된다.

🔍 이 작품이 흥미롭다면

《노란 방의 비밀》이 흥미롭다면 밀실 트릭을 선보이는 작품을 함께 읽어 보면 좋다. 밀실 트릭을 더 맛보고 싶은 독자라면 고전 명작으로 꼽히는 존 딕슨 카의 《세 개의 관》, 이스라엘 장월의 《빅 보우 미스터리》 역시 재미있게 볼 수 있는 작품이다. 요코미조 세이시의《혼진 살인 사건》과 현대적으로 트릭을 변용한 기시 유스케의《자물쇠가 잠긴 방》, 모리 히로시의《모든 것이 F가 된다》역시 읽어 보길 권한다.

아르센 뤼팽 시리즈의 최고 걸작

813

1910

모리스 르블랑 *Maurice Marie Émile Leblanc, 1864~1941*

프랑스 노르망디 출신으로 플로베르, 모파상 등의 영향을 받아 어릴 적부터 작가를 꿈꾸었다. 1888년 법학 공부를 위해 파리로 갔지만 곧 작가의 길에 들어서게 된다. 1890년 11월 첫 단편 집《부부》를 출간하여 좋은 평가를 받았고 계속해서 단편과 장편, 희곡 등을 썼다. 하지만 크게 두각을 나타내지는 못했다.

1905년에 월간지 《주 세투》의 편집장 피에르 라피트가 르블랑에게 소설 의뢰를 한다. 영국의 유명한 캐릭터 '셜록 홈즈'의 모험 이야기와 비슷한 맥락의 글을 써 달라는 것이었다. 이에 르블랑은 파리의 시의원 아르센 뤼팽의 이름을 따서 캐릭터의 이름을 짓고 무의식의 흐름을 따라 펜이 움직이는 대로 글을 썼다고 한다. 그렇게 해서 탄생한 것이 '괴도 신사 아르센 뤼팽'이다.《주 세투》에 발표한 뤼팽의 첫 작품 〈아르센 뤼팽의 체포〉는 큰 성공을 거뒀고, 독자들은 다음 이야기를 계속 써 달라고 독촉했다. 다음 편을 쓸 생각이 전혀 없었던 르블랑이었지만 아르센 뤼팽의 뜨거운 인기에 34년간 60여 편의 장편과 단편을 쓰고, 20여 권의 책으로 출판하게 된다.

👣 뤼팽과 홈즈 또는 르블랑과 도일

신사, 탐험가, 그리고 괴도. 모두 아르센 뤼팽을 부르는 호칭이다. 변장의 달인이고 몇 개의 가명을 갖고 있다. 귀족이나 자본가들의 재산을 훔치며, 탈옥의 명수이기도 하다. 선량하고 힘없는 사람들을 돕는 의적의 모습을 갖고 있고, 학대받는 여성이나 아이들의 보호자가 되기도 한다. 뤼팽은 많은 여성과 교제를 하였는데, 이는 그가 바람둥이어서가 아니라 그를 만난 여성들이 다들 일찍 죽었기 때문인 걸로 보인다. 동양 무술에도 조예가 깊어 유도 기술을 쓰기도 한다. 프랑스 작품에서 이 이상의 캐릭터가 없을 정도로 아르센 뤼팽 캐릭터는 오늘날까지 프랑스인들에게 사랑받고 있고, 큰 자랑거리이다.

셜록 홈즈의 팬들을 일컬어 셜로키언이라 부르듯 아르센 뤼팽의 열광적인 팬들을 뤼패니언이라고 한다. 작품 초기, 르블랑은 자신의 작품에 셜록 홈즈를 등장시켜 법적 조치를 하겠다는 코난 도일의 항의를 받기도 했다. 셜로키언들도 르블랑을 맹비난했다. 르블랑은 그다음 단편집에서 셜록 홈즈를 '헐록 숌즈'로 개명하고 《아르센 뤼팽 vs 헐록 숌즈》라는 제목으로 책을 출간하였다. 셜록 홈즈로 등장했던 캐릭터는 뤼팽에게 당해도 명탐정의 면모를 갖고 있었지만, 헐록 숌즈가 된 후로는 그저 실수만 많이 하는 캐릭터로 바뀐다. 이로 인해 르블랑은 지금까지도 셜로키언들에게 비판을 받고 있다.

ᛞᛞ 살인범으로 몰린 뤼팽?

뤼팽 시리즈 중 최고의 걸작으로 손꼽히는《813》은 남아프리카
공화국의 다이아몬드 왕 케셀바흐의 죽음을 시작으로 벌어지는
이야기다. 살해당한 케셀바흐의 주머니에는 아르센 뤼팽의 명
함이 꽂혀 있고 방에서는 '813'이라는 숫자가 적힌 쪽지가 발견
된다. 케셀바흐의 부인은 검은 망토의 남자를 봤다고 증언한다.
인상착의가 전날 이 호텔을 다녀간 아르센 뤼팽과 비슷하다. 뤼
팽은 지금까지 살인은 한 적이 없었다. 그러나 모든 정황이 아르
센 뤼팽을 범인으로 지목하고 있다.

치안국장 르노르망은 수사에 나서 뤼팽을 좇는 한편, 다른 방
향으로도 수사를 한다. 케셀바흐의 방과 연결된 다른 방에서
'L.M.'이라는 이니셜이 새겨진 담배케이스를 발견했기 때문. 그
후 케셀바흐의 비서와 호텔 종업원까지 잇달아 살해당하고, 급
기야 르노르망까지 실종된다. 뤼팽은 살임범으로 몰려 대중의
비난을 받게 된다.

결국 뤼팽이 직접 나선다. 오명을 벗기 위해 살인범의 공범인
알텐하임과의 대결을 선언한 것이다. L.M.은 뤼팽의 일거수일
투족을 알아내 그를 협박하고, 이 과정에서 뤼팽은 여러 속임수
를 쓴 게 들통이 나 감옥에 갇힌다. 그런 뤼팽에게 독일의 빌헬
름 왕이 찾아온다. 대공의 서류에서 나온 '813'과 'APO ON'이
무슨 뜻인지 밝히면 풀어주겠다는 것이다. 과연 뤼팽은 '813'과

'APO ON'의 수수께끼를 풀고 자유의 몸이 될 수 있을까.

소설의 앞부분은 뤼팽의 초인간적인 활약상이 나오며 속편격인 뒷부분에서는 비밀을 풀려고 애쓰는 뤼팽이 참을성 있게 사건의 진상에 다가가는 모습을 볼 수 있다. 뤼팽의 인간적인 면모는《813》이후에 제대로 드러난다고 평하나, 이 소설에서도 인간관계에서 질투하고 방황하는 뤼팽의 모습이 자주 나타난다.

《813》은 앞부분에서는 사건 전개를, 뒷부분에서는 사건 해결을 다룬다. 이 때문에 한 작품이지만 둘로 나뉘어 있는 듯한 인상을 준다. 이 책은 1917년에는《뤼팽의 이중생활》과《뤼팽의 세 가지 범죄》두 권으로 나눠 재출간했다.

《813》은 이전 작품들과 비교했을 때 스케일이 확장된 작품이다. 가장 주목할 점은 셜록 홈즈의 그림자가 사라지고 있다는 점이다. '헐록 숌즈'가 잠깐 언급되는 정도로 등장하고《813》의 다음 작품인《수정마개》(1912)부터는 완전히 사라진다. 또한 이전까지 활용했던 노골적인 분장도 많이 줄어들었다. 여러 면에서《813》은 '아르센 뤼팽' 시리즈에서 상당히 중요한 전환점이 되는 작품이다. 이후부터는 비밀 통로를 사용하는 것도 많이 없어지고 허무함, 좌절감 등 아르센 뤼팽의 인간적인 모습이 종종 묘사된다.

👣 캐릭터 뤼팽과의 인연

르블랑은 아르센 뤼팽으로 부와 명예를 얻었지만 아르센 뤼팽 이야기를 쓰느라 지치기도 했다. 때문에 《813》에서 뤼팽을 죽이려고 했으나 수많은 팬들의 항의가 쏟아지는 바람에 결국 1920년 《아르센 뤼팽의 귀환》에서 그를 다시 살린다. 코난 도일이 "내가 홈즈를 죽이지 않으면 홈즈가 나를 죽일 거다"라고 했던 것처럼, 르블랑은 "뤼팽이 나의 그림자가 아니라, 내가 뤼팽의 그림자다"라고 할 정도로 고민이 깊었다고 한다.

그는 평생 순문학으로 인정받고 싶어 했지만 추리소설 이외 분야에서는 철저히 외면당했다. 뤼팽 시리즈의 성공과 순문학에서의 실패로 고민이 깊었던 르블랑은 만년에 이르러 "아르센 뤼팽과의 만남은 사고와도 같은 것이었다. 하지만 행운의 사고였을지도 모른다"라며 자신과 뤼팽의 운명을 받아들였다. 1941년 사망한 르블랑은 2년 전인 1939년까지 아르센 뤼팽의 이야기를 세상에 내놓았다.

🔍 이 작품이 흥미롭다면 ───────

르블랑이 아르센 뤼팽을 죽이려고 했었던 것처럼, 코난 도일 역시 셜록 홈즈를 죽이려는 시도를 한 작품이 있다. 《셜록 홈즈의 회상》의 마지막에 수록된 단편 〈마지막 사건〉(1893)이다. 모리아티 교수를 피해 스위스로 간 홈즈와 왓슨. 모리아티는 가짜 편지를 써서 왓슨을 홈즈에게서 떼어놓는다.

이를 깨달은 왓슨이 뒤늦게 홈즈가 있는 라이헨바흐 폭포로 돌아가지만 거기에는 홈즈의 지팡이와 왓슨에게 남긴 편지만 있었다는 내용이다. 이로 인해 코난 도일은 엄청난 후폭풍에 시달렸다. 영국 뿐 아니라 세계 곳곳에서 오는 항의 전화에 시달렸으며, 사람들이 돌로 창문을 깨서 유리가 남아나지 않았다고 한다.《813》을 읽고 아르센 뤼팽이 죽지 않았기를 바랐다면, 셜록 홈즈의 마지막 이야기가 될 뻔했던 이 작품 역시 비슷한 마음으로 감상할 수 있을 것이다.

추리소설의 본질을 탐구하는 유머와 아이러니

브라운 신부의 순진

The Innocence of Father Brown

1911

길버트 키스 체스터턴 *Gilbert Keith Chesterton, 1874~1936*

길버트 키스 체스터턴은 1874년 영국 런던 켄싱턴에서 태어났다. 명문 학교인 세인트폴 스쿨을 졸업한 뒤 슬레이드 미술학교에서 미술을, 유니버시티 칼리지에서 문학을 공부했다. 1900년에 첫 시집 《놀이하는 회색 수염》, 1904년에는 첫 소설 《노팅 힐의 나폴레옹》을 출간했다. 1911년 브라운 신부 시리즈의 첫 번째 책인 《브라운 신부의 순진》을 발표하며 인기를 끌었고, 이 시리즈는 대중적으로 큰 성공을 거두었다. 이후 《브라운 신부의 지혜》(1914), 《브라운 신부의 의심》(1926), 《브라운 신부의 비밀》(1927), 《브라운 신부의 스캔들》(1935)을 연이어 출간했다. 1925년부터는 잡지 《G. K. 위클리》를 직접 발행하며 지면에 글을 발표했다.

체스터턴은 비평가로도 명성을 떨쳐 다양한 지면에 사회 비평과 문학 평론을 기고했으며, 버트런드 러셀, 조지 버나드 쇼, H.G. 웰스 등 당대의 지성인들과 치열한 논쟁을 벌였다. 애거서 크리스티, 도로시 세이어즈, 로널드 녹스, 오스틴 프리먼, 앤서니 버클리 등이 설립한 추리작가들의 모임인 영국 추리소설 작가 클럽의 초대 회장을 역임하기도 했다. 그는 1936년 비콘스필드의 자택에서 사망하여 인근의 가톨릭 묘지에 묻혔다.

🦶🦶 홈즈, 푸아로와 함께 세계 3대 탐정으로 꼽히는 신부

'세계 3대 탐정'이라는 말을 들어본 적 있는가? 누가 언제 만들었는지는 불확실하지만 (일본에서 만들었다는 가설이 유력하다) 세상에는 '세계 3대 XX'라는 이름을 단 명단이 여럿 존재한다. 명단 속 이름은 고정적인 경우가 드물어서, 언급하는 이의 취향에 따라 이름 하나둘 정도는 바뀌곤 한다. 하지만 '세계 3대 탐정' 명단에 오른 세 명의 이름은 확고하다. 바로 셜록 홈즈, 에르퀼 푸아로, 그리고 브라운 신부이다. 마지막 이름에 고개를 갸웃거릴지도 모르겠다. 브라운 신부?

고전 미스터리를 살펴보면 이야기 속 주인공이 탐정을 직업으로 삼는 경우는 그리 많지 않다. 다른 직업을 본업으로 삼은 아마추어 탐정인 경우가 대다수이다. 아마추어 탐정의 직업은 의사, 변호사, 귀족, 카우보이…… 한마디로 다종다양하다. 그 가운데서도 가장 특이한 직업은 가톨릭 신부가 아닐까. '성직자 탐정'이라는 특이한 캐릭터, 브라운 신부가 바로 그 주인공이다.

🔗🔗 《브라운 신부의 순진》, 허를 찌르는 놀라운 단편들

브라운 신부 시리즈의 첫 책《브라운 신부의 순진》에는 열두 편의 단편이 실려 있다. 첫 작품인 〈푸른 십자가〉는 체스터턴의 대표작이자 세계 미스터리 역사에서도 손꼽히는 작품이다. 이야기는 프랑스 최고의 수사관 발랑탱이 참신하고 기발한 수법으로 여러 범죄를 저지른 전설적인 괴도 플랑보를 추적하며 시작된다. 발랑탱은 플랑보로 짐작되는 키 큰 신부와 동행하는 작고 둥근 외모의 평범한 신부가 여기저기서 사소하지만 눈에 띄는 기행을 저지르고 다닌다는 정보를 얻는다. 의문을 품고 두 신부를 추적하던 발랑탱은 키 작은 신부가 성체 학술 대회에 사파이어 박힌 은십자가를 옮기는 임무를 맡고 있고 플랑보가 그걸 노린다는 사실을 알게 된다.

작품의 결말에 이르러 독자는 이 작품이 기존의 추리소설과 다르다는 걸 알아차린다. 어리숙하고 이상하게만 보였던 키 작은 신부가 기행을 저지른 이유를 뜻밖의 상황, 뜻밖의 대화로 보여 준다. 키 작은 신부는 시리즈의 주인공인 브라운 신부, 가장 순수하고 세상과 동떨어져 있을 것만 같던 성직자이면서 세상의 가장 어둡고 사악한 일을 범죄자나 수사관보다 더욱 잘 파악하고 있다는 사실이 독자에게 놀라움을 안겨준다.

브라운 신부 시리즈의 핵심인 아이러니는 첫 작품에서부터 잘 드러난다. 비유하자면 검은색으로만 보이던 사물의 본질이 사실은 하얗다는 게 밝혀지는 데서 오는 충격. 아이러니는 시리즈 곳곳에 잘 녹아 있다.

그 외에도 주목해야 할 단편이 여럿 있다. 〈이상한 발걸음 소리〉는 놀라움과 아이러니가 섞인 작품이다. 호텔에서 갑작스레 죽은 종업원 때문에 작은 방 안에서 업무를 보게 된 브라운 신부가 바깥에서 들려오는 발걸음 소리에 이상함을 느끼고 진상을 파악해 내는 이야기다. 영국 상류 사회의 위선적인 모습을 풍자하는 유머러스함을 담고 있다. 〈보이지 않는 남자〉는 SF와 공포물을 연상시키는 듯한 특이한 설정 뒤에 인간 인식의 한계를 담은 작품으로, 어찌 보면 현대 사회에서도 통용될 법한 문제의식을 담은 작품이다.

👣 유머와 아이러니를 이용해 보여주는 인간 본성

시리즈를 이끄는 탐정은 브라운 신부다. 체스터턴의 친구 존 오코너 신부를 모델로 한 이 캐릭터는 여러모로 이전에 나온 다른 탐정들과 다르다. 이전 시기 혹은 동시대의 명탐정 오귀스트 뒤팽과 셜록 홈즈는 지성만큼이나 강렬한 개성을 겸비한 '눈길을 끄는' 인물이다. 하지만 브라운 신부는 평범하고 특징 없는 외모로 사람들에게 무시당하기 일쑤인, 주목받지 않는 인물인 동시에 그 안에 감춰진 빛나는 지성과 재치로 범죄의 진면목을 밝힌다.

범죄의 진상을 밝혀내는 접근법 또한 차이가 있다. 뒤팽과 홈즈는 범죄 현장을 조사하고 용의자의 행적을 추적해 단서를 얻어 진상을 추리해 낸다. 증거를 하나하나 쌓아 연역과 귀납의 논리를 토대로 범인과 범죄의 진상을 밝히는 것이다. 하지만 브라운 신부는 논리적인 추론을 앞세우지 않는다. 그의 특기는 직감과 인간의 본성이다. 엉망진창으로 사방을 어지럽히는 사람, 이상한 발자국 소리, 기묘한 모양으로 잘린 종이 등에서 어긋남을 눈치 채고 어긋남의 이유를 찾아내어 놀라운 진실에 접근한다.

 작중 브라운 신부의 말을 빌리자면 브라운 신부는 '범죄자가 되어 보는' 방식으로 사건을 해결한다. 물론 실제로 범죄를 저지르는 것이 아니라, 범죄자의 입장이 되어 어떤 경우에 이런 범죄를 저지를지를 고찰하는 것이다. 브라운 신부에게는 탐정이야말로 가장 범죄자와 가까운 존재인 셈이다. 이러한 '범죄자 되어 보기'는 단순한 추론의 영역 이상이다. 브라운 신부의 말을 빌리자면, 그는 '살인자의 내부에' 있을 정도로까지 범죄자의 내면과 동일시한다.

 그렇기에 이야기 속 범죄자의 처우 또한 일반적인 추리소설과 다른 경우가 더러 보인다. 범죄자 가운데는 신부에게 감화되어 결국 범죄에서 손을 씻는 이도 등장하며, 범죄자가 오히려 인간적으로 동정 받을 구석이 있으며 피해자가 범죄자보다 더욱 사악한 인물임이 밝혀지는 경우도 더러 있다. 사회에서 존경받는 올바른 인간이야말로 누구보다 이상하고 사악하며, 사회에서 손가락질 받는 범죄자야말로 때로는 선량하고 정직한 인간일 수 있다는 아이러니! 브라운 신부는 말한다. "사람은 자신이 얼마나 사악한 인간인지, 혹은 얼마나 사악해질 수 있는지 알 때

비로소 선한 사람이 됩니다."

책 속 열두 편의 단편 모두 아이러니를 사용하여 인간의 본성을 짚으면서 우리가 세상을 바라보는 인식에 어떤 모순과 한계가 있는지를 유머러스하게 짚는다. 아이러니는 그걸 받아들이는 이에게 자칫 피로함과 이질감을 줄 수 있다. 그러나 날카로운 주제를 제시하는 작가의 시선은 따스하고 장난기 가득하다.

유머는 체스터턴의 작품이 가진 또 다른 미덕이다. 엄혹한 세상 속에서 뜻밖의 냉철함을 지녔음에도 결국은 따스한 낙천성을 가진 브라운 신부의 캐릭터가 그 유머를 온몸으로 보인다. 늘 우산을 잃어버리고 허둥거리는 허술한 신부의 모습에서 짜증보다 웃음과 친근함을 느끼는 이유는 그 때문이다.

🔗 브라운 신부가 추리소설에 남긴 것들

브라운 신부 시리즈는 추리소설의 가능성을 넓혔다. 탐정이 범죄를 해결하는 모습이 점점 퍼즐이나 게임처럼 기능적으로 변하던 시기에, 추리소설이 인간의 본질과 선과 악을 진지하게 탐구하는 이야기가 될 수 있다는 가능성을 제시했다. 체스터턴은 추리소설이 문학으로서 격을 갖추도록 깊이를 한층 더했다.

브라운 신부 시리즈의 또 다른 맛은 격언이다. 작품 가운데 무심히 던져지는 여러 격언은 장르의 핵심을 통찰하는 깊이를 품고 있다. 〈푸른 십자가〉에서 발랑탱이 말한 "범죄자가 창조적인 예술가라면, 탐정은 비평가에 지나지 않는다"나, 〈부러진 검의 의미〉에 나오는 "현명한 사람은 나뭇잎을 숲속에 숨긴다. 만일 숲이 없다면, 그는 숲을 만들려 할 것이다"라는 말은 지금까지도 음미해 볼 가치가 충분한 문장이다.

브라운 신부 시리즈는 인기에 걸맞게 여러 차례 영상화되었다. 1954년 알렉 기네스가 브라운 신부를 연기한 영화가 만들어졌으며, 1974년에는 영국에서 드라마로 제작되기도 했다. 요즘 사람들이 보았을 법한 영상물은 2013년에 만들어진 드라마이다. 제2차 세계대전 직후로 배경을 바꿔서 각색한 이 작품은 브라운 신부 시리즈 특유의 잔잔함과 유머를 담고 있으며, 무엇보다도 브라운 신부 역을 맡은 마크 윌리엄스는 (키를 제외하면) 책 속 신부의 외모를 그대로 옮겨온 듯하다.

추리소설을 좋아하는 독자 모두가 체스터턴을 좋아할지는 의문이다. 싫어할 사람은 (영국 작가 녹스의 지적처럼) 이것이 추리소설인지부터 의문을 품고, 20세기 초반 영국식 만연체와 체스터턴 특유의 비유법 또한 좋지 않아 보일 테다. 하지만 좋아할 사람은 체스터턴만 한 작가는 또 없다고 외치며 계속 몰두하고, 계속해서 브라운 신부의 영향력 안에서 헤엄칠 수밖에 없다. 당장 이 글을 쓰는 필자 또한 그런 사람이니까.

🔍 이 작품이 흥미롭다면 ──────────

체스터턴의 브라운 신부 시리즈는 추리소설, 특히 단편을 쓰는 작가들에 게 필독서나 다름없다. 이 책 외에도 단편집 《브라운 신부의 지혜》, 《브라운 신부의 의심》, 《브라운 신부의 비밀》, 《브라운 신부의 스캔들》이 모두 국내에 출간되었다. 이중 〈통로에 있었던 사람〉, 〈글라스 씨는 어디에?〉, 〈기드온 와이즈의 망령〉, 〈하늘에서 날아온 화살〉, 〈마른 후작의 상주〉, 〈날 아다니는 물고기의 노래〉 등의 단편은 일독을 추천한다. 시리즈 특유의 유 머러스함과 아이러니, 인간성에 대한 날카로운 고찰 등이 흥미롭게 담긴 단편들이다. 체스터턴은 뜻밖에 스파이물에도 족적을 남겼다. 그중 《목요 일이었던 남자》(1908)에서는 유머러스하고 인간의 본성을 곱씹게 하는 기 묘한 음모 이야기를 보여준다.

체스터턴의 브라운 신부 시리즈와 같은 독특한 맛을 가진 소설을 찾기는 쉽지 않다. 일본 작가 아와사카 쓰마오의 연작 단편집 《아 아이이치로의 낭패》(1978), 《아 아이이치로의 사고》(1982), 《아 아이이치로의 도망》(1984) 에서 브라운 신부처럼 인간의 모순된 본성을 짚는 아이러니와 본격 미스 터리를 잘 섞은 특이한 작품을 맛볼 수 있다.

종교인이 탐정으로 등장하는 작품으로는 가톨릭 수사가 탐정으로 등장하 는 앨리스 피터스가 쓴 '캐드펠 수사 시리즈'가 있으며, 아리스가와 아리스 가 쓴 《행각승 지장 스님의 방랑》(1996)도 승려가 주인공인 작품으로 분류 할 수 있다. 하지만 다른 작가의 작품을 볼수록 체스터턴의 대단함을 더욱 크게 느낄 수 있음을 참고하길 바란다.

일본 추리소설의 아버지가 탄생시킨
다재다능한 탐정

심리시험

心理試驗
1925

에도가와 란포 江戸川乱歩, 1894~1965

본명은 히라이 타로, 1894년 일본 미에현에서 태어났다. 초등학교 6학년 때 친구들과 함께 소년잡지를 만들었을 정도로 읽기와 쓰기에 재능을 보였다. 그는 대학 시절 에드거 앨런 포와 아서 코난 도일 등의 작품을 읽고 탐정소설에 흥미를 느끼게 되었다.

대학을 졸업한 후 무역 회사, 헌책방에서 근무하고 포장마차나 국수 가게를 운영하는 등 여러 직업을 거쳤지만 어느 직장에도 오래 다니지 못하고 있었는데, 1923년 《신청년》 잡지에 단편 〈2전짜리 동전〉을 발표하며 정식으로 데뷔했다. 이때부터 그는 추리소설의 아버지 에드거 앨런 포의 이름을 따서 에도가와 란포라는 필명을 짓고 본격적으로 추리소설을 쓰기 시작했다. 초기에는 수수께끼 풀이에 중점을 둔 본격 미스터리를 많이 썼으나 말년으로 갈수록 상당히 그로테스크한, 엽기성이 강한 작품을 여럿 발표했다.

제2차 세계대전이 끝난 후 에도가와 란포는 일본추리작가협회를 설립하고 후배 작가 양성에 들어갔다. 1955년에는 환갑을 맞아 자비를 들여 '에도가와 란포상'을 만들어 2회까지는 공로상을 주다가 3회부터 장편 신인상을 공모했다. 수상자에게 부상으로 셜록 홈즈 조각상을 주다가, 49회부터는 에도가와 란포 조각상을 주고 있다. 지금도 1000만 엔의 상금을 수여하고 뛰어난 추리소설가를 여럿 배출한, 일본의 대표적인 추리소설 상이다.

결정적 증거가 없는 살인 사건, 진실을 밝히는 심리시험

에도가와 란포는 수많은 장·단편을 발표했으나 이 책에서는 단편인 〈심리시험〉을 소개하고자 한다. 국내에 출간된 에도가와 란포 단편집 중 여러 책에 중복 소개된 대표작이다. 란포는 단편 〈D언덕의 살인〉(1925)을 1925년 《신청년》 1월호에 발표하고 8월호까지 연속해 단편을 하나씩 실었는데 〈심리시험〉은 그중 2월호에 수록된, 탐정 아케치 고고로가 등장하는 두 번째 작품이다. 에도가와 란포는 나중에 이 작품 덕택에 전업 작가의 길을 갈 수 있어 의미가 남다르다고 말하기도 했다. 이 작품은 도서 추리물이라는 점도 특징이다. 도서 추리물은 범인의 입장에서 풀어간 추리소설로서, 범인이 처음부터 드러나고 그가 완전 범죄를 시도하지만 결국 경찰이나 탐정에게 붙잡히는 구조다.

이 작품은 후키야 세이이치로라는 한 대학생의 시점에서 진행된다. 그는 가난하여 학비와 생활비 때문에 늘 아르바이트에 시달렸으며, 돈만 있으면 공부할 시간을 늘릴 수 있을 것이라 아쉬워하던 중이었다. 그러던 어느 날 그는 자신의 하숙집 주인 노파를 없앤 뒤 돈을 빼앗기로 한다. 후키야는 주인 노파를 살해하던 중 방에 있던 병풍을 살짝 찢고 말았으나 그게 수사의 단서가 되지는 않으리라 생각하고 돈을 훔쳐 달아났다.

후키야는 그 돈을 당장 쓰지는 않고 오히려 경찰에 가져다준다. 주인이 나타나지 않는 습득물은 1년이 지나면 주운 사람의 소유가 되기 때문이다. 노파의 시체는 다른 하숙생이 발견해 경찰에 알렸는데, 발견한 하숙생이 범인으로 체포되고 말았다. 그의 몸에서 거액의 돈이 나왔기 때문이었다.

후키야 역시 경찰에서 조사를 받기는 하지만 결정적인 증거가 없어, 후키야의 계획은 순조롭게 이뤄질 것처럼 보인다. 그런데 이때, 탐정 아케치 고고로가 후키야를 찾아가서 몇 가지 질문을 던지고, 심리시험을 한 뒤 사건의 진실을 밝혀낸다.

👐 추리소설 왕국 일본의 시작, 탐정 아케치 고고로

등단 후, 란포는 본격적으로 탐정 캐릭터를 만들었다. 탐정의 이름은 아케치 고고로이며 〈D언덕의 살인〉이라는 단편에서 처음 등장했다. 원래는 한 번만 쓰려고 만든 캐릭터였는데 지인 중 그가 좋다고 한 사람이 있어서 시리즈를 계속 쓰게 되었고, 이외에도 《난쟁이》(1926), 《거미남》(1929), 《엽기의 말로》(1930), 《마술사》(1930), 《황금가면》(1930), 《흡혈귀》(1930), 《악마의 문장》(1937), 《암흑성》(1939), 《지옥의 광대》(1939) 등이 있다.

에도가와 란포가 에드거 앨런 포의 영향을 많이 받았듯, 아케치 고고로는 포가 만들어낸 탐정 오귀스트 뒤팽과 닮은 점이 많다. 명문가의 자제라서 생활은 사치스럽지는 않아도 꽤 유복한 편이고, 별다른 직업 없이 한량처럼 살고 있으며 사건 해결은 취미로 한다는 점 등 공통점이 있다. 하지만 정식으로 탐정 사무소를 개업한 다음에는 말끔한 차림의 신사가 되고 다재다능한 탐정의 모습을 보인다.

탐정 아케치 고고로가 처음 등장한 〈D언덕의 살인〉은 란포가 실제로 운영했던 헌책방을 배경으로 쓴 작품이다. "일본의 가옥은 개방적인 구조라서 밀실 사건을 쓸 수 없다. 일본에서 탐정소설이 발달할 수 없는 이유는 우리 생활양식 때문이다"라는 주장에 반박하기 위하여 썼다고 란포 본인이 밝혔다. 나중에 요코미조 세이시 또한 일본 전통 가옥 구조를 이용해 밀실 트릭 걸작 《혼진 살인사건》을 쓴 바 있으니, 그러한 반박이 오히려 일본을 오늘날 추리소설 왕국으로 만들었다고 해도 과언이 아니다.

👣 괴인 20면상 VS 아케치 고고로

아케치 고고로의 특징 중 하나는 성인 대상 작품은 물론 어린이 대상 작품에도 등장한다는 점이다. 하지만 주역보다는 소년탐정단의 고문 비슷한 캐릭터다. 출판사의 제안으로 어린이용 작품인 《괴인 20면상》이 1936년에 처음 나왔다. 소년탐정단의 리더는 중학교 3학년 정도 나이인 고바야시 요시오이다. 그는 일찍 부모를 잃고 인연이 닿아서 아케치 고고로의 조수로 일하며 탐정 기술을 모두 배웠다. 그 뒤 하시바 소지 등 여러 명의 소년들이 모이고 시리즈가 진행되면서 최대 열다섯 명까지 멤버가 늘어난다.

이 시리즈는 '괴인 20면상' 시리즈라 불리기도 한다. 20면상은 세계 각지의 진귀한 보석이나 미술품들을 훔치는 일이 전문인 괴도인데, 변장의 명수라서 얼굴이 스무 개라는 뜻에서 그리불린다. 20면상은 아르센 뤼팽에서 모티브를 따온 캐릭터다. 사람을 죽이지 않고, 범행 전에 예고장을 보내며, 변장을 즐기고, 훌륭한 예술작품을 훔쳐서 감상하는 일이 취미라는 점 등이 뤼팽과 일치한다.

🔗 에도가와 란포가 일본 문화에 미친 영향

에도가와 란포와의 만남 후 요코미조 세이시가 추리작가가 되기로 마음먹었다는 일화는 유명하다. 또한 일본의 많은 만화 주인공에도 영향을 미쳤다. 그 작품의 등장인물에서 이름을 따온 캐릭터도 많은데 대표적인 예는 '명탐정 코난 시리즈'의 주인공인 에도가와 코난, 코난이 식객으로 들어간 집 주인인 모리 고고로 탐정이다. '소년탐정 김전일 시리즈'에서는 주인공 김전일의 라이벌인 경찰관 아케치 켄고이고, 《탐정 오페라 밀키 홈즈》의 아케치 코코로, 또한 '미식탐정 아케치 고로 시리즈'의 주인공 이름만 보아도, 일본의 탐정물에서 란포가 어떤 위치에 있는지 알 수 있다.

에도가와 란포의 작품은 오늘날의 관점에서는 읽기 어려운 점도 분명 존재한다. 고전이라 트릭이나 논리 등은 진부하게 느껴질 수 있고 진행 과정도 늘어지는 면이 없지 않기 때문이다. 하지만 앞서 언급했듯 일본 추리소설계에 그가 미친 영향은 이 짧은 글에는 다 소개하기 어려울 정도다. 따라서 추리소설을 제대로 읽어 보고 싶다면 에도가와 란포의 작품은 반드시 읽어 보기를 권한다.

🔍 이 작품이 흥미롭다면 ───────

란포에게 영향을 준 작가는 두말할 필요도 없이 에드거 앨런 포다. 그의 작품에 관한 이야기는 앞의 〈모르그가의 살인〉 편을 참고하기 바란다. 한 가지 재미있는 에피소드가 있다면, 란포의 단편 중 하나인 〈화승총〉은 멜빌 데이비슨 포스트의 단편집 《엉클 애브너의 지혜》(1918)에 실린 〈돔도프 사건〉과 완전히 똑같은 트릭을 썼다. 이 일에 관해 란포는 〈화승총〉은 1932년에 나온 전집에 실었지만 원래 자신이 대학 때 썼던 원고라서 트릭은 자신이 먼저 고안했다고 설명하기도 했다.

우타노 쇼고가 에도가와 란포 작품에 대한 오마주인 단편집 《D의 살인 사건, 실로 무서운 것은》(2016)을 발표한 바 있고 우리나라에 나오기도 했다. 이 작품집은 란포의 단편인 〈인간 의자〉, 〈오시에와 여행하는 남자〉, 〈D 언덕의 살인 사건〉, 〈오세이 등장〉, 〈붉은 방〉, 〈음울한 짐승〉, 〈비인간적인 사랑〉을 현대판으로 재해석하기도 했다.

〈심리시험〉 같은 도서 추리물이 흥미롭다면 이 분야의 원조 리처드 오스틴 프리먼의 《노래하는 백골》(1912)을 읽어 보면 좋다. 리처드 헐의 《백모 살인 사건》(1934), 앤서니 버클리가 프랜시스 아일스라는 필명으로 낸 《살의》(1931), 프리먼 윌스 크로프츠의 《크로이든 발 12시 30분》(1934)은 장편 도서 추리물이다.

에도가와 란포의 시리즈물은 아니지만 대표작으로 《외딴섬 악마》(1929)를 빼놓을 수 없다. 주인공은 한 여자와 사랑에 빠진다. 그런데 그녀가 의문의 밀실 살인을 당하고 주인공은 친척인 탐정에게 사건을 의뢰했으나 그 역시 살해되고 만다. 사건의 진실을 파헤치기 위해 여자의 고향에 간 주인공의 수수께끼의 기형 인간들이 사는 이상한 섬의 존재를 알게 되고 그곳에서 더욱 기이한 일과 마주한다. 이 작품은 동성애, 엽기적인 취미를 가진 부호 등의 요소를 내포해 읽기 어려워하는 이들도 있으나 에도가와 란포의 모든 것이 다 담긴 걸작임은 부인할 수 없다.

추리소설을 한 단계 성장시킨 작품

애크로이드 살인 사건

The Murder of Roger Ackroyd
1926

애거서 크리스티 *Agatha Christie, 1890~1976*

1890년 영국 데번주에서 삼남매 중 막내로 태어났다. 어린 시절에는 집에서 교육받았고 열여섯 살 때 파리로 이주해 성악과 피아노를 배웠다. 1912년 영국으로 돌아와 2년 뒤 아치볼드 크리스티 대령과 결혼한 뒤 1920년 《스타일스 저택의 살인 사건》을 발표하며 작가로 데뷔했다. 《애크로이드 살인 사건》출간 직후 어머니의 죽음과 남편의 외도 등에 큰 충격을 받고 잠적하는 등 방황의 시간을 보내지만, 1976년 사망할 때까지 《그리고 아무도 없었다》,《ABC 살인 사건》(1936) 등 80여 편의 추리소설을 집필하며 '추리소설의 여왕'이라고 불릴 정도로 확고한 명성을 쌓았다.

1955년에 미국추리작가협회에서 수여하는 '그랜드 마스터상'을 받았고 1967년에 여성 최초로 영국추리작가협회 회장이 되었으며, 1971년에 영국 왕실에서 수여하는 작위 훈장DBE을 받았다. 그의 작품은 영어권에서 10억 부 넘게 팔렸고 103개 언어로 번역되었으며 다른 언어판 역시 10억 부 이상 판매되어 기네스 세계기록에 등재되었다.

추리소설을 모르는 사람도 아는 이름, 애거서 크리스티

애거서 크리스티는 '추리소설의 여왕'이라는 칭호가 전혀 어색하지 않은, 오히려 수식이 부족하게 느껴지는 인물이다. 그의 작품 모두를 읽은 이는 그리 많지 않을 것이다. 크리스티의 대표작 몇 편을 읽었거나, 혹은 한 편도 읽지 않은 이도 있을 것이다. 그러나 애거서 크리스티라는 이름을 듣지 못한 사람은 거의 없다.

크리스티가 추리소설에 끼친 영향력은 엄청나다. 무엇보다도 추리소설의 보편적 스토리 구성, 클리셰로 정착된 전개 방식 등 추리소설의 틀을 완성했다. 그가 작품을 쓰면서 시도한 여러 실험은 이후 추리 장르의 기준점이 되었다. 이를 보여주는 대표적인 작품이 바로《애크로이드 살인 사건》이다. 이 작품은 2013년 영국추리작가협회 회원 600명이 뽑은 최고의 추리소설 목록에서 1위로 선정되었다.

과거의 파격, 현재의 정석이 되다

《애크로이드 살인 사건》은 마을 의사인 제임스 셰퍼드의 일인칭 시점에서 진행된다. 존경받는 부자이지만 괴팍하고 성깔 있는 인물이자 셰퍼드의 절친한 친구인 로저 애크로이드는 연인의 자살에 의문을 품는다. 하지만 애크로이드 역시 살해당하는 사건이 벌어지고, 셰퍼드의 옆집에서 호박을 키우며 조용한 은퇴 생활을 즐기려던 에르퀼 푸아로가 사건을 조사한다.

의사인 셰퍼드는 푸아로의 조사를 도우며 사건 정황을 기록한다. 동네 사람들 사이에 떠도는 소문, 의심쩍은 이들의 행동, 그리고 의문투성이인 푸아로의 조사 과정 등을 지켜보고 거기에 자신의 생각을 덧붙인다. 그리고 마침내, 푸아로가 사람들을 불러 모은 뒤 로저 애크로이드 살인 사건에 얽힌 진실을 밝힌다.

처음 이 작품이 발표되었을 때 크리스티는 논란의 중심에 섰다. 작품에서 무척 과감하고도 용감한 시도를 했기 때문이다. 이 모험이 만용으로 그치지 않고 성공 사례로 길이 남게 된 건 철저히 계산된 글쓰기 때문이다.

당시 추리소설에서 탐정과 조수의 역할은 확고했다. '셜록 홈즈 시리즈'를 위시한 작품들은 셜록 홈즈와 존 왓슨의 관계성을 그대로 답습했다. 조수는 탐정의 조사를 옆에서 도우며 탐정의 행동에 의문을 가지다가 대단원에 이르러 탐정에게 진상을 듣고 감탄하는 역할을 충실히 수행한다. 하지만 이 작품은 조수의 역할에 중대한 변화를 주었다.

작품에서 일인칭 관찰자 시점이 적극 사용된 면도 주목할 점이다. 이전까지 일인칭 관찰자 시점을 이끄는 화자는 셜록 홈즈를 따라다니는 왓슨처럼, 작품의 주동 인물을 따라가며 그를 관찰하는 '수동적인 기록자'의 역할을 했다. 하지만 이 작품에서 크리스티는 화자에게 그보다 훨씬 더 '능동적인 역할'을 하도록 이끌었다. 일인칭 관찰자 시점과 조수의 역할을 새롭게 활용하면서, 크리스티의 모험은 그럴듯하게 성공했다.

당시 추리소설 작가나 독자들이 《애크로이드 살인 사건》이 추리소설이 지켜야 할 법칙을 어겼다고 매섭게 비난한 것은 당연했을지도 모른다. 작품 속 가장 중요한 반전이, 이전까지 추리소설에서 암묵적으로 지켜 오던 법칙을 깨트렸기 때문이다. 이는 독자의 뒤통수를 치는 비겁한 술수라고 비난받기도 했다. 하지만 크리스티는 자신은 공정하게 서술했으며 해당 반전 또한 주의 깊게 작품을 읽은 독자라면 분명히 알아차릴 수 있게 썼다고 항변했다. 판단은 각자의 몫이지만, 개인적으로 크리스티의 서술은 '공정하지만 너무나도 교묘하였다'고 말하고 싶다.

결국 역사는 크리스티의 손을 들어 주었다. 《애크로이드 살인 사건》은 추리소설 역사에 길이 남을 이정표를 세운 작품이 되었다. 작품에 쓰인 화자의 활용법과 반전과 연결되는 서술 기법은 후대 추리소설 작가들이 즐겨 사용하는 도구로 자리매김했다. 지금은 누구도 반박하지 않고 보편적으로 사용하는 획기적 발명품이다.

특이한 명탐정, 에르퀼 푸아로

《애크로이드 살인 사건》에 등장하는 명탐정 에르퀼 푸아로는 세계 3대 명탐정 중 한 명으로 언급되는 인물이다. 푸아로는 명탐정 역사에서 중요한 개성을 확립한 인물기도 하다. 이전까지의 명탐정은 '스포츠맨'이라는 특성을 갖추고 있었다. 오귀스트 뒤팽은 은둔자였기에 잘 드러나지 않았지만, 명탐정의 대명사가 된 셜록 홈즈는 권투와 동양 무술에 능한 인물로 그려졌다. 홈즈 이후의 명탐정은 몇몇 특이한 경우를 제외한다면 활동적이고 뛰어난 남성성을 자랑했다.

하지만 푸아로는 어떠한가? 작은 키에 둥근 얼굴과 몸, 기르는 콧수염에 대한 자부심, 신사적인 태도, 대칭에 대한 결벽증에 가까운 고집, 회색 뇌세포가 이끌어 낸 추론을 절대적으로 믿는 오만한 모습 등을 보인다. 프랑스어 섞인 영어를 구사하는 이 벨기에인 캐릭터는 처음 보기에는 우스꽝스럽기만 하다. 그러나 놀라운 추론을 따라가다 보면 그의 매력에 푹 빠질 수밖에 없다. 탐정 캐릭터 안에 이처럼 모순적이면서도 다양한 개성이 다면적으로 끓어오르는 경우가 또 있을까? 에르퀼 푸아로는 두뇌파 탐정 캐릭터의 전형을 확립한 인물이다.

푸아로가 남긴 또 하나의 관습이 있다. 바로 탐정이 관련 있는 인물을 모두 한자리에 모아 놓고 사건의 해답을 제시하며 해결하는 '극적인' 모습이다. 여러 추리소설, 특히 추리 만화에서 익숙하게 보아 온 이 연출은 크리스티가 즐겨 썼으며, 후대에 '푸아로 피날레'라는 이름으로 불리게 된다. 오만하고 연극적인 푸아로의 모습과 무척 잘 어울리는 해결 방법 아닌가!

크리스티는 파격적인 시도를 과감하게 했다. 시도는 상당수 성공했지만 실패한 경우도 더러 있다. 하지만 그의 파격은 훗날 추리물의 정석으로 자리 잡는다. 우리는 우리도 모르는 사이 크리스티의 영향력에 젖어 있다. 《명탐정 코난》이나 《소년탐정 김전일》과 같은 추리 만화를 좋아한다면, 당신은 이미 크리스티가 완성한 이야기의 틀에 빠져 있는 셈이다.

🔍 이 작품이 흥미롭다면

에르퀼 푸아로가 탐정으로 등장하는 작품 가운데 추천할 것들이 여럿 있다. 《오리엔트 특급 살인》(1934)은 여러 차례 영상화되었으며, 이 작품에서 그려진 모습이 그 시대의 대표적인 푸아로 상으로 기억된다. 《나일 강의 죽음》(1937) 또한 영상화되어 잘 알려진 작품이며, 이집트라는 이국적 배경이 인간의 애정과 욕망이 뒤섞인 살인극의 무대가 되어 독특함을 자아낸다. 《ABC 살인 사건》은 지금은 흔하지만 당시엔 특이한 소재였던 '무차별 연쇄 살인'을 다루고 있다. 크리스티의 작품 가운데 유명하면서도 뜻밖의 신선함을 찾을 수 있다.

《백주의 악마》(1941)는 휴양지에 간 푸아로가 살인 사건에 말려드는 이야기로, 이와 비슷한 구성을 후대의 추리소설과 만화에서 쉽게 찾을 수 있다. 작품의 완성도 또한 뛰어나다. 《다섯 마리 아기 돼지》(1942)는 과거의 사건을 현재의 탐정이 조사하는 특이한 이야기이다. 이러한 구성을 성공적으로 보였다는 점에서 읽어볼 가치가 있다. 1975년에 발표한 《커튼》은 에르퀼 푸아로의 마지막 사건이다. 범인의 정체는 지금 보아도 충격이다. 이 작품에서 에르퀼 푸아로가 죽고 그의 사망이 신문에 대서특필되면서, 가상 인물의 부고가 현실의 신문에 실린 업적을 이루었다는 사실이 부차적일 정도다.

크리스티가 창조한 또 한 명의 명탐정은 미스 마플이다. 세인트 메리 미드라는 이름의 시골에 사는 평범한 할머니 제인 마플이 탐정으로 활약하는 모습이 그려진다. 마플은 푸아로와는 다른 추리 방법을 보인다. 과거 시골 마을에 살던 사람들과 그곳에서 벌어진 다양한 사건을 떠올리며 의문에 싸인 범죄의 진상을 알아맞힌다.

단편집 《열세 가지 수수께끼》(1932)는 마플의 개성이 가장 잘 드러난 작품이다. 여러 사람이 겪은 수수께끼 같은 사건을 이야기를 듣고 세인트 메리미드의 옛일을 떠올리는 것만으로 마플은 진상을 파악해 낸다. 장편 《움직이는 손가락》(1942)이나 《살인을 예고합니다》(1950) 또한 푸아로와는 다른 마플의 개성이 드러나는 작품이다. 장난처럼 보이는 사소한 일이 살인이라는 중대한 범죄로 커지는 크리스티 특유의 이야기 전개를 만끽할 수 있다.

#퍼즐미스터리　#명탐정은없다　#미스터리황금기 【무경】

탐정은 전지전능하지 않다

독 초콜릿 사건

The Poisoned Chocolates Case
1929

앤서니 버클리 *Anthony Berkeley, 1893~1971*

본명은 앤서니 버클리 콕스, 영국 하트퍼드셔 부유한 가정에서 3남매 중 장남으로 출생했다. 옥스퍼드 대학을 졸업했으며, 제1차 세계대전에 장교로 참전했다가 프랑스에서 독가스 공격을 받아 건강이 나빠졌다. 전역 후 저널리스트로 일하면서 《펀치》등 여러 잡지에 글을 썼다.

1925년 익명으로 첫 추리소설인 《The Layton Court Mystery》를 발표했다. 그는 이 작품에서 수다스럽고 사교적인 아마추어 탐정 로저 셰링엄을 등장시켰다. 로저 셰링엄은 《독 초콜릿 사건》에서도 범죄연구회 회장으로 등장하여 중요한 역할을 한다.

애거서 크리스티, 도로시 세이어즈, G. K. 체스터턴, F.W. 크로프츠 등과 함께 영국 추리소설 작가 클럽을 창설한 멤버이다. 또한 A.B. 콕스, 프랜시스 아일즈, A. 몬머스 플라츠라는 필명으로도 작품 활동을 했다. 국내에는 《살의》(1931), 《시행착오》(1937) 등이 번역된 바 있다.

👣 불완전한 존재로 끌어내려진 탐정

작가이자 명탐정 로저 셰링엄은 자신이 회장으로 있는 범죄연구회에 옛 친구인 모르즈비 경감을 초대한다. 경감을 초대한 목적은 미궁에 빠진 사건의 수수께끼를 연구회 회원들과 함께 풀어보려는 데 있다. 모르즈비 경감은 회원들 앞에서 조앤 벤딕스 부인이 독이 든 초콜릿을 먹고 사망한 사건을 들려준다. 유스터스 경이 배달된 초콜릿 상자를 벤딕스 씨에게 넘겼고, 벤딕스 씨가 집에서 부인과 함께 초콜릿을 먹었다가 부인이 죽고 만 것이다. 회원 가운데는 사건 관계자와 연이 있는 사람도 여럿이라 사건의 진상에 흥미를 보인 건 당연했다.

범죄연구회의 규칙은 이렇다. 회원 중 탐정 역할을 맡은 사람은 일주일 동안 독자적으로 사건을 조사할 수 있고, 그 후 다시 모여 자신의 추리를 발표한다. 그렇게 범죄연구회의 여섯 멤버는 차례대로 여섯 가지 추리를 발표한다.

초창기 추리소설을 읽으면, 탐정이 나오는 순간을 기다리게 된다. 탐정이 등장하여 사건의 진상을 설명하는 순간, 이야기가 대단원에 도달했다는 사실을 알 수 있다. 탐정의 추리가 공개되면, 범인은 굴복하고 사건은 마무리된다. 명탐정은 그렇게 영광을 쟁취한다. 하지만 탐정의 추리는 언제나 옳을까? 독자와 작가는 탐정의 역할에 의심을 품기 시작했다.

탐정이 헛짚는 일은 셜록 홈즈 시리즈에서도 가끔 찾아볼 수 있었다. 그러나 탐정은 곧바로 진상에 도달하기에 큰 문제가 되지 않았다. 하지만 이후 작품 가운데는 연거푸 그럴싸하게 헛다리만 짚는 탐정도 등장한다. 바로 이 작품처럼. 물론 이 작품 전에도 이런 시도는 있었다. 로널드 녹스는 《철교 살인 사건》(1925)으로 아마추어 탐정들이 저마다 사건의 진상을 밝히려 우왕좌왕하는 모습을 그렸다. 그러나 《독 초콜릿 사건》은 단연 완성도 면에서 뛰어난 이 부류의 초창기 걸작이라고 꼽을 만하다. 이 작품에 이르러 탐정 또한 완전무결한 존재가 아닌, 평범한 우리처럼 서툴고 결함 있는 존재로 내려온다.

🔗 탐정도 추리도, 많지만 부족하다

《독 초콜릿 사건》에는 탐정이 많이 등장한다. 일단 설정부터 인물들에게 탐정 역할을 해 보라고 부추기지 않는가. 작품에 등장하는 경찰과 범죄연구회에 속한 여섯 명의 탐정은 저마다 그럴듯한 근거를 내세워 범인의 정체와 수법, 동기를 지목한다. 지목된 범인 후보 중에는 범죄연구회에서 탐정으로 활약하던 이도 있다. 죽은 이와도 가까운 사이였기 때문이다. 《독 초콜릿 사건》은 하나의 사건을 여러 각도로 바라보는 데서 진상을 통찰하는 재미를 느끼게 해 준다.

물론 이 작품은 추리소설이다. 그렇기에 여러 진상의 나열만으로 끝나지 않고 가장 진상에 가까운 해석이 제시된다. 하지만 어떤 탐정의 해석이 다른 해석들보다 결정적인 무게를 가지지 않는다. 어떤 해석은 그걸 뒷받침할 증거가 있지만 범인의 동기가 불분명하고, 어떤 해석은 사건의 진상과 범인의 동기를 명확하게 밝혀내지만 증거는 존재하지 않는다. 심지어 어떤 해석은 있을 수 없는 결론을 논리적으로 제시하거나, 사람들의 시선을 일부러 엉뚱한 곳으로 유도하기까지 한다!《독 초콜릿 사건》에서 여러 탐정의 사건 해석이 명징한 결말을 내지 않는다는 점은 당대의 다른 소설, 그리고 훗날의 대다수 소설과 구분되는 독특한 요소다.

《독 초콜릿 사건》에서 탐정이 내세운 추론이 사건의 양상을 변화시킬 가능성을 제시했다는 점에서도 흥미롭다. 작품 속에서 탐정 역을 맡은 이가 자기 차례에 제시하는 추론은 다음 탐정역을 맡을 이와 남은 멤버들에게 영향을 준다. 이전 탐정의 추론을 반박하거나 보완하기 위해 그 추론을 되짚고 다른 관점을 취한다. 즉, 이전의 행위는 이후의 행위에 영향을 주는 것이다.

만약 탐정의 순서가 바뀌었다면 사건의 결말은 어떻게 지어졌을까? 이야기를 주의 깊게 읽은 독자라면 자연스레 의문이 떠오를 것이다. 이 의문은 새로운 가능성을 낳을 씨앗으로 뿌려져, 후대의 작가들에게 작품 속 진실을 서술할 다양한 방식을 탐구하는 데 영향을 주었다.

👣 탐정은 불완전하다

《독 초콜릿 사건》에 등장하는 탐정들의 불완전함 또한 흥미롭다. 여러 명의 탐정이 지혜를 겨루는 이야기는 보통, 탐정 가운데 가장 뛰어난 이가 최종적으로 해결하는 구조를 지니곤 한다. 하지만 이 작품 속 탐정들은 어딘지 모르게 부족하거나 미덥지 못한 면모를 보인다.

여기서 작가의 작품 세계를 아는 이들에게는 더욱 놀랄 점이 있다. 이 작품에서 탐정 역할을 맡은 이 중에는 작가의 전작에서 탐정으로 활약한 인물이 둘이나 나오기 때문이다. 그들 중 한 명은 헛똑똑이 역할을 충실히 수행한다. 그렇다면 나머지 한 명이 범죄를 해결하는 영웅이 될까? 그렇지 않다. 나머지 탐정 또한 미덥지 못하다.

대부분의 추리 작가는 자기 작품에 등장시킨 탐정을 초인이나 영웅으로 만들고 싶은 욕망을 품고 있다. 탐정은 방황하고 고민하고 고생하지만 결국 진상을 밝히는 영웅이다. 하지만 앤서니 버클리는 《독 초콜릿 사건》에서 자신이 만든 영웅들을 완전무결한 지위에서 끌어내린다. 이는 이 작품만의 특징이 아니다. 다른 작품에서도 탐정들은 방황하고 헛다리를 짚으며, 실수하다가 결국 진상에 도달한다.

앤서니 버클리의 경력은 그가 남긴 여러 굵직한 작품들에 비하면 널리 알려진 바가 적다. 대외 활동보다는 작가로서 작품 활동을 우선시한 인물로 보인다. 그만큼 그는 추리소설 작가가 자신의 작품을 어떻게 다루어야 할지 진지하게 고민하고 연구한 것이 아닐까?《독 초콜릿 사건》을 읽고 난 뒤, 문득 작가가 내 귓가에 이렇게 속삭이는 것만 같았다.

"작품 속 인물은 작가가 창조해 낸 도구일 뿐이다. 그 점을 절대로 잊지 말도록."

🔍 이 작품이 흥미롭다면 ─────────────

하나의 사건을 놓고 여러 사람이 추리를 제시하는 작품은 여럿 있다. 로널드 녹스의《철교 살인 사건》은 골프장에서 벌어진 살인 사건을 해결하려는 아마추어 탐정 네 명의 분투를 그린다. 탐정들은 저마다 현장을 조사하고 주위를 탐문하고 증거를 모으며 사건의 진상을 밝혀내려 하지만, 그 와중에 여러 실수를 벌인다. 일종의 소동극 느낌을 주는 이 작품은 살인 사건을 다뤘음에도 웃음을 자아낸다.

레오 브루스의《3인의 명탐정》(1936)은 제목부터 인상적이다. 작품에 나오는 세 명의 탐정은 추리소설에 익숙한 이라면 조금만 읽어 봐도 누구를 모델로 한 것인지 곧장 알 수 있다. 피터 윔지 경, 에르퀼 푸아로, 브라운 신부가 모델인 세 명탐정은 저택에서 벌어진 서스턴 부인 살인 사건의 진상을 저마다의 방식으로 추리한다. 하지만 진실이 드러나는 과정에서 놀라운 반전이 밝혀진다.

하나의 사건을 놓고 여러 사람이 추리를 제시하는 작품은 그 외에도 많다. 아이작 아시모프는 '흑거미 클럽 시리즈'를 썼고, 누쿠이 도쿠로는《프리즘》(1999)을 썼다. 아비코 다케마루의《탐정영화》(1990)는 이런 스타일을 살짝 비틀었다. 결말 부분 촬영을 앞두고 감독이 실종되자 영화를 완성하기 위해 스태프와 배우들이 작품 속 범인과 진상을 밝히려 궁리하는 이야기다. 이 과정에서 저마다의 이해관계에 따라 원하는 결말을 제시하는 점이 재미있다. 요네자와 호노부의 고전부 시리즈 중《바보의 엔드 크레디트》(2002)는《탐정영화》의 영향을 받아 절반만 촬영된 영화의 남은 이야기를 추론하는 전개가 나온다. 특히 이 작품은《독 초콜릿 사건》의 오마주임을 직접 밝히고 있으며 작중에서도 오마주된 원작을 연상시키는 장면이 등장한다.

동요를 모티브 삼은 스릴러의 원조

비숍 살인 사건

The Bishop Murder Case
1929

S.S. 밴 다인 *S.S. Van Dine, 1888~1939*

본명은 윌러드 헌팅턴 라이트다. 필명 S.S. 밴 다인의 'S.S.'는 증기선을 뜻하는 'Steam Ship'의
머리글자에서 따왔고, '밴 다인'은 할머니의 성인 'Van Dyne'을 'Van Dine'이라고 바꾼 것이다.
미국 버지니아주에서 태어나 캘리포니아의 세인트 빈센트 및 포모나 대학과 하버드에서 수학
했다. 그 뒤《LA 타임스》에서 문예 비평 담당자가 되고, 각종 잡지나 신문에서 평론가 활동을 하
면서 문화 관련 서적을 아홉 권 발표하기도 했다.
그는 어느 날 신경쇠약에 걸려 장기간 입원했는데, 입원 중 머리를 많이 쓰지 않도록 독서를 금
지 당했지만 추리소설처럼 가벼운 책은 괜찮지 않을까 생각하여 읽기 시작한다. 2년 넘는 기간
동안 2천여 권의 추리소설을 읽고 이 정도로 결점이 많은 추리소설도 잘 팔리니 스스로 쓰면 아
주 대단한 작품이 나오리라 믿고 직접 쓰기 시작했다. 그는 1926년에 탐정 파일로 밴스가 등장
하는 소설《벤슨 살인 사건》으로 데뷔했는데, 이 작품은 곧 선풍적인 인기를 끌며 그해 최고의 베
스트셀러가 되었다.
밴 다인은 1928년《아메리칸 매거진》에 '추리소설 창작 20원칙'을 발표한 작가로도 유명하다.
이 규칙은 오늘날까지도 추리소설을 창작하는 작가들에게 참고가 될 만큼, 수수께끼 풀이형 본
격 추리소설의 기본 규칙으로 인식된다.
1927년에 본명인 윌러드 헌팅턴 라이트로 낸 앤솔로지《세계 추리소설 걸작집》에 쓴 서문을
보면 평론가이자 추리소설 전문가로서의 밴 다인의 안목을 느낄 수 있다. 우리나라에는 이 글
만 따로《위대한 탐정 소설》이라는 제목으로 나온 바 있다.

👣 동요와 연결된 살인 사건

작품은 저명한 물리학자 딜러드 교수의 집에서 이름이 '조셉 코클레인 로빈'인 남자가 화살에 맞아 죽고 그 집 우체통에서 자칭 '비숍'이라는 이의 편지가 발견되며 시작한다. 얼마 후 곧 조니 스프리그라는 사람이 총에 맞아 죽고 한 부인의 집에서 체스 말인 비숍이 발견되는 등 괴이한 살인 사건이 계속 일어난다. 범인은 과감하게 신문사와 경찰서에 편지까지 보내며 범행을 저지른다. 아마추어 탐정인 파일로 밴스는 경찰의 자문으로 나서며 범인을 찾는다.

이 사건은 미국과 영국에서 널리 알려진 전래동요 모음집《마더구스의 노래》에 실린 〈누가 울새를 죽였나?〉의 가사와 일치한다. 범인은 누구고 왜 그런 행동을 하는 것인가.

Who killed cock Robin?
누가 울새를 죽였나?

"Who killed cock Robin?"
"누가 울새를 죽였지?"

"I," said the Sparrow.
"나야." 참새가 말했다.

"With my bow and arrow, I killed Cock Robin."
"내 활과 화살로 내가 울새를 죽였지."

이 노래는 사실 말장난이다. 참새Sparrow가 화살Arrow로 울새를 쏘았고, 물고기Fish가 접시Dish에 그 피를 받았다는 내용이다. 하지만 이 시는 매우 널리 알려져, '참새'는 곧 '살인자'를 뜻하는 하나의 은유적 표현이 되기도 했다.

살인 현장에 기괴한 메시지 같은 것이 있거나, 살인 방식이 어느 동요나 시 등을 따라한 듯한 연출이 있는 이야기, 이런 방식 중 가장 유명한 작품은 두말할 필요 없이 애거서 크리스티의 《그리고 아무도 없었다》(1939)이다. 외딴 섬에 갇힌 사람들이 한 명씩, 동요 〈열 명의 인디언 소년〉의 가사 내용과 같은 방식으로 살해된다. 〈열 명의 인디언 소년〉 역시 전래동요 모음집인 《마더구스의 노래》에 실려 있다. 크리스티는 그 외에도 이 책에 실린 동요를 이용한 추리 장·단편을 많이 발표하였다.

그 외에 움베르토 에코, 요코미조 세이시 등 이런 동요 살인을 다룬 작가는 많다. 한국에도 있다. 《비숍 살인 사건》을 소개하기로 한 이유는, 이른바 '동요 살인' 혹은 '비유 살인'이나 '연출 살인'이라 불리는 스릴러 구조의 원조가 이 작품이기 때문이다. 이 작품을 보면서 '동요 살인'의 원조의 느낌을 한 번 맛보기를, 또한 지적이고 재치 있으며 사람의 심리를 읽는 데 능한 탐정 파일로 밴스의 매력에 빠져 보기를 바란다.

🔗 탐정 파일로 밴스

앞서 언급했듯, 파일로 밴스는 1926년에 발표된 《벤슨 살인 사건》에 처음으로 등장한다. 그는 독신이며, 숙모에게 많은 유산을 물려받은 덕에 별다른 일은 하지 않고 미술품 수집 및 감상을 하며 소일한다. 또 대학 때 펜싱부 주장을 할 정도로 펜싱 실력도 뛰어나고 포커를 아주 잘한다. 정식 사립탐정이 아니면서도 경찰 비공식 자문으로 나서는 등 어찌 보면 부럽고, 어떻게 보면 재수 없다고도 할 수 있는 캐릭터다.

가장 큰 특징은 보통 사람은 상상하기 어려울 정도로 다방면에 깊은 지식을 가지고 있으며, 특히 예술이나 인간 심리 등에 관한 지식이 상당하다. 지적인 탐정이 가끔 지나치다 싶을 정도로 길게 설명을 늘어놓는, 이른바 장광설 탐정의 원조이기도 하다. 한마디로 파일로 밴스는 지적인 탐정 캐릭터의 대표 중 하나다.

밴스의 추리 방식은 무엇보다도 물적인 증거보다 심리 분석에 중점을 두고 있다. 범행 현장을 보고 범인의 심리와 성격을 파악해 용의자를 추적하는 방법을 구상한다. 지금으로 말하자면 범인에 대한 프로파일링이다.

첫 작품은 앞서 언급한 《벤슨 살인 사건》이고, 그 뒤 《카나리아 살인 사건》(1927)과 《그린 살인 사건》(1928)을 통하여 인기 작가로 자리 잡았다. 특히 《카나리아 살인 사건》은 추리소설이 가장 왕성하게 출판되던, 영국에서도 베스트셀러 1위를 할 정도로 인기를 끌었다. 밴 다인은 원고를 쓸 때 3고까지 고친 뒤 편집부에 보내곤 했는데, 유작이 된 《겨울 살인 사건》(1939)은 완성 전 사망하여 2고까지만 거친 상태에서 출판되었다.

밴스의 동료는 지방검사인 마컴, 또한 경감인 히스 등이 있지만 가장 특이한 인물은 바로, 이 작품의 서술자인 밴 다인이다. 극중 설정은 가업인 변호사 일을 하다가 밴스의 일을 봐주는 게 더 낫겠다 싶어서 그의 고문 변호사 일을 하게 되었다. 특이하게도 홈즈와 왓슨처럼 티키타카하는 캐릭터가 아니라 일인칭 서술자 시점인지 잘 알 수 없을 정도로 화자는 존재감이 느껴지지 않는다. 대사도 거의 없다시피 하며 밴스를 따라다니는 일이 전부라, 마치 촬영하는 카메라 같은 존재로 느껴진다.

밴 다인은 평소 숫자 6을 좋아했고, 심지어는 본인의 작품 제목도 모두 알파벳 여섯 자의 단어를 사용하여 '○ ○ ○ ○ ○ ○ 살인 사건'이라고 붙였다. 심지어 《그린 살인 사건》의 경우 Green의 철자는 다섯 자이지만, 이 작품에서는 그 단어가 녹색이 아니라 '그린'이라는 가문 이름을 나타낸다는 명목으로 Greene이라고 이름 붙였을 정도다(단 한 작품만은 예외다). 심지어 한 작가는 작품을 6권을 초과하여 쓸 수 없다고 주장하기도 했다. 하지만 출판사의 요청으로 밴 다인 역시 그 이상의 작품을 쓰게 되었는데, 파일로 밴스 시리즈는 6의 딱 두 배인 12권을 출간했다. 그

말대로인지 7권부터는 작품의 평가가 그리 좋지 않다.

🔍 이 작품이 흥미롭다면 ────────────

파일로 밴스 시리즈의 영향을 가장 많이 받은 탐정 캐릭터 및 시리즈는 역시 엘러리 퀸을 빼놓을 수 없다. 작가 엘러리 퀸의 대표작 중 하나인《Y의 비극》(1933)은《그린 살인 사건》의 영향이 매우 짙다. 탐정 엘러리 퀸은 좋은 학교를 나왔으며 철학과 역사 등에 조예가 깊고, 아버지가 경찰이라서 수수께끼의 사건이 나면 자문으로 수사에 참가하는 등 파일로 밴스와 공통점이 많다.

그 외에 지적인 천재 탐정이라면 잭 푸트렐(1875~1912)의 반 두젠 교수를 들 수 있다. 그는 철학, 법학, 의학 박사학위를 가진 천재이며 작고 바짝 여윈 체구에, 큰 머리의 소유자다. '생각하는 기계'라는 별명을 갖고 있는데 체스 교본을 하루 동안 읽고 다음 날 세계 챔피언을 이기자 그 상대였던 체스 챔피언이 붙여 준 별명이다. 반 두젠 교수는 친구인 기자 허친슨 해치가 기묘한 수수께끼 이야기를 하면 앉아서 듣기만 하고 사건을 풀어내는, 이른바 '안락의자 탐정'이지만 때로는 실제로 현장에 가기도 한다.

반 두젠 교수 시리즈 중 대표적인 단편은〈13호 독방의 비밀〉이다. 교수가 실제로 사형수용 감방에 들어가서 일주일 만에 탈옥할 수 있을지 내기를 하고 끝내 성공시키는 이야기다. 안타깝게도, 작가 잭 푸트렐은 1912년 타이타닉 호 침몰 사고 때 그 배에 타고 있다가 사망했고 그때 다수의 미발표 원고도 같이 가라앉고 말았다.

안락의자 탐정이 나오는 시리즈 중 가장 대표적인 것은 엠마 오르치의

《구석의 노인 사건집》이다. 이 단편집은 영국에서 1905년, 1909년, 1926년에 단행본이 한 권씩 나왔지만 한국에는 이 3권에 나온 단편 중 몇 개씩 골라 담은 선집 형태의 책 한 권으로 펴냈다. 여기 등장하는 구석의 노인은 이름도 없고, 늘 카페에 앉아서 빵과 우유를 먹으며 노끈을 만지작거리며 매듭을 만드는 버릇이 있다. 젊은 기자 버튼은 어느 날 노인과 이야기를 하게 되는데 노인은 늘 각종 범죄 사건에 대해 자신만의 해석을 늘어놓는다. 모든 에피소드가 그러한 내용이다.

다카기 아키미쓰의 가미즈 교스케 역시 천재 탐정으로 자주 언급된다. 그 역시 할아버지에게서 물려받은 재산으로 고용인까지 두고 생활하며, 사비를 들여서 경찰 조사를 돕는다. 하지만 중요한 건 역시 지적인 능력이다. 열아홉 살에 이미 6개 외국어에 능통했고, 고등학생일 때 독일 학술지에 수학 논문을 발표해 화제가 되기도 했으며, 도쿄 대학에서 법의학을 전공하는 등 역대 최고 천재라는 평을 들었다. 피아노 솜씨도 수준급이니 보통 사람들로서는 그 역시 밴스만큼이나 부러움의 대상이 아닐 수 없다.

아쉽게도 우리나라에 가미즈 교스케 시리즈는 데뷔작인 《문신 살인 사건》(1948)과 《인형은 왜 살해되는가》(1955)만이 나왔고 그마저 현재는 절판되었다. 하지만 기회가 된다면 도서관, 헌책방 등을 이용해 꼭 구해 읽어 보기를 바란다. 일본 전후 본격 미스터리에서 가미즈 쿄스케 시리즈는 매우 중요한 위치를 차지하고 있기 때문이다.

11

험프리 보가트를 기억한다면

몰타의 매

The Maltese Falcon
1930

대실 해밋*Samuel Dashiell Hammett, 1894~1961*

미국 메릴랜드에서 출생했다. 집이 가난하여 열세 살에 학교를 중퇴하고 철도역의 사환, 광고
카피라이터 등 여러 가지 직업을 전전하다가 핑커튼 탐정회사에 들어갔다. 현장 요원으로 일하
던 중 제1차 세계대전이 터지자 휴직하고 전장으로 나갔다가 복직하기도 했다. 하지만 탐정 회
사가 자본가들의 돈을 받고 노동자들의 정당한 조합 활동을 진압하는 데 환멸을 느끼고 건강까
지 나빠져 일을 그만두고, 1922년 단편 〈마지막 화살〉을 발표하며 작가의 길에 들어섰다.
탐정 사무소에서의 경험을 바탕으로 《붉은 수확》(1929)을 내고 주목받았으며, 대표작인 《몰타
의 매》는 대공황 중에도 선풍적인 인기를 끌며 1941년 험프리 보가트 주연으로 영화화되었다.
1937년 이후 해밋은 정계에 뛰어들기도 했는데 냉전 이후 매카시즘으로 인하여 구속되는 등
고초를 겪다가 집필을 그만두기도 했다.
레이먼드 챈들러, 로스 맥도널드와 함께 '미국 하드보일드의 삼위일체'로 불리며 그가 만들어
낸 탐정인 샘 스페이드는 등장하는 작품 수가 그리 많지 않음에도 미국을 대표하는 탐정 캐릭
터 중 하나로 손꼽힌다.

👣 의문의 여인과 함께 시작된 사건

스페이드&아처 탐정 사무소에 원덜리라는 이름의 미모의 여자가 들어선다. 그녀는 자신의 여동생이 서스비라는 남자와 사랑에 빠져서 가출했는데, 동생을 집에 돌아오게 하기 위해서 그 남자를 찾아 달라고 의뢰한다. 서스비를 미행하던 아처는 다음 날 총에 맞은 시체로 발견된다. 거기에다 서스비 역시 살해되고 만다.

경찰은 샘 스페이드를 의심한다. 그가 아처의 아내와 불륜 관계였기 때문이다. 의뢰인에게도 수상한 점이 있다. 원덜리라는 이름이 가명이었다. 스페이드도 수수께끼의 인물에게 몇 번이나 습격을 당한다. 의심스러운 일들이 속속 드러나는 가운데 이런 사건의 배경에 거대한 갱 조직이 노리는 보물이 있음을 알게 된다. 그 보물은 '몰타의 매'라 불리는 매 조각상이다.

1522년 로도스섬에 있던 기독교 집단인 로도스 기사단은 오스만 제국의 공격을 피해 돌아다니다가 1530년에 몰타에 정착하게 된다. 당시 신성로마제국의 황제였던 카를 5세는 기사단에게 몰타 섬을 할양했고 이때부터 이들은 몰타 기사단이라 불리게 된다. 어느 해 이들은 황제에게 감사의 표시로 금은보화로 장식한 매 조각상을 바친다. 하지만 그 조각상은 사라져 러시아로 흘러들었고, 러시아 혁명 이후 미국으로 향한다.

👓 하드보일드를 대표하는 탐정 샘 스페이드

레이먼드 챈들러 작품에 등장하는 탐정 필립 말로는 매우 냉정한 성격이지만 그래도 인정은 있는데, 이 작품의 주인공 샘 스페이드에게서는 인정머리도 정의도 느껴지지 않는다. 동료의 아내와 불륜 관계이며, 동료인 아처가 살해되자 바로 사무소 간판에서 그의 이름을 지우고 '스페이드 탐정 사무소'로 바꾼다. 《몰타의 매》에서 그가 사건 해결에 나선 이유도 탐정이 동료를 죽인 범인을 가만히 둘 수 없다는, 일종의 자존심 때문이었다.

그는 외모도 강인해 보이지만 미남은 결코 아니다. 또한 싸움에 능해 여러 상황에서 악당들을 힘으로 제압하는 등 머리보다는 몸을 주로 쓴다. 샘 스페이드는 하드보일드를 대표하는 탐정 중 하나임에도 등장 작품의 수가 의외로 적어 장편 1편과 단편 3편에만 등장했다. 해밋은 나중에 이 캐릭터에 대해 자신이 탐정 사무소에서 근무할 때 가장 이상적으로 생각했던 탐정의 모습이었다고 밝혔다.

《몰타의 매》는 1931년부터 1941년까지 세 번이나 영화화되었고, 특히 존 휴스턴이 감독한 1941년도 작품은 험프리 보가트 주연을 맡았다. 험프리 보가트는 이 작품 외에도 《빅 슬립》(1946)을 통해, 미국 하드보일드 초기를 대표하는 탐정인 샘 스페이드와 필립 말로 두 사람을 모두 연기한, 특이한 이력이 있다.

🐾 하드보일드 소설

하드보일드hard-boiled란 원래 뜻대로 하면 완숙으로 삶은 계란을 말한다. 일본에서는 '비정파'라고 번역하기도 한다. 범죄나 사회 윤리 같은 소재를 사용해 어두운 분위기를 부각시키는 작품군을 칭하는 장르인 느와르 또한 하드보일드와 비슷하다고 할 수 있다.

1930년을 전후로, 미국 문학에서 새로운 사실주의 수법을 지칭하는 단어로 쓰였으며 매우 냉정한 스타일, 즉 여러 가지 수식어 대신 건조한 문체로 서술하는 스타일이다. 미국 하드보일드의 삼위일체라 불릴 정도로 많은 영향을 준 세 사람 중 탐정소설을 불멸의 존재로 만든 작가는 대실 해밋, 세련되게 만든 작가는 필립 말로 시리즈의 레이먼드 챈들러, 그리고 그것을 정점에 올려놓은 작가는 루 아처 시리즈의 로스 맥도널드라는 말이 있다.

제1차 세계대전이 끝난 후, 전쟁의 피해를 입지 않았던 미국은 세계 대공황이 일어난 1929년까지 약 10년 정도 호황을 맞았다. 1896년부터 1950년대까지 소설 전문 잡지인 '펄프 매거진'이 여럿 발행되었는데 그중에서도 세계 대공황 전후 대중들 사이에서 큰 인기를 끌었다. 질이 나쁜 종이로 만들었다 하여 펄프 매거진이라 불렸고 여기 실린 작품들은 펄프 픽션, 혹은 다임(Dime, 10센트) 노블이라 불리기도 했다. 저렴한 잡지라서 10센

트밖에 나가지 않았기 때문이다.

펄프 매거진 가운데 두각을 나타낸《블랙 마스크》라는 잡지가 있다. 이 잡지의 편집장 조셉 쇼는 상류층 집안에서 일어나는 수수께끼를 우아하게 풀어내는 이야기보다는, 사회의 문제점과 부패를 파헤치는 이야기를 주로 잡지에 실었다. 그가 잡지를 이끈 1926년부터 1936년 하드보일드의 기본이 만들어졌다. 이런 잡지에 실린 소설들은 불필요한 수사나 묘사 대신 간결한 표현을 썼다. 그리고 천재라기보다는 세파에 휩쓸리고, 머리보다 오히려 몸을 더 자주 쓰는 탐정들이 활약한다는 특징을 보인다.

《미스터리 가이드북》의 저자 윤영천은 탐정은 크게 두 부류로 나눌 수 있다고 말했다. 셜록 홈즈의 후예와 필립 말로의 후예다. 전자는 대개 돈 걱정은 크게 하지 않으며, 자그마한 단서 하나만 보고도 진실을 추론해 내는 천재적인 탐정의 모습을 보인다. 후자는 현실을 중시하고 금전 등 세속적인 문제에 예민하며, 세파에 찌든 모습을 보이기도 한다. 이런 차이와 특징을 비교하며 추리소설을 읽으면 또 색다른 재미를 느낄 수 있다.

🔍 이 작품이 흥미롭다면

해밋의 초기작인《붉은 수확》(1929)에는 콘티넨털 오프라는 탐정이 나오는데, 사실 이는 그의 본명이 아니다. 오프OP는 가명이고, 콘티넨털 탐정사 샌프란시스코 지국 외근 사원이다. 늘 일인칭 주인공 시점으로 활동하기 때문에 본인의 이름도 나오지 않는데 해밋이 탐정 사무소에서 근무할 때의 선배를 모델로 삼았다 한다. 오프는 후속작인 《데인가의 저주》(1929)에도 등장한다.

대실 해밋은 장편을 단 5편 썼는데, 콘티넨털 오프와 샘 스페이드 외에도 《유리열쇠》(1931)에는 네드 보몬트, 《그림자 없는 남자》(1934)에서는 닉 찰스와 그 아내인 노라 찰스가 함께 활약한다.

그 외에도 하드보일드 탐정의 대표적인 캐릭터인 필립 말로는 최근인 2024년에도 리암 니슨 주연으로 영화화될 정도로 인기를 끈 캐릭터다. 그에 관한 이야기는 나중에 나올 《빅 슬립》(1939) 편을 참고하길 바란다.

로스 맥도널드는 해밋, 챈들러보다는 조금 나중에 등단했으며 실제로 대실 해밋의 《몰타의 매》를 읽고 충격(?)을 받아서 글을 쓰기 시작했다. 그의 탐정 캐릭터인 루 아처 역시 그 작품에서 스페이드의 살해된 파트너인 마일스 아처에서 따온 이름이라고 한다. 하지만 정작 그가 만든 탐정 아처는 오히려 필립 말로에 더 가깝다. 한 가지 차이점이라면 스페이드나 말로는 웃음도 없고 피도 눈물도 없는 인물처럼 보이지만, 아처는 친절하고 타인에게 공감을 잘한다.

루 아처 시리즈는 1949년부터 1976년까지 18편이 나왔으며, 우리나라에는 첫 작품인 《움직이는 표적》(1949)을 비롯하여 《위철리가의 여자》(1961), 《소름》(1963), 《블랙 머니》(1966), 《지하인간》(1971) 등이 나와 있다.

펄프 잡지를 통해 하드보일드 스릴러 등이 인기를 끌며 수많은 작품들이 쏟아져 나왔지만, 이 가운데서 눈에 띄려면 아주 자극적으로 써야 했다. 그런 점에서 인기를 끈 탐정 시리즈는 미키 스필레인의 마이크 해머를 들 수 있다.

하드보일드 작품에 나오는 탐정들은 대개 상당히 '터프한' 캐릭터인데, 마이크 해머는 그중에서도 손에 꼽힐 정도다. 제2차 세계대전 참전용사이고 잠시 경찰로 근무하다가 탐정이 되었다. 그는 머리를 거의 쓰지 않고 정보는 친구인 형사에게서 얻고, 자신은 의심이 가는 악당에게는 무작정 찾아가 폭력을 휘둘러서 원하는 것을 얻어내곤 하는 인물이다. 조수인 벨다 역시 조수로서 유명한 캐릭터인데 탐정 자격증 소유자인 여성으로 필요할 때는 직접 총을 들고 사건 해결에 나서기도 한다.

마이크 해머 시리즈의 첫 작품은 《내가 심판한다》(1947)다. 이 작품에서 그는 자신의 전우를 살해한 범인을 잡을 뿐만 아니라 본인이 직접 사형집행자가 되고 만다. 두 번째, 세 번째 작품인 《내 총이 빠르다》(1950), 《복수는 나의 것》(1950) 등에서도 이러한 모습을 보여 주지만, 그의 지나친 폭력성 때문에 "이런 탐정이 계속 나오면 추리소설은 멸망한다"라는 우려의 목소리가 나왔을 정도다.

대실 해밋과 그 외 작가들이 쓴 하드보일드 소설과 거기에 나온 탐정 캐릭터들은 오늘날 미국 스릴러에 아주 큰 영향을 미쳤다. 초기 작품들을 보며 오늘날의 스릴러 작품과 비교해 보며 읽으면 새로운 재미를 느낄 수 있을 것이다.

12

#퍼즐미스터리 #명탐정시리즈 #미스터리황금기 【박소해】

시대를 초월하는 불멸의 명단편

의혹

The Five Red Herrings
1931

도로시 L. 세이어즈 *Dorothy Leigh Sayers, 1893~1957*

영국의 추리소설가이며 시인. 아버지 헨리 세이어즈는 리틀햄프턴에 있는 크라이스 교회 목사
이자 부속학교 교장이었고, 도로시 세이어즈는 여섯 살 때부터 아버지에게 라틴어를 배웠다.
작가가 되기에는 더할 나위 없는 성장 환경이었다.

1912년 옥스퍼스대학에 입학해서 현대언어와 중세문학을 공부했다. 대학 졸업 후 교사, 광고
회사 카피라이터로 일했다. 1920년에는 옥스퍼드대학교에서 문학석사를 취득, 옥스퍼드에서
석사 학위를 받은 최초의 여성이 되었다. 1923년에 추리소설 데뷔작《시체는 누구?》를 발표했
는데, 피터 윔지 경이 탐정으로 등장하는 첫 작품으로 이 시리즈는 이후 15년 동안 장편, 단편으
로 계속 나왔다.

도로시 세이어즈는《나니아 연대기》의 C.S. 루이스와《반지의 제왕》의 J.R.R. 톨킨,《황무지》의
T.S. 엘리엇 등 당대 유명 작가들과 교류했다. 1929년에는 G.K. 체스터턴, 애거서 크리스티, 로
널드 녹스 등과 영국 추리소설 작가 클럽을 만들기도 했다. 피터 윔지 경 시리즈는 고전 추리소
설의 황금기(제1차 세계대전과 제2차 세계대전 사이)를 풍미한 걸작으로 지금까지 높은 평가를 받고
있으며 도로시 세이어즈는 애거서 크리스티의 유일한 대항마라는 명성을 얻는다.

희곡, 문학비평, 그리고 수필도 활발하게 집필했다. 목사 아버지의 영향을 받아 기독교 색채가
짙은 작품으로는《당신의 성전을 향한 열심》이 있다. 추리소설가로 쌓은 명성과는 상관없이 도
로시 세이어즈는 자신이 번역한 단테의《신곡》이 최고 작품이 되기를 바랐다. 1957년에 갑자
기 숨을 거두면서《신곡》번역을 끝내지 못했지만 이 작업은 지금도 그녀가 거둔 탁월한 문학
적 성취로 남아 있다.

👣 단순하지만 치밀한 구조

〈의혹〉은 도로시 세이어즈의 페르소나인 피터 윔지 경이 등장하지 않는 단편이나 그의 단편 중에서 최고로 손꼽는 작품이다. 1933년에《미스터리 리그 매거진》에 이 단편을 기고했을 때 엘러리 퀸은 이렇게 극찬했다.

"나는 이 작품에 넋을 잃었다. 그리고 그 기분은 지금까지도 변함이 없다. 세이어즈 여사에게 전율을 느낀다."

평범한 부동산 중개업자 매멀리 씨는 아내 에셀을 지극히 사랑하는 애처가다. 에셀은 신경이 예민하나 헌신적인 아내다. 연극 동호회 활동 외엔 가정을 돌보는 일에 만족하는 듯 보인다. 어느 날 앤드류즈라는 독살마로 소문난 가정부 연쇄살인마가 잡히지 않고 도망갔다는 뉴스를 읽은 매멀리는 문득 불안감에 휩싸인다. 요즘 들어 자주 소화 불량에 걸리는 것 같다는 생각이 든 것이다. '의혹'은 새로 고용된 요리사 새튼 부인에게 향한다. 독살마 앤드류즈가 요리사로 위장하고 그의 집에 들어온 게 아닐까.

줄거리는 단순하지만 지금 읽어도 전혀 촌스럽지 않은 구조라 〈의혹〉은 여러 번 읽어도 질리지 않고 즐길 수 있다. 과연 명작이라 할 만하다. 도로시 세이어즈답게 트릭이나 반전에 집착하지 않는다. 단조롭고 평화로운 일상 속에 의혹이 끼어들게 되고, 그 의혹을 풀어가는 과정에 개연성이 충분하며 결말도 지극히 만족스럽다. 인물 간의 대화는 생동감이 넘치고 단편답게 빠르게 사건이 벌어지고 종결된다. 미스터리 단편의 모범답다.

🔗 귀족 탐정 피터 윔지 경

세이어즈가 탄생시킨 탐정 캐릭터 피터 데스 블레던 윔지 경에 대해 살펴보면 작가에 대해서도 더 이해할 수 있다. 1890년 15대 덴버 공 모티머 제럴드 블레던 윔지의 둘째 아들로 태어났다. 형 제럴드 크리스천 윔지는 아버지가 세상을 떠난 뒤 덴버 공작 칭호를 이어받았다. 피터는 아내 헤리어트와 세 아들을 낳았다. 메리라는 이름의 누이는 스코틀랜드 야드의 파커 경감과 결혼했다.

도로시 세이어즈 작품 속에 드러난 윔지 경의 특징을 정리해 보면 아래와 같다.

키 183센티미터로 소탈해 보이고 유머가 깃든 잿빛 눈동자에 얼마쯤 비꼬임이 담긴 느낌으로 눈을 내려뜨며 한복판에 자리 잡은 위대하리만큼 높이 솟은 코를 가지고 있다. 똑똑하고 상냥하고 아내에게 헌신적이다. 길고 화사한 손가락으로 스틱을 쥐고 외눈안경을 끼었으며, 머리에는 소프트 모자를 쓰고 회색 양복에 밝고 가벼운 외투를 걸쳤다. 와인을 즐겨 마시며 식성이 까다롭고, 또한 어떤 일이 있어도 식사 뒤에는 반드시 커피를 마셔야 하는 사나이다. 그의 집사 번터는 커피를 아주 맛있게 끓이는 뛰어난 솜씨를 갖고 있다. 한마디로 말해서 피터 경은 온화하고 교양이 풍부한 스포츠맨으로 정통적인 영국 신사라고 할 만한 이상적인 인물이다.

도로시 세이어즈는 작가로서는 크게 성공했지만 한 사람의 여성으로서는 불우했다. '소비에트 클럽'에서 만난 남자와 하룻밤을 보낸 후 임신해 미혼모가 되었다. 회사에는 여섯 달의 휴가를 받고 다음해에 출산했다. 사촌에게 아이를 맡기고 본인은 생계 전선에 뛰어들었다. 이 친아들에게는 죽을 때까지 친모가 아니라 친척 아주머니인 척했다고 한다. 벤슨 광고 대리점에서 계속 카피라이터로 일하면서 꾸준히 소설을 발표했다. 1926년 오즈월드 애서튼 블레밍이란 사람과 결혼했는데 남편은 전쟁 영웅이자 기자로 믿음직한 사람이 아니었고 재혼이었다. 결국 이 결혼은 잘 굴러가지 않았다. 도로시 세이어즈는 입을 꾹 다물고 열심히 글만 썼다. 그가 피터 윔지 경을 창조한 것은 자신의 이상향을 소설 속에서나마 구현하려고한 게 아니었을까?

피터 경의 아내 헤리어트 베인은 공교롭게도 직업이 추리소설가로 도로시 세이어즈 본인의 분신이 아닐까 추측된다. 불행한 결혼생활에서 받는 고통을 잊고자 소설 안에 단란한 피터 경과 헤리어트의 모습을 묘사한 게 아니었을까. 피터 경은 세이어즈의 이상형이고 피터와 헤리어트의 로맨스는 세이어즈가 원하던 것이었다. 따뜻하고 지적인 남성으로부터 지속적으로 구혼을 받아 결혼하고 세 아들을 낳고 행복하게 사는 헤리어트의 인생은 세이어즈가 열망하던 삶이었을 것이다. 마음이 아파지는 지점이다.

👣 인간에 집중했던 수수께끼의 대가, 도로시 세이어즈

도로시 세이어즈는 추리소설의 황금기에 인정받았던 작가다. 동시대를 풍미한 인기 작가 애거서 크리스티가 대표적인 경쟁자다. 추리소설 황금기를 구가했던 다른 작가들은 트릭에 집중했으나 세이어즈는 달랐다. 그녀는 시체에 관련된 재치 넘치는 장면들이 쉴 새 없이 이어지게 하면서 소설을 구성한다. 트릭이나 반전에 기대기보다는 독특한 장면을 연결하며 앞으로 전진한다.

이러한 집필 방식은 독자들 앞에 시체를 포함한 모든 단서를 던져 놓고 큰 그림을 그려가는 엘러리 퀸과 다르고, 시체를 이용하여 밀실 트릭을 구축하는 딕슨 카와도 다르다. 대부분의 작가들은 시체를 전체의 부분으로 취급한다면, 세이어즈는 시체를 중심으로 이야기를 전개한다. 작품 제목에는 종종 시체가 등장하고 피터 윔지는 언제나 시체를 검사한다. 세이어즈는 시체에, 더 나아가 인간에 집중했다. 그 점이 다른 추리소설의 대가들과 차이가 나는 지점이다.

특히 애거서 크리스티와 비교하면 그 차이는 도드라진다. 많은 평론가와 독자가 크리스티는 세이어즈보다 인간 묘사의 깊이가 떨어진다고 비평했는데, 역설적으로 크리스티는 전형적인 인물을 묘사함으로써 트릭과 반전의 묘미를 살렸다. 세이어즈는 트릭이나 범인의 정체를 숨기는 방법보다는 수수께끼의 구조를 만드는 데 더 몰입했다. 퍼즐 미스터리의 형식을 저 위에서 냉철하게 바라보다가 다시 들어가서 활용하는 느낌이랄까. 이러한 태도는 '탐정이 범인의 입장이 되어야 범죄를 해결할 수 있다'고 주장했던 G. K. 체스터턴과도 닮았다. 애거서 크리스티가 대중성으로 사랑받은 작가였다면 도로시 세이어즈는 빛나는 지성으로 인정받은 작가였다.

🔍 이 작품이 흥미롭다면 ————————

국내에 도로시 세이어즈의 작품은 꽤 많이 번역되어 있는 편이다. 앞서 소개한 단편 〈의혹〉이 수록된 단편집 《의혹》 안에는 〈귀족 탐정 피터 경〉, 〈거울의 영상〉, 〈마법사 피터 윔지 경〉, 〈도둑맞은 위〉, 〈완전한 알리바이〉, 〈구리손가락 사나이의 비참한 이야기〉, 〈유령에 홀린 경관〉, 〈불화의 씨, 작은 마을의 멜로드라마〉, 〈피터 윔지 경의 모험〉이 수록되어 있다. 모두 피터 윔지 경이 주인공으로 나오는 빛나는 단편들이므로 〈의혹〉과 함께 읽으면 더할 나위 없다.

국내에 번역되어 있는 피터 윔지 시리즈의 장편으로는 《시체는 누구?》

(1923), 《증인이 너무 많다》(1926), 《맹독》(1930), 《광고하는 살인》(1933), 《나인 테일러스》(1934) 등이 있다.

가장 쉽고 무난하게 피터 윔지 시리즈를 접할 수 있는 작품은 데뷔작인 《시체는 누구?》다. 소설은 "전장"이라는 피터의 말로 시작된다. 피터는 어머니로부터 한 건축가 집의 욕실에서 남자의 시체가 발견되었다는 전화를 받는다. 설상가상으로 그 시체는 벌거벗은 채 오직 코안경 하나만 쓰고 있다고 한다. 게다가 그즈음에 부유한 사업가가 실종되는 사건마저 벌어진다. 혹시 나체로 발견된 시체가 실종된 사업가일까? 아니면 전혀 다른 사람일까? 도대체 주인도 모르게 남의 집 욕실에 시체를 옮긴 사람은 누굴까? 피터 윔지는 느긋하게 사건을 수사해 간다. 그를 돕는 사람은 친구인 파커 경감과 집사이자 군대 시절 부하였던 번터다. 둘의 도움으로 피터는 자신이 알아볼 수 없는 부분까지 파악해 나간다.

《나인 테일러스》는 추리 미스터리 역사 속에서도 명작으로 꼽히는 장편이다. 일반 퍼즐 미스터리와 비견할 수 없는 훌륭한 수수께끼 풀이 소설이다. 피터 윔지 경 시리즈의 마지막 작품이기도 하다. 이 소설의 주인공은 놀랍게도 종이다. 외진 마을에 있는 장대한 펜처치 세인트 폴 교회, 그 종루에 매달려 있는 가우데, 사베오스, 존, 제리코, 주빌리, 디미티, 배티 토머스, 그리고 테일러 폴, 모두 8개의 종. 평온한 시골마을에서 새해 자정이면 밤을 새며 종을 울리는 축제가 벌어진다. 한 해의 마지막 날 피터 윔지는 자동차 고장으로 펜처치 세인트 폴 교회에 신세를 지게 되고 밤샘 종 축제에 임시 종지기로 고용된다. 밤샘 종치기가 끝나고 다음 날 마을의 부인이 죽어서 묘지를 팠는데 그 안에서 남자의 시체가 발견된다. 늘 그렇듯이 피터 경은 사건 수사를 시작한다.

13

거장 심농이 말하는 목숨의 값어치

타인의 목

LA TÊTE D'UN HOMME

1931

조르주 심농 *Georges Joseph Christian Simenon, 1903~1989*

조르주 심농은 장르를 초월한 거대한 산맥 같은 작가다. 벨기에의 추리소설가로 쥘 매그레 반장이 등장하는 매그레 시리즈의 창작자로 제일 유명하다. 평생 400편이 넘는 장편과 단편을 써 낸 엄청난 다작 작가다. 특히 매그레 시리즈는 인간 심리에 대한 탁월한 이해를 보여 주어 단순한 경찰 소설을 넘어서는 새로운 장르로 평가받는다.

1903년 2월 13일에 태어났지만 미신의 영향으로 12일에 태어난 것으로 등록되었다. 1919년 《가제트 드 리에주》라는 신문사에서 일자리를 얻었다. 기자 생활은 정치, 범죄, 도시의 어두운 이면을 배우게 해 줬을 뿐만 아니라 범죄학자인 에드먼드 로카드의 경찰 수법 강의를 듣고, 범죄와 경찰 수사 방법을 탐구할 기회를 제공했다. 심농은 G. Sim이라는 필명으로 많은 기사를 썼으며 1919년부터 이야기를 쓰기 시작했다. 첫 소설인 <아르슈 다리에서>를 비롯한 재미있는 조각글로 작가 경력을 쌓기 시작했다.

1929년부터 매그레 시리즈를 구상하여 1930년에 매그레 시리즈의 첫 단편 <불안의 집>을 발표한다. 그 뒤로 장편, 단편 합쳐서 총 103편이나 되는 매그레 시리즈를 써냈다. 이 시리즈는 세계적으로 5억 권 넘게 팔렸고 60편 이상의 영화와 300편 넘는 텔레비전 드라마로도 제작되었다. 조르주 심농은 다작하는 작가로 유명했다. 매그레 시리즈 말고도 100권이 넘는 다른 책들도 썼다. 많이 쓰는 데다 잘 쓰고 빨리 쓰고 큰 성공까지 거뒀으니 작가들이 부러워하는 '작가들의 작가'라 할 만하다.

👣 살인 용의자를 풀어 준 반장

《타인의 목》은 제목부터가 의미심장하다. 타인의 목숨은 과연 얼마일까? 목숨의 값어치에 대해 생각해보게 하는 작품이다.

외르탱이라는 남자가 미국인 노부인과 하녀 살인범으로 체포되어 사형선고를 받는다. 이 사건 담당자였던 매그레 반장은 외르탱이 범인이라는 물증은 있지만 동기는 알 수 없다. 뒤늦게 사건을 재구성해 보고 매그레는 외르탱이 미쳤거나 무죄라는 확신을 갖는다. 장관의 허락 하에 외르탱을 풀어 주고 진범을 잡기로 하고 사형집행 전날 밤에 외르탱을 몰래 탈옥시킨다. 그러나 신문사로 익명의 편지가 날아와 누군가가 의도적으로 외르탱을 탈옥시켰다는 의혹이 제기된다. 심지어 외르탱이 숨어 있던 여인숙에서 그를 감시하던 뒤푸르 형사와 몸싸움을 벌인 뒤 행방을 감춰버린다. 입장이 난처해진 매그레는 범인을 잡는 데 성공하지 못하면 열흘 안에 사직서를 내기로 하는데…….

⛓ 매그레 반장의 특징

매그레는 트렌치코트를 걸치고 파이프 담배를 물고 다닌다. 키와 덩치가 엄청 크고 험상궂게 생겼으며 맥주를 물처럼 마셔댄다. 조르주 심농은 벨기에인이지만 프랑스어 지역 출신이기 때문에 매그레 반장을 프랑스인으로 설정했다. 아마 벨기에보다는 나라 규모가 큰 프랑스를 주 무대로 설정하는 편이 소설 판매에 유리하다고 생각하지 않았을까. 작중에서 매그레 반장은 프랑스어만 능통하게 구사하는 것으로 나오고 파리에서 일한다.

매그레 반장의 풀네임은 '쥘 아메데 프랑수아 매그레Jules Amédée François Maigret'이며 주로 쥘 매그레, 매그레 반장, 그냥 성으로 간단하게 '매그레' 등으로 불린다. 1887년생 프랑스인이고 자녀는 없으며 부인 루이스와 함께 파리에서 산다. 파리 경찰청 사법경찰국에서 근무하는 수사과장이고 최종 계급은 총경이다. 매그레는 주로 발로 뛰어 수사하며 직접 사람들과 부딪혀 심리를 이해하고 직감을 활용해 진상을 알아낸다. 때로는 자의적인 판단으로 사건의 진상을 상부에 숨기기도 한다. 겉으로는 우락부락하고 거칠어 보여도 속으로는 생각이 깊은 스타일이다.

👣 다작으로 유명했던 거장, 조르주 심농

조르주 심농은 대중에게도 사랑받는 성공한 작가이지만 작가들이 사랑하는 '작가들의 작가'였다. 심농이 그려내는 특유의 분위기와 인간에 대한 깊이 있는 이해에 매료된 작가들이 많다.

"조르주 심농은 20세기의 가장 중요한 소설가이다." - 가브리엘 마르케스

"겨울에는 코냑 한 통, 그리고 심농 소설과 지내는 게 최고다." - 루이스 세풀베다

"만약 아프리카 우림에서 비 때문에 꼼짝 못 하게 되었다면, 심농을

읽는 것보다 더 좋은 대처법은 없다. 그와 함께라면 난 비가 얼마나 오래 오든 상관 안 할 것이다."-**어니스트 헤밍웨이**

"깊이의 거장. 심농은 허구에서든 현실에서든, 열정적이든 이성적이든 한결같이 자유로웠던 소설가이다."-**존 르 카레**

"심농을 읽지 않았더라면《이방인》을 이렇게 쓰지 않았을 것이다."-**알베르 카뮈**

이처럼 세계적으로 유명한 작가들까지 아낌없이 찬사를 보냈던 작가가 심농이다. 그러나 오랜 집필 생활에 지쳤던 것일까. 1972년 갑자기 글쓰기를 멈추기로 작정했다. 총 103편의 매그레 시리즈(장편 75편, 단편 28편)를 썼고, 117편의 순문학 소설도 써 내서 별명이 '괴물'이던 그가 왕성했던 창작 활동을 멈추고 녹음기로 자신의 삶을 구술하기 시작했다. 평생 400편 넘는 소설을 썼던 심농도 말년만큼은 휴식을 취하고 싶었던 모양이다.

총 103편의 이야기에 등장하여 독특한 심리 게임으로 사건을 풀어 가는 매그레 반장은 셜록 홈즈, 아르센 뤼팽과 더불어 추리 문학 역사상 가장 사랑받는 주인공이다. 1932년에는《교차로의 밤》이 장 르누아르에 의해 최초로 영화화된 후 심농의 작품은 지금까지 프랑스에서만 60편 넘게 영상으로 제작되었고, 텔레비전 시리즈로도 끊임없이 제작되었다. 조르주 심농은 프랑스는 물론이고 전 세계에서 가장 사랑받는 작가로 우뚝 서 있다.

🔍 이 작품이 흥미롭다면 ────────────

매그레 시리즈가 워낙 방대하다 보니 추천 목록도 길어질 수밖에 없다. 전문가들은 1934년까지의 매그레 시리즈만 인정하고 그 뒤는 패스하라고 주장하기도 한다. 그 기준에 따른다면 《수상한 라트비아인》(1930), 《갈레 씨, 홀로 죽다》(1931), 《누런 개》(1931), 《생폴리앵에 지다》(1931), 《매그레》(1934)를 추천한다.

매그레란 인물에 대한 확신을 품은 심농은 처음으로 자신의 본명을 사용하여 1931년에만 《수상한 라트비아인》, 《갈레 씨 홀로 죽다》 등 10편 이상의 매그레 시리즈를 펴냈고, 이 작품들은 엄청난 성공을 거두었다.

두 명의 작가가 함께 만든 탐정

이집트 십자가 미스터리

The Egyptian Cross Mystery
1932

엘러리 퀸 *Ellery Queen*

20세기 대표적 미스터리 작가, 잡지 발행인이다. 또한 소설 속 탐정 이름이기도 하다. 엘러리 퀸은 두 사람의 필명이다. 프레데릭 다네이(Frederic Dannay, 1905~1982), 만프레드 리(Manfred Bennington Lee, 1905~1971) 이들은 유태계 집안의 동갑내기 사촌 형제로, 뉴욕 브루클린 지역에서 함께 자랐다. 이들은 엘러리 퀸 외에도 바너비 로스라는 필명도 함께 사용했다. 사실 각각의 이름 역시 필명으로 프레데릭 다네이의 본명은 다니엘 네이선이고, 만프레드 리의 본명은 만포드 레포프스키이다. 작가 활동 초기인 1929년부터 1935까지는 엘러리 퀸은 '국명國名 시리즈'를 발표하고, 다른 필명인 바너비 로스 이름으로 '비극 시리즈'를 집필했다. 그 후 몇 년간은《중간의 집》 등을 쓰며 할리우드 진출을 시도했던 시기이기도 하다. 1942년부터 1962년까지는 라이츠빌이라는 가공의 지방 도시를 무대로 하는 작품을 내놓았다. 이 시기의 작품 속 엘러리 퀸은 천재적이고 논리적인 캐릭터를 넘어 비극적 진상에 눈물을 보이며, 자신의 잘못을 깨닫고 고뇌하기도 한다. 이후에는 다네이가 초안을 잡고, 고스트 라이터가 작품을 쓴 다음 다네이와 리가 마무리를 하는 방식으로도 작업을 했다고 한다.

1941년에 다네이가 단독으로 추리소설 전문 잡지인《엘러리 퀸의 미스터리 매거진》(EQMM)을 창간하여 신인작가를 육성하면서 기존 작가들의 미 출간작 중 수작이라 할 만한 작품을 발굴하여 게재했다. 미국추리작가협회는 1950년에《EQMM》에 특별상을 수여했고, 1961년에는 엘러리 퀸에게 공로상인 그랜드 마스터상을 수여, 미국의 본격 추리소설 황금기를 이끈 공로를 인정했다.

👣 시간 차를 둔 연쇄살인과 엘러리 퀸의 고군분투

《이집트 십자가 미스터리》는 엘러리 퀸의 국명 시리즈의 다섯 번째 작품으로 이 시리즈 중에서 가장 많이 알려진 작품이다.

웨스트 버지니아주의 작은 시골 마을에서 크리스마스 아침에 시체가 발견된다. T자형 도로 교차로의 T자형 도로 표지판에 목이 잘린 채 T 모양으로 묶인 상태였다. 엘러리 퀸은 이집트 십자가나 타우 십자가가 T자형이라는 사실에 주목하고, 나체주의자인 예언자를 의심하지만 수사는 별 소득이 없다. 반년 후 롱 아일랜드에서 이집트 십자가 살인 사건과 같은 두 건의 살인 사건이 발생한다. 그리고 다시 웨스트 버지니아에서 네 번째 시체가 발견된다.

엘러리 퀸은 다른 작품에서는 대부분 경감인 그의 아버지 리처드를 도와 사건을 해결했으나 이 작품에서는 리처드가 거의 등장하지 않는다. 대신 엘러리 퀸이 사건 해결을 위해 미국 각지를 돌아다니며 분주하게 움직인다. 자신의 논리로 모든 것을 해결할 수 있다고 믿는 엘러리 퀸이지만, T의 의미와 범인을 알아내는 데에는 애를 먹는다. 이 사건에 '이집트 십자가'라는 이름이 붙은 것도 타우 십자가와 이집트 앙크 십자가를 헷갈렸기 때문이다. 여러 우여곡절을 겪지만 엘러리 퀸은 오두막에서 결정적인 증거를 찾아내며 진범을 잡기에 이른다.

✇ 천재이자 인간적 면모를 보여 준 탐정 엘러리 퀸

소설 속의 엘러리 퀸은 1950년 뉴욕에서 태어나 하버드대 법학부를 졸업했다. 어릴 적 엄마가 돌아가신 뒤 아버지 리처드 경감과 함께 맨해튼 웨스트87번지 아파트 최상층에서 살고 있다. 본업은 추리소설가. 하지만 뉴욕 경찰인 아버지를 도와 많은 어려운 사건을 해결한다. 제2차 세계대전 중에는 할리우드에서 작가로 일하기도 했다. 라이츠빌의 서민 계층 친구들, 하버드에서 만난 상류층 친구들 양쪽 다 친분을 유지하고 있다.

국명 시리즈에서는 굉장히 논리적인 천재형 탐정으로 등장하지만 중기부터 후기 작품에서는 인간적인 면모를 드러내며 사건을 두고 고뇌하기도 한다. 타인의 심리를 꿰뚫어 보는 통찰력 또한 시간이 갈수록 두드러져 나이를 먹으면서 캐릭터가 더 긍정적인 방향으로 변해가는 모습을 보여 준다.

엘러리 퀸의 초기 작품인 국명 시리즈는 밴 다인의 영향이 컸다. "추리소설은 독자와 작가의 두뇌싸움"이라는 밴 다인의 말을 받아들여, 결말에 이르기 직전 '독자에게 도전한다'라는 코너를 작품의 일부로 넣었다. '엘러리 퀸이 알고 있는 모든 단서는 소설 내에서 모두 언급되어 있으니, 독자들도 한 번 범인을 찾아보시기 바란다'라며 미션을 주었다. 엘러리 퀸은 밴 다인이 완성한 미국 추리소설 양식을 극한까지 끌어올렸다는 평가를 받는다.

👣 셜록 홈즈의 팬이었던 사촌지간이 함께, 탐정 소설가가 되다

어린 시절 함께 살다시피 한 다네이와 리는 성인이 되어서도 비슷한 지역에서 비슷한 일을 하게 된다. 다네이는 영화사에서 리는 광고대행사에서 일을 했는데, 당시 두 사람이 만나서 주로 나누던 대화의 화제는 탐정 소설이었다. 어릴 적 '셜록 홈즈' 시리즈의 열렬한 팬이었던 둘은 1926년 등장한 밴 다인이라는 미스터리 소설가에게 자극을 받는다. 그리고 두 사람도 탐정 소설을 쓰기로 의기투합한다.

다네이와 리는 둘이 함께 작업한 소설 속에 등장하는 탐정의 이름 '엘러리 퀸'을 필명으로 사용하여 작품을 발표했다. 먼저 플롯과 트릭을 포함한 줄거리를 다네이가 짜서 리와 논의를 거듭했다. 그 후 정리한 내용을 바탕으로 리가 원고를 집필했다. 다네이는 플롯을 짜는 능력은 출중했으나 문장을 쓰는 걸 어려워했고, 리는 문장 집필에는 능숙했지만 플롯을 잘 만들지 못했기 때문에 둘은 이런 식으로 서로의 약점을 보완했다.

그렇게 두 사람이 공동 작업한 소설이 한 잡지사의 공모전에 당선이 되었으나, 잡지사가 파산하는 바람에 작품을 발표하지는 못했다. 후에 스토크스 출판사에서 단행본으로 출간하는데, 이 작품이 바로 국명 미스터리 시리즈의 시작인 《로마 모자 미스터리》(1929)다. 국명 미스터리는 미국 추리소설계에서 큰 화제가 되었고 후에 엘러리 퀸은 밴 다인을 넘어서는 작가가 되었다.

엘러리 퀸은 영미권과 한국에서는 애거서 크리스티나 코난 도일만큼 대중에게 인지도가 높지 않다. 그러나 일본에서는 유독 엘러리 퀸의 영향이 지대하다. 제2차 세계대전 전부터 일반 독자는 물론 마니아층까지 형성되며 큰 인기를 얻었다. 20세기 말 이후 등장한 신본격파 작가들은 엘러리 퀸을 가장 위대한 작가로 꼽았으며, 지금까지도 엘러리 퀸의 영향을 받았다고 직접 말하는 작가도 종종 있다.

🔍 이 작품이 흥미롭다면 ────────────

국명 시리즈는 고전 추리소설이 독자들의 사랑을 받던 시기에 최전성기를 구가하는 작품들이었다. 《로마 모자 미스터리》는 '로마 극장'에서 일어난 살인 사건과 사라진 피해자의 모자에 얽힌 미스터리를 담았다. 《프랑스 파우더 미스터리》(1930)는 뉴욕시 '프렌치 백화점'에서 여성의 시체가 발견되며 벌어지는 일을 담았다. '네덜란드 기념 병원'의 대수술실에서 백만장자 노부인이 철사에 목이 졸려 살해된 채 발견된 이야기 《네덜란드 구두 미스터리》(1931)에서는 흰색 바지와 구두 한 켤레를 보고 엘러리 퀸이 추리를 시작한다. 이외에도 《그리스 관 미스터리》(1932), 《미국 총 미스터리》(1933), 《샴 쌍둥이 미스터리》(1933), 《중국 오렌지 미스터리》(1934), 《스페인 곶 미스터리》(1935) 등 서로 다른 배경에서 펼쳐지는 살인 사건에 맞선 엘러리 퀸의 추리가 흥미진진하게 펼쳐진다.

일본의 노리즈키 린타로는 에도가와 란포, 엘러리 퀸 등의 영향을 받은 신본격파 작가로 엘러리 퀸의 작품과 비교해서 읽어 보면 색다른 재미를 느낄 수 있다. 〈녹스 머신〉(2013)은 중편 작품으로 기발한 상상력과 탄탄한 추리력이 돋보인다. 또 다른 신본격파 작가인 마야 유타카의 오만방자한 '메르카토르 탐정' 시리즈 《메르카트로와 미나기를 위한 살인》(1997), 《귀족탐정》(2010)도 눈여겨볼 작품들이다.

#퍼즐미스터리 #명탐정시리즈 #미스터리황금기 【이지유】

세계 3대 추리소설로 꼽히는 걸작

Y의 비극

The Tragedy of Y
1932

바너비 로스 *Barnaby Ross*

《이집트 십자가 미스터리》의 작가 엘러리 퀸(프레드릭 다네이, 만프레드 리)의 다른 필명이다. 두 사람이 정체를 숨기고 바너비 로스라는 필명으로 1932년에서 1933년까지 '비극' 시리즈를 발표하자 언론에서는 엘러리 퀸과 바너비 로스를 라이벌로 묘사했다. 프레데릭 다네이와 만프레드 리는 각각 엘러리 퀸과 바너비 로스 역할을 하며 상대를 비판하는 연기를 하기도 했다. 이 필명으로 '비극' 시리즈를 마무리한 후 1961년부터 1966년까지는 순소설을 발표했다.
'비극' 시리즈의 마지막 편인 《드루리 레인 최후의 사건》(1933)에서 밝힌 바에 의하면 의외의 인물이 범인이라는 패턴을 만들기 위해서 새로운 필명이 필요했다고 한다. 《로마 모자 미스터리》에 '바너비 로스 살인 사건'이라는 문구를 넣어 독자들에게 힌트를 줬다는 게 엘러리 퀸, 또는 바너비 로스의 주장이다.

🐾 비극 시리즈의 최고봉

비극 시리즈는 《X의 비극》(1932), 《Y의 비극》, 《Z의 비극》 (1933), 《드루리 레인 최후의 사건》(1933) 순으로 총 4편이다.

《Y의 비극》은 네 작품 중 가장 대중적이고 제일 좋은 평을 받고 있다. 순서에 상관없이 읽어도 각 작품 내용을 이해하는 데 아무 무리가 없다.

이야기는 뉴욕의 대부호인 요크 해터가 시체로 발견되면서부터 시작된다. 그가 청산가리를 복용한 사실이 드러나 사건은 자살로 종결되는데, 그 후 해터가에서 기이한 일들이 연이어 벌어진다. 요크 해터의 큰딸인 루이자 캠피언이 마시는 달걀술에 누군가 독을 타는 일이 생기고, 두 달 뒤에는 요크의 아내인 에밀리 해터가 살해당한다. 에밀리는 집 안에 있던 만돌린에 머리를 강타당해 죽었다.

소설의 주 무대인 해터가는 워싱턴 스퀘어에서 유명한 부자이자 '기분 나쁜 사람들'로 언론에 자주 오르내린다. 신문기자들은 해터가를 '미치광이 해터 가문'이라고 부른다. 작품 속 해터가 사람들은 모두 성격장애처럼 보인다. 에밀리 해터의 큰아들 콘래드는 알코올 중독에 분노 조절 장애 문제가 있어 보이고, 콘래드의 아내 마사는 에밀리와 콘래드에 눌려서 자기도 모르게 아이들에게 분풀이를 한다. 막내딸 질은 심한 애정결핍에 시달리고, 시인으로 멀쩡하게 활동하는 큰딸 바바라 역시 묘하게 비뚤어진 인물이다. 이 집안에서 괜찮은 사람이 있다고 한다면, 에밀리 해터가 전 남편 톰 캠피언과의 사이에서 낳은 루이자 캠피언일 것이다. 루이자는 눈이 안 보이고 귀도 들리지 않는다. 대신 탁월한 감각의 소유자로 드루리 레인에게 범인에 대한 결정적인 증언을 한다.

바너비 로스는 이 같은 설정을 밴 다인의 《그린 살인 사건》에서 영향을 받았다고 밝혔다. 《그린 살인 사건》 역시 비뚤어진 집안에서 일어나는 연쇄살인을 다루고 있다. 밴 다인의 성공에 자극을 받아서 데뷔한 엘러리 퀸이 그의 작품에 영향을 받는 건 어찌 보면 당연한 일일지도 모른다.

탐정 드루리 레인

드루리 레인은 루이자 캠피언 독살 미수 때 섬 경감의 요청으로 해터가를 방문했다. 그 후 에밀리 해터가 살해당한 뒤 섬 경감과 브루노 검사의 요청을 받아 사건을 수사한다. 그는 만돌린에 맞아 죽은 에밀리 해터를 보고 다음과 같은 의문을 제기한다.

"이 방 안에는 그보다 더 나은 흉기가 될 수 있는 것이 몇 개나 있는데 어째서 하필이면 만돌린 따위를 택했을까요?"

이러한 의문과 루이자의 증언, 또 다른 증거들을 토대로 드루리 레인은 범인이 누군지 밝혀낸다. 그렇다면 드루리 레인은 어떤 사람이기에 경감과 검사가 수사 협조를 요청했을까. 드루리는 1871년 11월 3일 루이지애나주 뉴올리언스 출신이다. 큰 키에 은발, 회청색 눈동자가 매력적인 셰익스피어 전문 배우로 활약하다가 은퇴했다. 청각에 장애가 생겼기 때문이다. 뉴욕 교외 허드슨 강가의 '햄릿장'에서 은거하고 있다. 귀가 들리지는 않지만 입술 움직임을 읽는 독순술을 할 줄 알기 때문에 전화나 뒤에서 하는 말 외에는 소통하는 데 문제가 없다.

배우 은퇴 후 범죄학에 흥미를 갖게 되었고, 수술로 살인한 사건을 해결한 게 계기가 되어 브루노 검사와 셤 경감을 알게 되었다. 물적 증거와 관계자의 증언 등 사실 관계만으로 논리적인 추리를 하여 진상을 밝힌다. 변장의 명수로 사건 해결 때 배우의 장점을 살리기도 한다. 따스하고 인간적인 성품의 소유자이다. 《X의 비극》과 《Y의 비극》에서는 60대라고 생각되지 않을 체력을 과시했으나, 《Z의 비극》 이후부터는 건강이 안 좋아졌다는 설정이다.

👣 추리소설의 장점을 두루 갖춘 작품

현대 독자들은 수많은 추리소설과 영화, 드라마를 접해 기발한 트릭과 반전 등에 익숙하다. 그래서 오래된 작품은 조금은 진부하다고 느끼거나 흥미를 갖지 못할 수도 있다. 하지만 《Y의 비극》은 서두에 빠르게 나오는 사건이 흥미를 끈다.

논리적으로 적확한 살인 사건을 둘러싼 증거들과 사람들의 증언이 이어지며, 주요 인물들의 심리 묘사가 뛰어나 현대 추리소설과 견주어도 손색 없는 작품이다. 밴 다인의 영향을 받았다고 하나, 이러한 장점들이 있기에 후세의 많은 작가에게 좋은 교본이 되었다.

🔍 이 작품이 흥미롭다면 ───────────────

이 작품에 영향을 끼친 밴 다인의 《그린 살인 사건》을 읽어보는 것도 좋을 듯하다. 이 '비극' 시리즈의 제목은 특히 일본 작가들이 패러디를 많이 했는데, 대표적으로 노리즈키 린타로 시리즈의 《1의 비극》(1991)이 있고 가장 최근작으로는 요네자와 호노부의 《I의 비극》(2019)이 있다. 오마주한 제목으로 각각 어떤 이야기가 탄생했는지 궁금하시다면 읽어 보시기를 추천한다.

밀실 강의만으로도 읽을 가치가 충분한

세 개의 관

The Three Coffins
1935

존 딕슨 카 *John Dickson Carr, 1906~1977*

존 딕슨 카는 애거서 크리스티, 엘러리 퀸과 더불어 영미 추리소설계를 대표하는 거장 중 한 명이다. 그는 미국 펜실베이니아에서 영국인 부모 밑에서 태어났다. 어렸을 때부터 코난 도일, 체스터턴, 가스통 르루 등의 작품을 읽었고 고교 시절부터 추리소설을 쓰기 시작했다. 하버드대학에 진학했으나 자퇴하고 파리에서 유학 생활을 하다, 귀국한 후인 1931년 첫 작품 《밤에 걷다》를 냈다. 이 작품에서 파리의 경시청 경감인 앙리 방콜랭이 등장한다.

1932년 영국인 아내를 만나 결혼한 후, 영국으로 이주하여 꾸준히 작품을 쓰기 시작했고 1936년에는 영국 추리소설 작가 클럽 회원이 되었다. 1939년 제2차 세계대전이 발발하자 잠시 미국에 머물렀지만, 영국 BBC의 요청으로 다시 영국으로 가서 라디오 드라마의 대본을 다수 썼다. 하지만 전쟁이 끝난 1947년에 미국으로 돌아가서 쭉 살았다. 이때 《아서 코넌 도일의 생애》(1949)를 써서 베스트셀러 작가가 됐다. 이후 코넌 도일의 막내아들인 에이드리언 코넌 도일과 《셜록 홈즈 미공개 사건집》(1954)을 공동 집필하여 큰 성공을 거뒀다.

애거서 크리스티는 영국인, 엘러리 퀸은 미국인인데 존 딕슨 카는 영국과 미국을 모두 감싸는 작가로 여겨진다. 존 딕슨 카의 특징을 들자면 무엇보다도 밀실의 대가라는 점을 빼놓을 수 없으며, 불가능한 상황에서 일어나는 범죄를 다루고 이를 합리적으로 해결하는 이야기를 많이 써냈음을 들 수 있다. 유럽의 고대 전설을 작품마다 녹여 냈으며, 1950년대 이후에는 역사 미스터리를 쓰기도 했다. 1969년에는 반신불구가 되었지만 1977년에 폐암으로 사망할 때까지, 한 손만으로 집필을 계속했다.

존 딕슨 카는 또 일본의 본격 추리소설에도 큰 영향을 미쳤다. '긴다이치 고스케' 시리즈의 요코미조 세이시, '관' 시리즈의 아야츠지 유키토 등도 카의 팬임을 드러낸 바 있다.

🐾 밀실 사건의 정수

영국에서 30년째 살고 있던 그리모 교수가 한 모임에서 흡혈귀 전설 이야기를 하고 있다. 그런데 갑자기 프레이라는 사람이 나타나더니 자신의 형제가 그를 죽일 것이라고 한다. 며칠 후, 그리모의 집에 이상한 사람이 찾아온다. 그리고 그가 방 안으로 들어가자 문이 닫히고 안에서 총소리가 난다. 사람들이 들어가 보니 방의 문과 창문은 안에서 다 잠겨 있었고, 창틀이나 지붕에 쌓여 있던 눈에는 건드린 자국이라고는 하나도 없었다. 교수를 찾아온 그 투명인간과도 같은 남자의 정체는 무엇일까.

경찰은 교수를 협박했던 프레이의 행방을 찾았으나 그 역시 시체로 발견된다. 눈이 내리는 광장 한복판에서 등에 총을 맞고 죽어 있었다. 그런데 근처에 발자국이라고는 프레이의 것뿐이었고, 그의 등에 난 총알 자국은 아무리 봐도 아주 가까이에서 쏜 것이다. 범인이 날아서 왔다가 간 것일까.

밀실 미스터리 베스트 설문조사에서 이 작품은 단연 1위를 한 바 있다. 이 작품의 하이라이트는 17장에서 탐정 펠 박사가 한 '밀실 강의'다. 그는 사건 관계자들을 모은 뒤 밀실 사건과 그와 관련된 추리소설, 또한 밀실 유형 등에 대한 강의를 한다. 밀실 살인 사건을 다룬 좋은 작품의 조건이라면 불가능해 보이는 상황과 이에 대한 합리적인 해석 등이다.

👓 존 딕슨 카의 탐정 캐릭터

존 딕슨 카의 탐정 캐릭터는 만들어진 순서대로 앙리 방코랭, 기드온 펠, 헨리 메리벨 경까지 크게 셋을 들 수 있다.

앙리 방코랭은 파리 법원의 고문이며 경시청 총감이기도 한 인물이다. 그가 첫 등장한 작품은 카의 데뷔작인《밤에 걷다》(1930)다. 앙리 방코랭은《해골성》(1931)을 비롯하여 총 다섯 편에 나오지만 카 자신이 청춘 시절을 파리에서 보냈기 때문에 우선 그곳을 배경으로 한 시리즈를 낼 때 등장한다. 이후 존 딕슨 카가 영국으로 이주한 뒤, 1937년 다섯 번째 작품이 나온 후 방코랭 시리즈는 더 이상 나오지 않았다.

기드온 펠은 카의 두 번째 탐정으로서 카가 만든 캐릭터 중 가장 인지도가 높기도 하다. 그는 직업은 역사학자이며, 경찰도 미궁에 빠진 사건에 자문을 구하고자 찾아올 정도로 뛰어난 탐정이기도 하다. 펠 박사는 사건 이야기를 듣기만 하고 진상을 밝히는, 안락의자 탐정의 모습을 보이기도 하는데 이러한 점이 나타난 대표적인 작품은《아라비안나이트 살인》(1936)이다. 세 명의 경찰관이 수수께끼의 사건을 조사한 뒤 자신들이 본 바를 펠 박사에게 차례로 들려주고, 다 들은 박사는 진상을 알아맞힌다. 그 외《구부러진 경첩》(1938)도 유명하다. 스스로 움직이는 인형이라는 소재, 두 명의 백작이 서로 자신이 진짜라고 주장하다가 일어나는 불가능한 살인 사건, 또 합리적인 사건 해결 등 매력적인 요소로 가득하다.

세 번째 탐정인 헨리 메리벨 경은 《흑사장 살인 사건》(1934)에서 처음으로 등장한다. 의사이자 변호사 자격증을 갖고 있고, 제1차 세계대전 당시 영국군 정보 담당으로 일하는 등 독특한 이력을 지닌 능력자이다. 그의 별명은 '마이크로프트 홈즈', 즉 셜록 홈즈의 형이다. 동생 셜록보다 머리가 더 좋지만 게으르기 때문에 돌아다니는 것을 싫어하고 몸집이 크며, 정부 기관에서 일하는 천재임을 나타내는 별명이다. 메리벨 경 시리즈도 무려 23편이나 되지만, 안타깝게도 한국에는 《유다의 창》(1938)만 나와 있다. 이 또한 밀실 살인에서 절대로 빼놓을 수 없는 걸작이다.

기드온 펠의 모델은 체스터턴, 메리벨 경의 모델은 윈스턴 처칠이라고 하나 두 사람 모두 몸집이 상당히 크고 노년에 접어들었으며, 굉장히 수다스럽다는 점 등에서 거의 비슷하다.

사실 딕슨 카는 다른 출판사에서 '니콜라스 우드'라는 필명으로 새 작품을 쓰려고 했으나 출판사에서 착오가 생겨 카터 딕슨Carter Dickson이라는 필명을 쓰게 되었고 그 이름으로 메리벨 경 시리즈를 쓰게 되었으니 재미있는 에피소드이기도 하다.

밀실, 괴기, 그리고 역사소설의 대가

존 딕슨 카의 비시리즈 작품 중에서는 《화형법정》(1937)을 빼놓을 수 없다.

주인공 스티븐스는 작가 고던 크로스의 원고를 보다가, 거기 들어간 사진의 여자가 자기 아내와 쌍둥이처럼 닮았다는 사실에 크게 놀란다. 게다가 그녀의 정체는 독살마였다. 얼마 후, 친구인 마크가 그에게 도움을 요청한다. 큰아버지가 죽었는데 그날 밤에 그 방에서 옛날 복장을 한 여자가 보였고 그녀가 닫힌 문으로 나갔다는 것이다.

이상하게 여긴 마크와 스티븐스는 죽은 큰아버지 시신을 부검해 보려 무덤을 파헤쳤지만, 관은 텅 비어 있고 이상한 매듭이 지어진 끈만 발견한다. 그런데 파낸 흔적도 전혀 없는 무덤에서 과연 어떻게 시체를 꺼낼 수 있었을까. 이 작품은 논리적으로 해결되는 추리소설이면서, 괴기 소설이기도 하다.

《황제의 코담뱃갑》(1942)은 애거서 크리스티가 "이 트릭에는 나도 속고 말았다"며 감탄한 작품이다. 이브는 건넛집에서 약혼자의 아버지인 모리스 경이 살해당하는 장면을 목격하지만 상황이 이상하게 꼬여 용의자로 몰린다. 그러나 그녀는 자신의 알리바이를 증명할 수가 없다. 왜냐하면 그 시각에 전남편이 그녀의 방에 찾아왔기 때문이다. 과연 누가 범인일까.

《벨벳의 악마》(1951)는 역사 추리소설의 걸작이라 할 수 있다. 1675년, 남작 니콜라스 펜튼 경의 아내 리디아는 독살을 당했다. 그리고 1925년, 이 사건을 거의 평생 연구해 온 역사학자

니콜라스 펜튼은 할 수 있다면 역사를 되돌려서라도 이를 막을 수 있기를 간절히 바란다. 그러던 어느 날 그의 앞에 악마가 나타나서 원한다면 그 시대로 보내 주겠다고 한다. 대신 그는 영혼을 악마에게 팔았다.

펜튼은 1675년, 그 독살 사건 한 달 전으로 돌아가서 니콜라스 경의 몸에 빙의하지만 분노로 이성을 잃으면 원래의 니콜라스 경의 인격이 돌아온다는 제한이 따른다. 게다가 그의 주변에는 여러 가지 위험이 도사리고 있다. 당시 왕권은 미약했는데 니콜라스 경은 열렬한 왕당파 귀족이었고, 또한 여자 문제까지 복잡하여 언제 무슨 일이 날지 몰랐다. 논리적인 사건 해결을 중점으로 삼았던 다른 작품과는 달리 이번 일에 주인공은 여러 가지 술수를 써서 적들을 물리치고, 펜싱에 관한 여러 가지 묘사가 탁월하기도 하다. 특히 펜튼 집안사람들이 청교도 습격자들과 싸우는 대목 등에서는 박진감이 넘친다.

🔍 이 작품이 흥미롭다면 ───────────────

밀실, 사전적인 의미는 잠긴 방이란 뜻이다. 하지만 추리소설에서 이는 가장 오래된 클리셰 중 하나다. 문이 잠겨 있어서 부수는 등의 방법으로 들어가면 그 안에 살해된 시체가 있지만 범인이 어떻게 들어오고 나갔는지 알 수가 없다. 최초의 추리소설이라 할 수 있는 〈모르그가의 살인 사건〉 역시 밀실 살인을 다룬 작품이다. 또한 《셜록 홈즈의 모험》(1892)에 있는 단편

중 하나인〈얼룩끈〉도 한 여인이 밀실에서 살해되며 일어나는 이야기다. 범인이 굳이 문을 잠그고 나올 이유가 있을까, 차라리 다른 방법으로 혐의에서 벗어날 생각을 하는 편이 더 합리적이지 않을까, 하는 의문을 갖는 독자도 있을 것이다. 하지만 불가능해 보이는 상황 연출과 그 괴기함, 또한 범인의 정체와 범행 방법을 밝히는 탐정의 활약 등은 추리소설 마니아들을 열광시켰고, 에드거 앨런 포 이후 수많은 작가들이 이 분야의 작품을 써내는 데 도전했으며 지금도 하고 있다.

밀실을 정면으로 다룬 첫 장편은 이즈라엘 쟁월의《빅 보우 미스터리》(1891)다. 보우가에서 일어난 밀실 살인을 해결하는 이야기다. 가스통 르루의《노란 방의 비밀》(1907) 역시 이 분야의 걸작이다. 클레이튼 로슨의《모자에서 튀어나온 죽음》(1938)은《세 개의 관》에 대한 대답이라는 말이 있다. 그만큼 이 작품 역시 밀실 살인의 걸작이라 일컬어지고 여기에도 밀실 강의가 있다는 특징이 있다. 특히 이 작품 역시 마술사를 소재로 하고 있으며, 작가인 로슨도 마술사 출신인데다 나오는 탐정인 멀리니도 그렇다.

카의 영향을 받은 일본 작가 중에도 밀실 살인을 다룬 이들이 많다. 대표적인 인물이《혼진 살인사건》(1946)을 쓴 요코미조 세이시이며, 나중에 일본에서 본격 추리소설 작가들이 인기를 끌며, 기시 유스케의 경우 밀실만 전문으로 해결하는 탐정인 에노모토 케이(원래 직업은 방범 컨설턴트다)가 활약하는 시리즈를 쓰기도 했다. 첫 작품인《유리망치》(2004)를 비롯하여《도깨비불의 집》(2008),《자물쇠가 잠긴 방》(2011),《미스터리 클락》(2017) 등이 있다.

아리스가와 아리스가 쓴《밀실 대도감》(2019)은 추리소설가의 로망이라 할 수 있는 밀실을 분석한 책으로 유명하다.

화려한 대저택을 지배하는 미녀의 망령

레베카

Rebecca
1938

대프니 듀 모리에 *Daphne du Maurier, Lady Browning, 1907~1989*

1907년 영국 런던에서 태어나 예술적 소양이 풍부한 집안에서 자랐다. 프랑스 망명 귀족의 후손으로 특이하게도 조부가 장르소설가이자 만화가였고, 친부는 배우였다. 당시 영국 귀족가의 자제들이 그렇듯이 정규 교육을 받지 않고 집에서 자유롭게 독서와 사색 그리고 공상을 하며 어린 시절을 보냈다.

1931년 《사랑하는 마음》이란 첫 장편소설을 내놓았고 《청춘은 다시 돌아오지 않는다》(1932), 《줄리어스의 발전》(1933), 《자메이카 여인숙》(1936)을 거쳐 1938년 발표한 《레베카》가 크게 성공하면서 인기 작가로 자리매김했다. 1932년 프레드릭 아서 몬타규 브라우닝과 결혼, 2녀 1남을 두었다.

대프니는 도시를 싫어하고 전원생활을 좋아하는 성격이었다. 고독한 전원생활이 《레베카》라는 희대의 걸작을 탄생시킨 자양분이 아니었을까. 《레베카》의 배경인 맨덜리의 모델은 영국 콘월 해안의 매너빌리 대저택이다. 어렸을 때 매너빌리에 매혹된 대프니는 '나중에 어른이 되면 꼭 저기에서 살 거야'라고 맹세했다고 한다. 실제로 《레베카》로 베스트셀러 작가 반열에 오른 대프니 듀 모리에 부부는 25년 계약으로 매너빌리 저택에 세를 들어 거주했고, 계약이 끝난 후에도 근처에 집을 얻어 죽을 때까지 생활했다.

평생 소설과 논픽션, 희곡에 이르기까지 장르를 넘나들며 30권이 넘는 작품들을 썼고 공로를 인정받아 1969년 영국 왕실에서 데임Dame 작위를 받았다. 1977년에는 미국추리작가협회가 수상하는 그랜드 마스터상을 받았으며 1989년에 81세를 일기로 세상을 떠났다.

👣 80년 넘게 사랑 받는 고딕 호러 명작 《레베카》

"지난밤 다시 맨덜리로 가는 꿈을 꾸었다. 저택으로 이어지는 길 입구의 철문 앞에 섰지만 굳게 닫힌 탓에 들어갈 수 없었다. 철문에는 쇠사슬이 가로걸리고 자물쇠가 채워져 있었다. 문지기를 소리쳐 불렀지만 대답이 없었다."

《레베카》의 줄거리는 싱거울 정도로 간단하다. 화자인 '나'는 나이든 밴호퍼 여사의 말 상대 겸 하녀 일을 하고 있는 가난한 고아 아가씨다. 우연히 프랑스 휴양지에서 잘생기고 돈 많은 귀족 남성 맥심 드윈터를 만난다. 맥심은 아내를 잃고 홀아비가 된 지 얼마 지나지 않았다. 서로 반한 두 사람은 서둘러 결혼하고 드윈터의 본가 맨덜리 대저택으로 온다. 가정부 댄버스 부인은 사사건건 나를 간섭한다. 새댁인 나는 댄버스 부인이 사고로 죽고 없는 맥심의 전 부인 레베카와 나를 비교할 때마다 불안감에 시달린다. 레베카의 방에 우연히 들어갔다가 마주친 댄버스는 레베카의 벨벳 드레스를 나에게 대보며 웅얼거린다.

"벨벳을 얼굴에 대보세요. 정말 부드럽죠? 마님께서도 느끼실 수 있죠? 향기가 아직도 여전하답니다. 마치 지금 막 벗어 놓은 것처럼요. 그분이 계셨던 방에는 늘 향기가 남았죠. 그래서 전 그분이 어디

어디 계셨는지 늘 맞힐 수 있었답니다."

　나는 죽은 전처의 망령이 살아 있는 화려한 대저택에서 질식할 것만 같다. 죽은 레베카가 여전히 지배하고 있는 공간, 맨덜리에서 나는 과연 행복할 수 있을까? 죽은 여자와 산 여자, 그리고 한 남자. 세 사람의 삼각관계는 어떻게 될까? 시간이 지나면서 레베카와 맨덜리에 얽힌 비밀이 하나씩 밝혀지기 시작한다.

　대프니 듀 모리에의 다섯 번째 작품 《레베카》는 1938년 출간 후 4년 만에 28쇄를 찍었고 유럽은 물론이고 미국에서도 베스트셀러가 되었다. 출간 후 80년이 넘는 지금까지 한 번도 절판되지 않았다고 한다. 발간된 해에는 전미도서상도 수상했다.
　아마 레베카의 이름을 한두 번 들어본 사람이 많을 것이다. 20세기 영국의 가장 대중적인 작가 중 한 명이었던 듀 모리에의 《레베카》는 지금껏 50여 차례나 연극, 영화, 뮤지컬, 드라마로 옮겨졌다. 최근 2020년에는 넷플릭스에서 동명의 영화가 스트리밍되었고, 2006년 오스트리아 극작가 미하엘 쿤체가 각색해 만든 뮤지컬 《레베카》는 수시로 국내 무대에 오르고 있다. 하지만 무려 80여 년 전에 나온 소설이 원작이고, 원작의 작가인 대프니 듀 모리에가 스릴러의 제왕 히치콕이 가장 사랑한 뮤즈였다는 사실까지 아는 사람은 별로 없을지도 모른다.

스릴러의 거장 히치콕은 대프니 듀 모리에의 작품 중 무려 세 편 《자메이카 여인숙》, 《레베카》, 《새》(1963)를 영화로 만들었다. 특히 《레베카》와 《새》는 아직도 두고두고 회자되는 고전 스릴러 영화의 명작이다. 1940년 히치콕의 《레베카》에 비한다면 2020년도 영화 《레베카》는 예쁘장한 팬시상품처럼 느껴질 정도다. 히치콕 버전 《레베카》를 아직 보지 못한 독자가 있다면 소설과 함께 꼭 챙겨보길 바란다. 오래된 흑백 영화라서 지루할까 걱정한다면 그 걱정이 무색할 정도로 으스스한 공포를 느낄 것이다. 로렌스 올리비에, 조앤 폰테인, 주디스 앤더슨 등 당대 최고의 배우들이 주연을 맡은 영화 《레베카》는 그해 아카데미 최고작품상을 수상했다.

👓 서스펜스의 여제, 최고의 이야기꾼 듀 모리에

《레베카》에는 우리가 미스터리와 호러 장르에서 기대하고 있는 모든 것이 등장한다고 해도 과언이 아니다. 두 여자와 한 남자 사이의 삼각관계, 그리고 장엄하고 화려한 대저택. 레베카에 얽힌 대저택의 비밀이 드러날 때마다 독자의 긴장감은 점점 고조된다.

《레베카》에서는 레베카, 나, 댄버스 부인, 맥심만 주인공이 아니라 대저택 맨덜리도 주인공이다. 거대하고 어두침침한 대저택을 아직도 지배하고 있는 죽은 전처 레베카, 레베카를 머리끝부터 발끝까지 숭배한 나머지 맥심과 재혼한 나를 비웃고 배척

하는 가정부 댄버스, 그리고 차갑고 냉소적인 댄버스 부인에게 겁먹고 대저택의 일상을 겨우 살아 내고 있는 어리고 미숙한 새댁인 나, 이 모두로부터 무심히 떨어진 채로 과거의 비밀과 홀로 분투하고 있는 맥심. 대저택 맨덜리는 이 모든 등장인물들의 갈등이 충돌하고 심화되는 배경에 그치지 않고 이 소설의 으스스한 분위기를 창조하는 또 하나의 주인공 역할을 톡톡히 하고 있다. 일반 저택을 압도하는 거대한 규모의 맨덜리는 서서히 공포감을 고조시키며 독자들에게 고딕 호러의 맛을 느끼게 한다.

듀 모리에는 서스펜스의 여제이자 최고의 이야기꾼이라는 찬사에 걸맞게 《레베카》를 통해 독자들에게 잊을 수 없는 재미와 공포를 선사한다. 듀 모리에는 작가 활동 초창기에는 캐서린 맨스필드, 매리 메어브, 모파상 등의 영향을 받았다. 그 뒤 현대 작가 작품은 거의 읽지 않고 제인 오스틴, 안토니 토로로프, 로버트 루이스 스티븐슨의 작품을 애독했다고 한다. 듀 모리에는 19세기 고전 문학의 기법에 자신만의 개성을 덧붙여 독특한 세계관을 펼쳐 나갔다. 그녀가 선사하는 서스펜스는 상황이 아니라 치밀한 이야기 구조를 통해 점점 증폭된다.

🔍 이 작품이 흥미롭다면 ───────

시대를 초월하여 사랑받는 듀 모리에의 소설 목록을 소개한다.

《자메이카 여인숙》은 듀 모리에의 네 번째 소설로 그녀를 인기 작가의 반열에 올려놓았다. 영국 콘월 지방에 대한 사실적인 묘사, 등장인물의 치밀한 내면 묘사, 그리고 우아하면서도 섬뜩한 문체로 이미 《레베카》의 등장을 예고하는 작품이었다.

《나의 사촌 레이첼》(1951)은 듀 모리에 나이 44세에 작가적 기량이 정점에 이르렀을 때 발표한 작품이다. 머나먼 외국에서 의문의 죽음을 맞이한 앰브로즈, 그의 미망인인 레이첼, 그리고 레이첼이 앰브로즈를 죽였다고 의심하는 앰브로즈의 친척 청년 필립의 이야기가 펼쳐진다.

《희생양》(1957)은 우연히 마주친 자신과 똑같이 생긴 남자에게 신분을 빼앗긴 한 남자의 이야기다. 아들을 원했던 아버지로 인해 평생 자신의 내면은 남자라고 믿고 살아왔던 듀 모리에는 자신의 외면과 내면의 부조화로 인해 정체성의 갈등을 겪어 왔다. 그런 그녀가 똑같은 외모를 가진 두 인물의 삶이 빛과 그늘처럼 대비되는 심리적 서스펜스물을 썼으니 재미와 깊이가 다르다.

대프니 듀 모리에의 단편이 궁금하다면 현대문학에서 나온 《대프니 듀 모리에》를 추천한다. 표제작인 〈지금 쳐다보지 마〉를 비롯해 히치콕 영화 《새》의 원작인 〈새〉 등 총 9편의 단편이 실려 있다. 듀 모리에의 단편들은 일상과 꿈의 경계를 자유롭게 넘나들며 때로는 과격하다 못해 엉뚱하기까지 하다. 유령 같은 인간의 공포를 자극하는 대상이 직접 등장하지 않음에도 선명한 악몽처럼 느껴진다. 또 다른 단편선집으로는 《인형》이 있다. 표제작 〈인형〉을 비롯해 듀 모리에가 10대부터 20대 시절 초창기에 썼던 단편 열세 편을 묶었다.

#퍼즐미스터리 #명탐정시리즈 #미스터리황금기 【조동신】

미식 미스터리의 원조

요리사가 너무 많다

Too Many Cooks
1938

렉스 스타우트 *Rex Todhunter Stout, 1886~1975*

1886년 인디애나에서 퀘이커 교도인 부모 사이에서 태어나 캔자스에서 자랐다. 캔자스대학교에서 잠시 수학한 뒤 해군에 입대하여 1906년부터 1908년까지 대통령의 요트에서 복무했다. 회계 담당자, 세일즈맨, 호텔 매니저, 상점 점원으로 일하면서 공상 과학, 로맨스, 모험 소설을 창작하기 시작했다.

1934년 탐정 네로 울프가 등장하는 첫 작품인 《독사》를 내어 큰 호평을 받았다. 제2차 세계대전이 시작될 무렵에는 전업 작가가 되었는데 동시에 스타우트는 '작가 전쟁 위원회' 의장을 맡기도 하고 연설을 하고 라디오 쇼를 주최하는 등 전쟁 관련한 활동도 활발하게 했다. 전쟁이 끝난 후 그는 '민주주의를 위한 친구들', '제3차 세계대전 방지 협회', '세계정부작가위원회' 등의 단체에서 꾸준히 활동했다.

1958년 렉스 스타우트는 미국추리작가협회에서 수여하는 그랜드 마스터 상을 수상했다. 1975년에 사망한 뒤 그를 기리며 작품 속 탐정 네로 이름을 따 우수 추리소설에 수여하는 네로 상이 1979년 제정되었다. 현재까지 헬렌 매클로이, 로렌스 블록, 리 차일드, 루이즈 페니 등 우수한 추리 작가들이 수상하였다.

🐾 요리 행사장에서 일어난 살인 사건

이 작품은 '네로 울프' 시리즈 중 네 번째로 나왔다. 탐정 네로 울프는 5년에 한 번, 15명의 세계적인 요리사와 함께 열리는 행사에 초대된다. 그는 미식가로도 유명했기 때문에 사건 해결이 아니라 연설을 위해 참석했다. 하지만 요리사들 사이에는 보이지 않는 갈등이 있었고 행사 도중 필립 라스지오라는 요리사가 칼을 맞고 죽는다.

　모임에 참석한 요리사에게는 모두 살해 동기가 있다. 누군가는 아내를, 누군가는 자신의 레시피를 빼앗겼기 때문이다. 그러다 그중 한 명인 제로메 벨린이 범인으로 몰리고, 그는 울프에게 진범을 찾아 달라고 의뢰한다. 울프는 오래 전에 극비 임무를 수행하다가 어느 식당에서 먹어 본, 소시스 미뉴이라는 소시지 맛을 잊지 못하고 있었는데 그 식당 요리사가 바로 벨린이었다. 울프는 사건을 해결해 주는 대가로 그 소시지 만드는 법을 알려달라고 한다.

　이 작품에 나오는 요리 묘사와 그 레시피를 보면, 추리소설인데도 피 냄새가 아니라 맛있는 요리 향기가 느껴질 정도다. 네로 울프라는 탐정이 얼마나 미식가이고 음식에 조예가 깊은지도 잘 나타난다. 렉스 스타우트는 1973년《네로 울프의 요리책》이라는 요리책을 내기도 했다.

🔗 미국에서 사랑받는 탐정 네로 울프

우리나라에 네로 울프 시리즈는 소개하는《요리사가 너무 많다》외에도 첫 작품인《독사》와《챔피언 시저의 죽음》(1939)까지 단 3권만 나와 있으나 미국에서는 상당히 인기가 있는 탐정 캐릭터다.

미국의 추리소설 평론지《암체어 디텍티브》1994년 가을호에 실린 '가장 좋아하는 추리소설 작가' 설문조사 결과를 보면, 렉스 스타우트는 애거서 크리스티(2위), 코난 도일(3위), 레이먼드 챈들러(4위), 로스 맥도널드(5위) 등을 제치고 1위를 차지했다. 그와 함께 '가장 좋아하는 시리즈 주인공'으로는 셜록 홈즈가 1위였고 그 뒤를 이어 네로 울프가 2위를 차지했다.

윌리엄 스튜어트 베어링 굴드가 쓴 셜록 홈즈의 전기인,《베이커가의 셜록 홈즈》(1962)를 보면 셜록 홈즈가 모리아티 일당을 피해 여행을 떠났을 때 몬테네그로에서 〈보헤미아 스캔들〉에 등장했던, 아이린 애들러와 재회했고 거기서 두 사람 사이에서 태어난 아들이 바로 네로 울프라는 설이 있다. 이에 렉스 스타우트는 긍정도 부정도 하지 않았다.

이 말이 사실이든 아니든, 네로 울프는 그 자체만으로도 매우 독특한 탐정이다. 키가 180센티미터인데 몸무게는 거의 140킬로그램 정도나 된다. 그는 움직이지 않기 때문이다. 탐정으로서 조사는 늘 울프의 조수이자 이 시리즈의 화자이기도 한 아치 굿원이 하며, 그가 조사한 정보를 토대로 울프가 추리를 하여 진상을 파악하는, 안락의자형 탐정이다. 굿윈은 고용된 입장이면서도 늘 울프와 티격태격 다투고, 요리사가 자신보다 월급이 많다고 불평을 늘어놓기도 한다. 그런데도 이 두 사람은 위험할 때는 늘 서로를 위해 정성을 다하는 환상의 콤비이기도 하다.

네로 울프의 삶은 그 몸무게를 제외한다면 보통 사람들이 보고 부러워할 만도 하다. 그는 뉴욕 한가운데에 있는 3층짜리 저택에서 살고 있으며, 취미는 난초 재배인데 전용 온실을 두고 있을 정도다. 상당한 미식가로서 집에 요리사와 정원사를 두고 있다. 좀처럼 움직이지 않는 그가 《요리사가 너무 많다》에서 외출한 이유도 요리사들이 모이는 행사이기 때문이다. 이러한 생활을 유지하려면 사건 해결 수임료도 비싸지만, 그만큼 찾는 이들이 많다는 점을 의미하기도 한다.

네로 울프 시리즈는 1936년에 첫 작품인 《독사》가 영화화된 이래 미국뿐 아니라 러시아, 이탈리아 등에서도 영화와 드라마로 제작되었다.

👣 구르메 미스터리

인간은 먹지 않으면 살 수 없는 만큼, 음식을 이용한 독살 트릭 등은 추리소설에서 빼놓을 수 없다. 조선의 왕 중에도 독살설이 제기된 왕이 무려 8명이나 되는 등 실제 역사에서도 독살은 끊임없이 이어져 왔다. 따라서 독살은 물론 요리와 관련된 추리소설 역시 한둘이 아니다.

또한 요리를 소재로 한 미스터리도 많다. 대개 탐정이 미식가나 요리사다. 아니면 굳이 요리 자체를 주요 소재로 삼지 않더라도, 애거서 크리스티의 단편 〈크리스마스 푸딩의 모험〉(1960)을 보면 영국 시골 저택의 크리스마스 파티와 요리에 대한 묘사가 생생하고, 미스 마플이 활약하는 《패딩턴발 4시 50분》(1957) 역시 음식에 관한 묘사가 잘 되어 있다. 《장례식을 마치고》(1953)에서 푸아로가 친구에게 식사를 대접하는 대목에서도 이런 점은 유감없이 나온다.

미식가이자 탐정으로 유명한 이 중에서는 역대 최고의 악당 캐릭터 순위에서 거의 벗어난 적이 없는, 한니발 렉터를 빼놓을 수 없다. 토머스 해리스가 창조한 그는 인육을 먹는 악당이면서도 요리와 예술 전반에 조예가 깊다. TV 드라마로 제작된 《한니발》은 각 에피소드의 제목이 모두 요리 이름일 만큼, 그런 모습을 잘 보여 주고 있다.

🔍 이 작품이 흥미롭다면 ──────────

《요리사가 너무 많다》 이후 요리를 소재로 한 소설이 많이 나왔다. 로알드 달의 단편 〈맛있는 흉기〉(1953)는 제임스 본드 시리즈의 작가 이안 플레밍이 달에게 준 아이디어를 바탕으로 쓰였다. 메리는 자신의 남편을 냉동된

양 다리로 때려 살해한 뒤 그것을 요리하여 사건을 조사하러 온 경찰관에게 대접한다.

그 외에도 영국이나 미국 등에서는 코지 미스터리, 즉 잔인하지 않고 안락한 전원 분위기의 추리소설이 많이 나왔는데 이러한 미스터리 시리즈의 특징은 주인공이 전문 탐정이나 경찰이 아니라 다른 전문직인 경우가 많다. 조앤 플루크의 '한나 스웬슨' 시리즈가 가장 대표적인 예다. 미네소타주의 작은 마을 '레이크 에덴 타운'에 있는 베이커리 카페 '쿠키 단지'를 운영하는 스웬슨 부인의 세 딸 중 장녀 한나의 이야기이다. 한나는 빵집 운영을 하다가 각종 살인 사건에 종종 휘말리곤 한다. 조앤 플루크 작품은 첫 작품인《초콜릿 칩 쿠키 살인 사건》(2000) 이후, 모든 시리즈에 빵이나 케이크 이름이 앞에 달린 '살인 사건'이라는 제목으로 나왔다.

피터 킹의 '미식가 탐정' 시리즈도 볼 만하다. 주인공은 정식 탐정이 아니라 식재료 감별사로서 '미식가 탐정'이라는 별명으로 불린다. 그런데 그가 가는 장소에서는 터무니없는 사건이 발생한다. 우리나라에는 1권인《프랑스 요리 살인 사건》(1994)과《스파이스 살인 사건》(1997)이 나와 있다.

일본에도 구르메 미스터리가 상당히 많다. 대표적인 것은 일본 드라마《셰프는 명탐정》(2021)의 원작인 곤도 후미에의 '비스트로 파 말' 시리즈다. 작은 프렌치 레스토랑을 배경으로 고객이나 다른 사람들의 고민이나 사건 등을 해결하는, 미후네 셰프의 이야기다. 우리나라에는《타르트 타탱의 꿈》(2007),《뱅쇼를 당신에게》(2015),《마카롱은 마카롱》(2016)까지 3권이 나왔으나 현재는 절판되었다.

이시모치 아사미의《나가에의 심야상담소》(2007)와《한밤의 미스터리 키친》(2019)은 식당 등 특정 장소보다는 대학 동창들이 모여서 맛있는 요리와 술을 앞에 놓고 수다를 떨다가 '과거에 무슨 사건이 있었는데 조금 이상하다. 그 사람들은 왜 그랬을까?' 하고 나름 추리를 해내는 내용인데, 매화 나오는 요리에 관한 묘사가 매우 상세하다.

한국 작품 중에서 구르메 미스터리를 소개한다면, 정가일의 '신데렐라 포장마차' 시리즈를 들 수 있다. 이 시리즈는 2017년에 1권이 나온 후 2022년 5권으로 완결되었으며 각 에피소드의 제목이 모두 프랑스 요리 이름이다. 특이하게도 프랑스 요리를 파는 푸드트럭과 이와 관련된 사건을 해결하는 탐정 김건의 활약이 돋보인다.

신데렐라 포장마차 시리즈가 프랑스 요리라는 이색적인 소재를 바탕으로 쓰여진 데 비해, 김재희의 《유미분식》(2024)은 일반인에게 친숙한 음식 중 하나인 분식을 다루고 있다. 이 작품은 최근 유행하는 경향 중 하나인 힐링물이면서도 미스터리로서의 재미와 반전도 놓치지 않는다.

홍선주의 《심심포차 심심 사건》(2023) 역시 포장마차를 배경으로 하고 있다. 어렸을 적부터 두 눈의 색이 다른, 오드아이인 주인공이 어느 날 심심포차라는 포장마차에 들르며 시작된다. 이곳 주인은 검사 출신이며, 이곳을 방문하는 손님들이 각자의 사연을 그에게 들려주며 이야기가 펼쳐진다.

구르메 미스터리와 관련된 논픽션도 있다. 《죽이는 요리책》(2015)은 미국 추리작가협회에서 펴낸 책으로서, 협회 회원 작가들이 모여 작품에 나오는 요리 혹은 작가 본인에게 위안을 주는 요리의 레시피를 소개한다. 또한 한상진의 《콘 비프 샌드위치를 먹는 밤》(2019)도 추리소설에 나오는 음식에 관한 책으로 구르메 미스터리에 관심이 있는 독자들에게 추천한다.

#미스터리 #살인사건 #탐정 【무경】

어쩌면 추리소설 역사상 최고일지도 모를 작품

그리고 아무도 없었다

And Then There Were None
1939

애거서 크리스티 *Agatha Christie, 1890~1976*

1890년 영국 데번주에서 삼남매 중 막내로 태어났다. 어린 시절에는 집에서 교육받고 열여섯 살 때 파리로 이주해 성악과 피아노를 배웠다. 1912년 영국으로 돌아와 2년 뒤 아치볼드 크리스티 대령과 결혼한 뒤 1920년 《스타일스 저택의 살인 사건》을 발표하며 작가로 데뷔했다. 《애크로이드 살인 사건》 출간 직후 어머니의 죽음과 남편의 외도 등에 큰 충격을 받고 잠적하는 등 방황의 시간을 보내지만, 1976년 사망할 때까지 《그리고 아무도 없었다》, 《ABC 살인 사건》 등 80여 편의 추리소설을 집필하며 '추리소설의 여왕'이라고 불릴 정도로 확고한 명성을 쌓았다.

1955년에 미국추리작가협회에서 수여하는 '그랜드 마스터상'을 받았고 1967년에 여성 최초로 영국추리작가협회 회장이 되었으며, 1971년에 영국 왕실에서 수여하는 작위 훈장 DBE를 받았다. 그의 작품은 영어권에서 10억 부 넘게 팔렸고 103개 언어로 번역되었으며 다른 언어판 역시 10억 부 이상 판매되어 기네스 세계기록에 등재되었다.

👣👣 애거서 크리스티의 작품 중 단 한 권을 읽는다면?

애거서 크리스티가 쓴 작품 중 단 한 편을 읽어야 한다면 뭘 골라야 할까? 곤란한 질문이다. 크리스티는 참으로 많고 다양한 작품을 썼고, 여러 걸작이 존재하기 때문이다. 게다가 질문을 받은 이의 취향에 따라 대답이 갈릴 가능성도 크다. 그래도 만약 단 한 편을 고른다면《그리고 아무도 없었다》를 읽으라고 대답하고 싶다.

　작은 무인도인 병정섬에 사람들이 모여들며 이야기는 시작된다. '얼릭 노먼 오웬'이라는 갑부가 얼마 전 구매했다는 이 섬에 여덟 명의 남녀가 초대받았다. 병정섬에는 주인이 사정이 있어 늦어지니 손님들을 대접하라는 지시를 받은 하인 부부가 손님을 맞이할 뿐이다. 하지만 섬에 있는 열 명의 남녀 중 누구도 주인 부부를 직접 만나 본 적 없다. 저녁 식사가 끝난 뒤 모두가 응접실에 모여 있을 때, 돌연 정체불명의 목소리가 들린다. 섬에 온 열 명이 저마다 과거에 저질렀으나 법으로 심판받지 않은 범죄들을 고발하는 목소리가.

　주인의 이름이 가명이라는 것이 밝혀지고, 휘몰아치는 폭풍우 때문에 섬을 떠나지 못하는 상황에서 열 명의 사람은 하나둘씩 동요〈열 꼬마 병정〉의 내용을 연상시키는 죽음을 맞이한다. 그리고 사람들이 죽어갈 때마다 응접실에 놓여 있던 열 개의 병정 인형도 하나씩 사라진다.

《그리고 아무도 없었다》는 이상한 작품이다. 여기엔 크리스티가 창조한 유명한 명탐정이 나오지 않는다. 아마추어지만 정의로운 탐정도 존재하지 않는다. 오히려 모든 인물에 호감을 느끼기 어렵다. 이 작품에는 죄를 지은 자들과 그들을 심판하려는 수수께끼의 살인자만 등장한다.

하지만 이 작품은 강렬하다. 그리 길지 않은 소설임에도 '추리소설 역사상 최고의 작품'이라고 말할 수 있을 정도로 압도적이다. 나와 의견이 다른 이들도 '최고의 작품' 후보에 올리는 데까지는 동의할 것이다. 만약 당신이《그리고 아무도 없었다》를 읽은 후 식상하다고 느꼈다면 그 또한 당연한 반응이다. 당신은 이미 이 작품에 흠뻑 젖어 있기 때문이다. 여기에 영향을 받은 후대의 작품들을 너무나 많이 접했을 테니까.

🔗 모두가 탐내는 이야기

사람들이 특정한 장소에 고립되고, 그곳에서 연쇄 살인이 벌어진다. 갇힌 사람들은 살해당할 이유를 가지고 있다.

참으로 단순한 설정이다. 하지만 그만큼 강렬하다. 위에 쓴 단 두 줄만으로 앞으로 어떤 일이 벌어질지 긴장감이 생긴다. 독자는 '과연 누가 범인일까?'를 찾으며 동시에 '다음엔 과연 누가 희생될까?'에도 집중한다. 다음 희생자를 기대하는, 세상의 도덕성에서 벗어난 스릴을 느끼며! 이야기의 후반부에서 홀로 살아남은 (하지만 곧 자살하는) 이조차 범인이 아니라는 걸 알게 된 독자는 충격을 받는다. 그리고 마지막에 밝혀지는 진상. 독자는 책을 다시 앞으로 넘겨 확인한다. 서술 트릭, 교묘한 표현으로 자신이 범인임을 드러내면서도 독자에게 숨기는 절묘한 문장을 보며 또다시 충격을 받는다. 그렇게 이 이야기는 사람들을 철저히 매혹시켰다.

요즘 독자들에게는 익숙한, 외부의 도움을 청하지 못하는 단절되고 고립된 공간인 '클로즈드 서클Closed circle'이 미스터리와 스릴러의 중요한 배경이 된 건 바로 이 작품 때문이다. 《그리고 아무도 없었다》에서 처음 선보인 이야기 구조는 후대에 숱하게 다시 쓰였다.

독자들이 몰입하게 하는 장치로 동요를 사용한 것 또한 효과적인 전략이었다. 마더구스 혹은 너서리 라임nursery rhyme이라고 불리는 서양 전래동요 중 〈열 꼬마 병정〉의 가사를 가져와 실제 살인과 대응시켰다. 모호하고 천진한, 하지만 섬뜩한 가사와 살인 사건의 결합!

크리스티는 작품에서 동요 사용을 즐겼다. 《하나, 둘, 내 구두에 버클을 달아라》(1940), 《다섯 마리 아기 돼지》(1943), 《히코리 디코리 독》(1955)은 동명의 마더구스 제목을 소설 제목으로 사용했고, 마더구스 가사가 중요하게 사용되는 작품은 이외에도 더러 있다.

《그리고 아무도 없었다》가 만들어 낸 구조는 훗날 다양하게 변주되고 응용, 발전한다. 사람들이 고립되는 장소부터 살펴보자. 기상이변을 이유로 무인도나 산장에서 고립되는 설정은 기괴한 구조를 가진 특정한 건물에 고립되는 설정으로 발전하고, 심지어 가상현실을 이용해 그 안에서 사람들이 사건에 처하는 경우도 등장한다. '한정된 공간에서 벌어지는 사건'이라는 형태는 '데스 게임' 장르의 토대를 닦기도 했다. 넷플릭스 시리즈《오징어 게임》역시 세상과 단절된 공간에서 벌어지는 기묘한 살인 게임이다.

등장인물의 유형 또한 응용되고 변주된다.《그리고 아무도 없었다》에서는 죄를 저지르고도 처벌받지 않은 이들이 고립된 섬에 모인다. '죄인'이 모인다는 이 설정은 크게 두 갈래로 갈라진다. 더더욱 노골적으로 '극악한 범죄자'들이 모이기도 하고, '평범한 사람'이 고립된 공간에 모여 인간적인 다양한 본성을 드러내기도 한다. 전자의 경우 고조 노리오의《살인자는 천국에 있다》(2022)를 예로 들 수 있다. 후자는 요네자와 호노부의《인사이트 밀》(2007), 대중적으로 잘 알려진《배틀 로얄》(1999)이나 《오징어 게임》도 있다.

《그리고 아무도 없었다》는 다양한 매체에서 2차 창작이 이루어졌다. 여러 나라에서 연극, 드라마, 영화 등등 다양한 장르로 여러 차례 각색하고 제작했다. 하지만 각색물을 보면 이야기를 가장 극적으로 드러낼 수 있는 방식은 소설이었음을 오히려 더 강하게 느끼게 된다. 적어도 진상이 밝혀지기 직전의 충격적인 상황만큼은 영상 매체로 담아내기에는 역부족이 아니었을까 싶다. 하지만 어쩌면 그 때문에 《그리고 아무도 없었다》의 설정은 소설을 포함한 다양한 매체에서 응용되고 변주되어 확장되는 것일지도 모른다.

추리 장르의 구조를 완성한 사람, 애거서 크리스티

크리스티의 작품들을 하나하나 살피다 보면, 그가 추리소설에 얼마나 커다란 기여를 했는지 알 수 있다. 클로즈드 서클의 창조, 서술 트릭, 푸아로 피날레, 이야기의 전개 구조 등등……. 당장 떠오르는 것만 해도 이 정도이다. 《다섯 마리 아기 돼지》의 '오래된 과거의 사건을 현재의 탐정이 조사한다'는 전개 또한 크리스티가 대중적으로 성공리에 선보인 형식이다.

크리스티의 작품은 현대 미스터리에 중요한 원형이 되었고, 후대에 다시 인용되거나 비틀리거나 재창조된다. 그가 작품을 통해 제시한 기법 중 아직도 미스터리와 스릴러에서 쓰이는 기법이 많다. 또한 어떤 기법은 변형되거나 부정 당한다. 추리 장르는 그렇게 탄탄한 형식을 확립하고 동시에 무너트리며 가능성을 확장해 왔다.

아서 코난 도일이 추리소설의 캐릭터를 완성했다면, 크리스티는 추리소설의 구성을 완성했다. 현대의 미스터리, 스릴러 작가들은 결국 이들의 영향 아래 놓여 있다. 그렇기에 나는 크리스티를 '추리소설의 여왕'이라고 부르는 데 전혀 동의하지 않는다. 크리스티는 감히 '추리소설의 황제'라고 불려야 마땅하다.

🔍 이 작품이 흥미롭다면

크리스티의 작품 중에는 유명한 명탐정 에르퀼 푸아로나 미스 마플이 등장하지 않는 것도 많다. 이런 작품에서는 경찰이나 아마추어 탐정이 활약하여 사건을 해결하는 역할을 맡는다.

한국에서 잘 알려진 작품은 중편소설《쥐덫》이다. 폭설이 닥친 게스트하우스에 살인을 저지른 범인이 숨어들었다는 소식이 전해지면서 벌어지는 이야기다. 이 작품은 연극으로 개작된 뒤 기네스북에 사상 최장기 공연 기록을 남기기도 했다.

《끝없는 밤》(1967)은 크리스티의 작품 가운데서도 문학성으로 높이 평가받는다. 마이크라는 청년의 독백으로 전개되는 이 작품은 마이크가 엘리와 사랑에 빠지고 결혼하여 '집시의 땅'이라는 곳에 살게 되면서 벌어지는 일을 그린 스릴러다. 미스터리로서의 기법도 적절하게 쓰였지만, 인물의 심리 묘사가 탁월하고, 복선 또한 멋지게 배치하였다.

《비뚤어진 집》(1949)은 뒤틀린 구석이 있는 인물들로 구성된 한 집안에서 벌어지는 비극을 그린 작품인데 엘러리 퀸의 작품과 비슷하여 논란이 된 적 있다.《그리고 아무도 없었다》를 본 엘러리 퀸이 자신이 쓰던 원고가 비슷한 상황을 다루고 있어서 그걸 파기했다는 일화와 엮여 언급되기도 한다.

《누명》(1958)은 아가일 집안에서 2년 전 벌어진 살인 사건으로 시작한다. 2년 후, 그때 범인으로 지목되고 체포되어 죽은 이가 결백하다는 결정적인 알리바이를 가진 이가 등장하면서 다시 비극이 벌어진다.

《N 또는 M》(1941)은 부부 탐정 토미와 터펜스 베레스포드가 등장한다. 이들이 등장하는 시리즈는 추리소설이지만 첩보물 성격 역시 가지고 있기에 이 장에서 소개한다. 특히《N 또는 M》에서는 휴양지의 평범한 모습 속에 숨겨진 커다란 음모가 서서히 드러나는 '크리스티다운' 이야기의 매력을 느낄 수 있다.

20

한국의 에도가와 란포를 찾는다면

마인

魔人
1939

김내성 金來成, 1909~1957

평안남도 대동군 출신으로 호는 아인雅人이다. 고교 시절, 영어 수업 때 교사에게서 코난 도일의 작품 이야기를 듣고 흥미를 갖게 되었고 1931년에 일본 와세다 대학에 유학했다. 유학 생활 중 추리소설에 심취하여 일본의 추리소설과 서양 고전문학을 섭렵하였다. 1935년 잡지《프로필》에 단편〈타원형 거울〉을 실으며 데뷔했는데, 이 작품을 본 에도가와 란포는 "식민지 사람이 이렇게 잘 쓰면 본토 작가들은 어떻게 먹고 사느냐"고 말하기도 했다.

귀국 후 본격적으로 추리소설가 생활을 시작했다. 1936년 자신이 일본어로 썼던〈탐정소설가의 살인〉을 개작한〈가상범인〉을 발표하고, 1937년에는 아동소설이자 유불란 탐정이 활약하는 이야기《백가면》을 내기도 했다. 1939년 조선일보에 연재한《마인》이 대히트를 치며 김내성은 인기 작가로 자리 잡았다. 하지만 그 뒤 발표한 작품에서는 탐정 유불란이 서양과 중국의 스파이와 싸우는 내용을 싣는 등 친일 성향이 드러나기도 한다.

광복 후 1949년에는 구상했던《청춘극장》을 연재하기 시작했지만 한국전쟁으로 연재를 일시 중단, 1951년에 부산 피난 도중에 5부로 완결했다. 김내성은 경향신문에서《실낙원의 별》을 연재하던 도중인 1957년에 뇌일혈로 사망했지만, 작가의 큰딸 김문혜가 아버지의 구상 노트를 바탕으로 후반부를 집필해 완결했다. 그런데도 독자들은 작가가 달라진 줄 거의 느끼지 못했다고 한다.

👣 일제강점기의 경성, 발레리나를 둘러싼 사건

"세계 범죄사는 일천구백 삼십○년 삼월 십오일을 꿈에라도 잊어서는 안 될 것이다."라는 문장으로 시작하는 이 작품은 일제강점기 경성이라는 암울한 환경인데도 뜻밖에, 가장무도회라는 이색적인 이벤트로 도입부를 그려낸다.

이 가장무도회는 한국이 낳은 세계적인 발레리나이며 '공작부인'이라는 별명으로 불리는 주은몽이 주최했다. 그녀는 백만장자인 백영호와 곧 결혼할 예정이었으나 나이 차이가 워낙 많이 나서 조금 나쁜 소문도 돌고 있었다. 좌우간 수많은 사람들이 그 파티에 참석했는데 갑자기 이 선배라는 인물이 등장, 백만장자인 백영호의 후처가 될 것인지 주은몽에게 묻는다. 그녀는 원래 김수일이라는 화가와 사랑하는 사이였기 때문이다. 그런데 갑자기 도화역자(어릿광대)의 가면을 쓴 사람이 나타나서 주은몽을 칼로 찌른다. 다행히 크게 다치지 않지만, 범인이 누구인지 알 수가 없다.

며칠 후, 주은몽과 백영호는 결혼식을 올리지만 갑자기 피아노를 치던 사람이 결혼행진곡 대신 장송곡을 치는 소동이 일어난다. 피아니스트는 그러지 않으면 죽이겠다는 협박을 받았다고 한다.

주은몽은 자신의 과거를 이야기하게 된다. 어렸을 적에 금강산의 어느 암자로 여름휴가를 떠났다가 그곳에서 해월이라는 동숭과 연애를 한 적 있는데, 그 뒤 그녀는 외국으로 유학을 떠나 발레리나로 성공했지만, 해월은 주은몽이 다시 찾아오지 않고 심지어는 다른 사람과 결혼하겠다고 하자 깊은 원한을 품고 그녀를 죽이겠다고 한다.

얼마 가지 못해, 주은몽의 남편 백영호가 자택에서 칼을 맞고 죽는 일이 벌어진다. 그의 방에서 수수께끼의 여인이 찍힌 사진이 발견되고, 이 사건 뒤에는 과거의 더 큰 원한이 있었다는 사실도 밝혀진다. 하지만 그 뒤 백영호의 아들 백남수가 살해된다. 이에 조선 제일의 명탐정이라 불리는 유불란이 등장하여 사건 해결에 나서지만, 사실은 그 또한 이 사건과 무관하지 않았다.

🔗 명탐정 유불란

명탐정 유불란은 프랑스의 추리소설가 모리스 르블랑에서 따온 이름이다. 유불란 탐정은 김내성이 일본에서 발표한 단편인 〈탐정소설가의 살인〉을 개작한 작품인 〈가상범인〉에서 처음으로 등장했다.

에도가와 란포의 영향인지, 에도가와의 탐정 아케치 고고로가 어린이 대상 탐정소설인 '소년 탐정단' 시리즈에도 등장하여 탐정단의 고문 역할을 하듯, 유불란 역시 1937년에 나온 어린이를 위한 소설 《백가면》과 《황금굴》에 나온다. 전자의 경우 변장의 명수인 괴도 백가면이 나타나 비밀 무기 설계도를 훔쳐 가려고 하고 이를 막으려는 소년 탐정단의 활약, 후자는 아버지가 남긴 유품에서 발견한 단서를 바탕으로 인도에 숨겨진 보물을 찾으려는 탐정단의 추적 이야기다.

유불란은 뤼팽에서 상당 부분을 따와 만든 캐릭터라 할 수 있다. 변장에 능하고 여성에게 친절하다는 점 등이 그렇다. 또한 그는 애정 문제 때문에 때로는 흔들리기도 한다. 이러한 점이 가장 잘 표현된 작품은 역시《마인》이다.

1944년 매일신보에 연재한《태풍》에서 유불란은 일본의 대동아 공영권의 완수를 위해 영미의 스파이 조직을 잡는 인물로 등장하고, 같은 해 잡지《신시대》에 연재된《매국노》에서도 일제에 충성하는 '애국방첩협회장'으로 나온다. 그 때문에 김내성은 친일 논란에서 자유로울 수 없다.

🐾 한국 추리소설의 시조 김내성

개화기 이후, 한국 신소설의 원조라 할 수 있는 이해조가 제국신문에 연재한《쌍옥적》(1908)을 한국 최초의 추리소설이라고 보기도 한다. 이 작품은 표제에 '뎡탐소설'이라는 명칭이 붙어 있기 때문이다.《쌍옥적》은 동학 농민 혁명 이후를 배경으로 하여 그 당시 사회를 잘 나타낸 작품이다. 경인선 열차 안에서 돈 가방을 잃어버린 김 주사가 이를 찾기 위하여 정 순검鄭巡檢에게 전후 사정을 말하게 된다.

이 작품은 여탐정 고소사라는 캐릭터가 등장한다는 점에서도, 범죄가 발생하고 이를 붙잡기 위한 여러 가지 활동을 벌이는 순검의 활약 등이 잘 그려졌다는 점에서도 한국 최초의 추리소설이라 하기에 모자람이 없다. 그러나 관 출신인 사람들이 등장하여 사건을 해결한다는 점에서 공안 소설이라고 보는 시각도 있다.

본격 추리소설 작품 중 가장 오래된 것은 울산의 독립운동가이자 사회운동가였던 박병호가 1926년에 발표한 《혈가사》라고 할 수 있다. 남산공원에서 한 남자가 나무에 목을 맨 채 발견되고, 유명한 재력가 정 남작도 같은 곳에서 살해되는 일이 일어난다. 피 묻은 가사(승려복의 일종), 편지 조각과 머리카락 등이 단서가 되고, 조선 제일의 탐정 김응록이 이 사건을 맡는다. 그는 이 모든 사건이 과거에 일어난 사건에서 시작되었으며 그 뒤에는 많은 사람들의 이권이 얽혀 있음을 알게 된다.

한편 당시 우리 문학계를 대표하는 작가들도 번안 혹은 창작으로 추리소설을 발표하기도 했다. 그중 대표적인 작품은 채만식이 1934년 서동산이라는 필명으로 조선일보에 연재한 《염마》다. 주인공 백영호는 셜록 홈즈의 영향이 매우 짙은 캐릭터로서 20대 후반, 독신이며 자산가이고 운동을 잘하며 화학에도 조예가 깊다.

백영호는 산책길에서 우연히 마주친 여자에게 첫눈에 반하고 만다. 그러던 어느 날, 알고 지내던 택시기사 오복이가 자신의 손님 중 한 명이 이상한 소포 꾸러미를 놓고 내렸다 하는데, 뭔가 보니 사람의 손가락이었다. 손님 인상착의를 들으니 자신이 산책길에 보았던 여자가 분명했다. 얼마 후 경성역에서 손가락이 잘린 시체가 발견되며 이야기는 복잡해진다.

김내성보다 앞서 추리소설을 낸 작가는 여럿 있다. 그러나 우리가 한국 추리소설을 이야기할 때 가장 먼저 김내성을 이야기하는 이유는 다른 작가들은 일반 소설을 쓰다 생계 등의 이유로 또 다른 필명으로 추리소설을 발표했으나 김내성은 처음부터 과감하게 전문 추리소설 작가로 나섰다는 점 때문이다. 그리고 한국 추리작가로서는 처음으로 창작 외에도 이론과 관련된 글을 많이 발표했다는 점 역시 차이점이다. 이런 면들을 보았을 때 김내성이 한국 추리소설의 진정한 시조라 할 수 있다.

김내성은 안타깝게도 1958년에 세상을 떠났으니 그의 작품 활동은 20년이 조금 넘는 정도다. 하지만 그는 창작 외에도 어린이책, 번역서, 평론을 선보였고 광복 후에도 일본 작가들과 교류를 추구하는 등 많은 업적을 남겼다. 한국 추리소설에 미친 영향을 보면 일본의 에도가와 란포와 비슷하다고 할 수 있다.

🔍 이 작품이 흥미롭다면 ────────

어린이날의 창시자인 소파 방정환 또한 어린이용 추리소설을 여럿 발표했다. 대표적인 작품이 〈동생을 찾으러〉(1925), 〈칠칠단의 비밀〉(1927) 등이다. 방정환은 여러 필명으로 한꺼번에 여러 작품을 연재한 적도 있어서 그 작품을 모두 파악하기도 어렵다.

김내성 외 초기 추리소설 전문 작가로는 방인근을 들 수 있다. 그는 《마도의 향불》을 1932년부터 1933년까지 동아일보에 연재하며 시작했으니 장편 데뷔는 김내성보다도 빨랐다. 방인근은 여러 작품을 내고 잡지 발행 등을 했다. 김내성이 광복 후에는 추리소설을 발표하지 않았으나 방인근은 그 후 본격적으로 장비호라는 탐정이 활약하는 시리즈를 냈다. 대표적인 작품은 《나체미인》(1946), 《국보와 괴적》(1948), 《원한의 복수》(1949), 《괴시체》(1949), 《대도와 보물》(1950), 《범죄왕》(1951)에 등장한다.

안타깝게도, 방인근의 이 작품 역시 이 자리에서 제목의 나열만으로 그칠 정도로 구하기 어려워졌다. 하지만 우리나라에서도 이미 100년여 전부터 꾸준히 추리소설이 나오고 있음을 알아주길 바라며, 더욱 자세히 알고 싶은 사람을 위해 한국근대문학관에서 출간한 전시도록 《한국의 탐정들》(2022)을 참고도서로 추천한다.

#미스터리 #살인사건 #탐정 【박소해】

하드보일드 탐정 필립 말로의 탄생

빅 슬립

The Big Sleep
1939

레이먼드 챈들러 *Raymond Thornton Chandler, 1888~1959*

20세기 중반을 풍미한 미국의 추리소설가로, 하드보일드 스타일의 대표적인 작가로 손꼽힌다. 레이먼드 챈들러는 《말타의 매》의 대실 해밋과 더불어 하드보일드 소설의 전형을 제시한 작가다. 아서 코난 도일이 셜록 홈즈를 창조했다면 레이먼드 챈들러는 필립 말로를 만들어 냈다. 필립 말로는 사립탐정으로 주로 미국 로스앤젤레스를 배경으로 활동한다. 평론가들은 탐정 필립 말로가 현대의 기사라고 말한다. 필립 말로는 거칠고 냉소적이고 반항적인 하드보일드 탐정을 대표하는 캐릭터로 후대 작가들에게도 많은 영향을 미쳤다.

레이먼드 챈들러는 1888년 미국 시카고에서 태어났다. 1895년 알콜 중독이던 아버지와 이혼한 어머니를 따라 영국으로 이주했다. 1909년부터 런던 《데일리 익스프레스》에서 몇 년간 기자생활을 하고 1912년에 미국 LA로 이주했다. 1919년 18살 연상의 시시와 연애를 시작, 1924년 어머니가 암으로 사망했고 이혼녀 시시와 결혼했다. 대브니 오일 회사의 부사장으로 LA 지사를 맡았으나. 1932년 장기 결근과 음주로 회사에서 해고당했다.

아내의 질병, 생활고 속에서 레이먼드 챈들러는 집필 활동에 박차를 가한다. 단편 〈협박자는 총을 쏘지 않는다〉를 펄프매거진 《블랙마스크》에 발표했고 1936년에는 《블랙마스크》 만찬에서 대실 해밋과 만났다. 드디어 필립 말로 탐정이 등장하는 첫 장편 《빅 슬립》을 1938년 집필 시작, 1939년 출간했다. 잠시 할리우드에서 《이중 배상》《푸른 달리아》《기차의 이방인》 등 시나리오 작업을 할 때를 제외하고는 이후 계속 필립 말로 시리즈를 집필하고 출간했다. 1954년 아내 시시가 사망하자 실의에 빠진 챈들러는 내내 술에 절어 지내다가 1958년 마지막 장편 《원점회귀》를 발표하고 1959년 죽었다. 2001년 미국추리작가협회 남부 캘리포니아 지부에 그를 기리는 '말로상'이 제정되었다.

👣 간단해 보이면서도 복잡한 플롯의 하드보일드 명작

"일단 죽으면 어디에 묻혀 있는지가 중요할까? 더러운 구정물 웅덩이든, 높은 언덕 꼭대기의 대리석 탑이든 그게 중요한 문제일까? 당신이 죽어 깊은 잠에 들게 되었을 때, 그러한 일에는 신경 쓰지 않게된다. 기름과 물은 당신에게 있어 바람이나 공기와 같다. 죽어버린 방식이나 쓰러진 곳의 비천함에는 신경 쓰지 않고 당신은 깊은 잠에 들게 되는 것뿐이다."

《빅 슬립》의 주제 의식이 확실히 드러나는 대목이다. 제목인 빅 슬립, '깊은 잠'은 죽음을 의미한다. 언제나 챈들러 소설의 제목은 단순하면서도 함축적이다.

사립탐정 필립 말로는 퇴역 장군 스턴우드의 부름을 받고 그의 대저택을 방문한다. 병환으로 죽어 가고 있는 스턴우드 장군에게는 두 명의 아름다운 딸 비비언과 카멘이 있었다. 큰딸 비비언은 도박꾼에 알코올 중독자며 둘째 딸 카멘은 마약 중독자이다. 스턴우드 장군은 필립 말로에게 둘째 딸이 협박받은 문제를 해결하라 지시한다. 말로는 조사에 들어가며 전혀 엉뚱한 진실을 밝혀내기 시작하는데…….

줄거리는 간단해 보이지만 플롯은 그렇지 않다. 몇 년 후 할리우드에서 동명의 영화를 촬영할 때 주연 말로 역을 맡은 험프리

보가트가 촬영장에서 하워드 혹스 감독에게 물었다. "부두에서 테일러를 민 게 누구죠?" 하고 물었다. 감독 역시 답을 알지 못해 스턴우드 장군의 운전사 오웬 테일러가 어떻게 죽은 것인지 묻는 전보를 레이먼드 챈들러에게 보냈다. 챈들러는 "젠장, 나도 몰라요"라고 답장을 보내왔다.

영화 《빅 슬립》(1946)은 지금도 고전 느와르를 대표하는 명작이다. 각본에는 무려 노벨문학상을 받은 대가 윌리엄 포크너가 참여했다. 당시 말로 역을 맡은 험프리 보가트와 비비안 스턴우드 역의 로렌 바콜은 실제 사귀는 사이였고 그 상업적 가치를 이용하고자 남녀 주연으로 발탁했다고 한다.

《빅 슬립》은 레이먼드 챈들러가 필립 말로 시리즈의 포문을 여는 작품이자 장편 데뷔작이다. 1936년에 대실 해밋을 만났던 일로 자극을 받았을까? 이후 레이먼드 챈들러는 필립 말로 시리즈를 꾸준히 발표하면서 대실 해밋과 함께 하드보일드를 대표하는 작가가 된다.

🔗 하드보일드 탐정의 전형, 필립 말로

탐정, 하면 어떤 이미지가 떠오를까? 사냥 모자를 쓴 날카로운 얼굴의 남자가 입에 파이프를 물고 있거나, 중절모를 깊이 눌러 쓰고 트렌치코트의 깃을 높이 세우고 한 손에는 권총을 들고 있는 모습이 아닐까. 전자는 유명한 아서 코난 도일의 셜록 홈즈이고 후자는 레이먼드 챈들러가 창조해 낸 필립 말로이다.

말로라는 이름은 16세기 영국 극작가 크리스토퍼 말로에서 따왔다고 한다. 크리스토퍼는 시인이자 정치가인 필립 시드니 경 밑에서 일한 적이 있는데 레이먼드 챈들러가 이 두 이름을 합쳐서 '필립 말로'를 창조해 낸 것 같다. 필립 말로는 주로 서부의 대도시 LA에서 활동하기에 평론가들이 붙여준 별명은 '20세기 LA의 고독한 기사'다. 평론가들은 왜 그를 기사라고 봤을까? 필립 말로 시리즈가 중세 기사 영웅담과 일맥상통하기 때문이다. 성배를 찾아 모험을 떠나는 중세 기사처럼 필립 말로는 '진실'이라는 성배를 찾아 떠났다가 온갖 고초를 겪는 현대의 기사다.

필립 말로는 캘리포니아 산타로사 출신의 30대 미혼남으로 지방검사 와일드 밑에서 수사관 생활을 하다가 해고당해 입에 풀칠하기 위해 사립탐정 일을 시작했다. 키가 크고 강인한 체격에 잘생긴 청년이지만 싸움만 하면 얻어터진다. 경비를 봐 주는 조건으로 호바트 암스 아파트에서 혼자 산다. 김릿 칵테일을 자주 마시고 미인과 사귀진 않지만 미인에게 농담을 하는 건 좋아하는 듯하다. 말로는 작품마다 약간씩 변화하고 성장한다.《안녕 내 사랑》에서는 여자에게 빠지는 순진한 말로,《리틀 시스터》에서는 냉철한 말로,《기나긴 이별》에서는 지친 중년의 말로, 유작《푸들 스프링》에서는 결혼한 모습의 말로가 나온다.

필립 말로의 매력은 독보적이어서 거칠고 고독한 하드보일드 탐정의 전형이 되었다. 말로는 다른 작품들에도 영향을 미쳐 이름과 외모만 달라질 뿐 비슷한 탐정들이 우후죽순 창조되었다. 이런 현상의 부작용으로 뒤늦게 챈들러 작품을 접한 독자들은 필립 말로를 식상하게 느낄 지도 모른다. 후배 작가들이 창조해낸 하드보일드 탐정으로는 로스 맥도널드의 루 아처 등이 있다.

🐾 하드보일드의 음유시인, 챈들러

레이먼드 챈들러는 《빅 슬립》을 석 달 만에 썼다고 한다. 이전에 써 둔 세 개의 단편 〈빗속의 살인자〉, 〈커튼〉, 〈핑거맨〉을 합쳐서 장편으로 만들었다. 초창기에는 헤밍웨이의 영향을 받은 간결한 문체였는데 《빅 슬립》부터는 뾰족한 자신만의 주관이 들어간 문체를 구사하기 시작했다. 챈들러 특유의 비정하고 냉혹한 문장은 하드보일드 장르를 대표하는 특성으로 자리 잡았다. 이러한 문장 스타일은 일본 작가 무라카미 하루키에게 큰 영향을 주었다.

"챈들러의 소설을 읽고 감탄한 것은, 그 작품이 호소해 오는 리얼리티였습니다. 그는 작가에게 살아가는 데 대한 확고한 자세가 있고 사물을 파악하는 확실한 시점이 있으면 그 작가가 어떤 허구를 묘사

해도 리얼리티가 반드시 스며 나오는 법이라고 했습니다. 바꿔 말하자면, '문체'를 모방하기는 쉽지만 '시점'을 모방하기란 절대 쉬운 일이 아니라는 것입니다."

—무라카미 하루키 인터뷰 중에서

일본 작가 무라카미 하루키는 두 명의 레이먼드를 사랑한다. 첫 번째 레이먼드는 하드보일드 거장 레이먼드 챈들러고 두 번째가 단편소설의 제왕 레이먼드 카버다. 특히 하루키는 자신의 소설《양을 둘러싼 모험》을 독자들이 'Big Sheep'으로 부른다고 예를 들며 이 작품을 쓸 때 자신이 챈들러의 문체를 빌려 왔다고 고백할 만큼 대놓고 레이먼드 챈들러의 문장을 흠모한다.

영화《빅 슬립》의 각본에 참여한 윌리엄 포크너는 노벨문학상을 받을 정도의 대가였으나 오히려 하워드 혹스 감독이 그에게 "원작이 너무 좋으니까 각색하려 들지 말고 그냥 원작에서 각본을 뽑아내라"라고 지시했다는 뒷이야기는 놀랍다. 문학계 거장이 신인 추리작가의 작품을 손대지 않고 충실하게 각색하다니. 이렇듯《빅 슬립》은 문학성을 크게 인정받고 있었다. 챈들러와 포크너는 나중에 영화《이중배상》각본을 함께 썼다.

냉소적이면서도 아름다운 챈들러의 문장은 거부할 수 없이 매력적이다. 문장 몇을 공유한다.

'비가 포치 아래로 날려 들어왔지만 그녀의 입술만큼 차갑지는 않았다.'

"저 웅덩이 냄새라면 염소 한 떼도 중독되겠어."

'나는 그녀의 암회색이 도는 푸른 눈을 바라보았다. 병뚜껑 두 개를 보는 편이 차라리 나았을 것이다.'

레이먼드 챈들러는《빅 슬립》을 펴낸 후 필립 말로 시리즈를 꾸준히 발표했다.《안녕 내 사랑》(1940),《하이 윈도》(1942),《호수의 여인》(1943),《리틀 시스터》(1949),《기나긴 이별》(1953),《원점회귀》(1958) 순서대로다. 현재《안녕 내 사랑》부터《원점회귀》까지가 우리나라에 번역 출간되어 있다. 후기의 걸작으로 평가받는《기나긴 이별》에 비하면《원점회귀》는 상대적으로 완성도가 떨어지는 감은 있지만 하루키가 반했던 문체의 매력은 시들지 않았다.

《원점회귀》는 레이먼드 챈들러의 마지막 소설이자 노년의 필립 말로가 등장한다는 점에서 팬들에게 반가운 작품임에 틀림없다. 미치 컬린이 셜록 홈즈의 노년기를 상상하고 쓴 소설《셜록 홈즈, 마지막 날들》이 떠오른다. 쇠락한 필립 말로가 등장하는《원점회귀》는 시리즈에 충성했던 독자들에게 남기는 마지막 선물이 아닐까. 사랑하는 아내 시시가 세상을 떠난 후 실의에 잠겨 있던 레이먼드 챈들러는 이 작품을 마지막으로 알콜중독에 시달리다가 죽는다. 안녕, 레이먼드.

🔍 이 작품이 흥미롭다면 ──────────

레이먼드 챈들러에 대한 호기심을 채울 수 있는 책 목록을 소개한다.《미스터리 가이드북》,《추리소설로 철학하기》,《이것은 유해한 장르다》에서도 레이먼드 챈들러와 필립 말로 시리즈에 대한 유용한 정보를 얻을 수 있다. 레이먼드 챈들러의 단편이 궁금하다면 현대문학에서 나온《레이먼드 챈들러》를 추천한다. 25편의 단편 중에서 엄선된 9편을 묶었다.

재미있는 사실은 챈들러가 처음에 이 단편들을 쓸 때는 주인공 이름이 필립 말로가 아니었다는 점이다. 이름이 단편마다 달랐다고 한다. 나중에 단편집으로 묶으면서 챈들러가 주인공 이름을 말로로 통일시켰다고 한다. 그렇게 했는데도 위화감이 전혀 없었다. 주인공 캐릭터가 이미 말로와 비슷했기에 가능한 일이다. 필립 말로는 레이먼드 챈들러의 페르소나 그 자체가 아니었을까.

개인 레이먼드 챈들러에 대해 더 알고 싶다면 북스피어에서 나온 그의 작품론, 인생론을 담은 에세이《나는 어떻게 글을 쓰게 되었나》,《심플 아트 오브 머더》,《당신 인생의 십 퍼센트》를 추천한다. 할리우드에서 일하던 시절 이야기나 평소 작가로서 가지고 있는 소설론, 작가의 소소한 일상을 알 수 있어서 흥미롭다.

일본에도 레이먼드 챈들러 풍의 하드보일드 탐정소설을 쓰는 작가가 있다. 바로 하라 료로, 안타깝게도 2023년에 세상을 떠났다. 데뷔작《그리고 밤은 되살아난다》(1988)는 중년의 사립탐정 '사와자키'가 처음으로 등장하는 하드보일드물로 제2회 야마모토 슈고로상 후보에 올랐다. 이듬해 사와자키 시리즈 두 번째 작품《내가 죽인 소녀》(1989)로 제102회 나오키상을 수상하고 '이 미스터리가 대단하다' 1위에 오르는 등, 단 두 편의 장편소설로 일본 하드보일드 문학의 대표 주자가 되었다. 이후에도 사와자키 시리즈는 계속 나왔다. 단편집 《천사들의 탐정》(1990), 시리즈 장편 《안녕, 긴 잠이여》(1995), 《어리석은 자는 죽어야 한다》(2004), 《지금부터의 내일》(2018)을 발표했다. 레이먼드 챈들러의 하드보일드를 동양적 정서로 재해석해낸 일본식 하드보일드를 맛볼 수 있다.

#고전스릴러 #미스터리황금기 【박상민】

서스펜스의 거장이 선사하는 놀라운 반전

환상의 여인

Phantom Lady
1942

윌리엄 아이리시 *William Irish, 1903~1968*

본명은 코넬 조지 호플리 울리치이고 코넬 울리치, 조지 호플리라는 이름으로도 소설을 여러 편 발표했지만, 우리나라에서는 윌리엄 아이리시로 널리 알려져 있다. 대학생 시절 1926년《봉사료》를 발표하며 데뷔, 인기를 얻자 학업을 중단하고 전업 작가의 길을 걷는다. 스콧 피츠제럴드 추종자였던 윌리엄 아이리시의 초기작은 추리소설과는 거리가 먼 세련된 도시 소설이었다. 할리우드 영화사에 채용된 그는 펄프매거진에 작품을 기고하고, 영화를 각색하는 일을 주로 했다. 1920년대부터 1930년대까지 일반 소설 위주로 집필했던 윌리엄 아이리시는 1940년《검은 옷의 신부》를 발표하면서 본격적으로 추리소설에 뛰어들었다. 이후 1940년대에 쓴《환상의 여인》,《새벽의 데드라인》,《상복의 랑데부》,《밤은 천 개의 눈을 가지고 있다》등이 그의 대표작이다. 긴박한 서스펜스와 서정적인 문체로 인기를 끌었고 누아르 장르의 원형을 창조했다는 평가를 받는다. 그는 200개가 넘는 단편을 썼는데 그중에서도 1942년에 발표한 단편〈살인이 있었다〉는 알프레드 히치콕 감독에게 영감을 주어《이창》으로 영화화되었다.

인생 후반, 작가로서의 명성은 나날이 높아졌지만 어머니의 죽음과 당뇨병, 알코올 중독으로 불행한 삶을 살았고 결국 말년에는 다리를 절단하기에 이르렀다. 사후에 미완성 장편소설이 몇 권 발견되어 화제를 낳기도 했다.

🐾 추리소설 입문자에게 권하고 싶은 작품

윌리엄 아이리시의 대표작《환상의 여인》은《그리고 아무도 없었다》,《Y의 비극》과 함께 흔히 세계 3대 추리소설이라고 불린다. 추리소설 입문자로서 어떤 책을 먼저 읽어야 할지 모르겠다면《환상의 여인》은 읽어 보라 권하고 싶다. 처음 이 소설을 접했을 때 유력한 증인인 여자가 홀연히 사라진 가운데 주인공의 사형 날짜가 시시각각 다가온다는 설정도 흥미롭고, 마지막에 드러나는 반전이 매우 충격적이어서 역시 명작이라며 고개를 끄덕였던 기억이 생생하다.

작품의 제목이자 핵심 미스터리인 '환상의 여인'은 핸더슨이 아내와 싸우고 집을 나온 뒤 만나 하룻밤의 데이트를 즐긴 여자다. 알리바이를 입증해 줄 유일한 인물이기에 모두가 그녀를 쫓지만, 어찌된 일인지 누구의 기억 속에도 남아 있지 않다. 심지어 핸더슨마저도 그녀의 얼굴을 정확하게 기억하지 못하는데 그것은 그녀가 쓰고 있던 오렌지빛 모자가 워낙 개성이 강해 특별한 구석이 없는 얼굴을 제대로 기억할 수 없었기 때문이다. 실제로 모자를 벗은 그녀를 보고 핸더슨은 아래와 같이 표현한다.

그녀는 짙은 밤색 머리에 까만 옷을 입은 평범한 여자에 불과했다. 공간을 차지하고 있는 무언가일 뿐이었다. 못생기지는 않았지만 예쁘지도 않고, 키가 크지도 작지도 않고, 세련미는 없지만 촌스럽지도 않은 여자. 흔하고 재미없고 어디에서나 볼 수 있는 여성스러운 이목구비를 평범하게 조합해 놓은 여자. 그저 그런, 몽타주 같은, 여론조사의 한 개체 같은 여자.

《환상의 여인》은 읽는 이의 긴장감을 점진적으로 고조시키기 위한 최적의 구성을 갖추고 있다. '사형 집행 150일 전'이라는 챕터로 시작하는 책은 여러 장을 거쳐 '사형 집행 3일 전', '사형 집행일 당일'로 이어진다. 챕터 제목만으로도 호기심을 유발하고 결말을 궁금하게 한다. 핸더슨의 정부 캐롤 리치맨과 핸더슨의 친구 잭 롬바드가 힘을 합쳐 도움이 될 만한 증인을 찾아 나서지만, 공교롭게도 도착하기도 전에 다들 죽거나 어디론가 사라져서 해결은 요원해진다. 억울한 피해자임을 주장하는 스콧 핸더슨이 과연 사형을 당할 것인지, 그 전에 아내를 죽인 진범을 찾아낼 수 있을지가 관건인데 마지막까지도 좀처럼 사건이 해결될 기미가 없어 무고한 이의 석방을 원하는 독자의 피를 말린다.

자신의 취향이 아니라는 이유로 무시했던 여자가 생명줄을 쥐게 되고, 필사적인 탐색에도 한 사람도 그녀를 기억하지 못한다는 설정은 대단히 매력적인 미스터리로 다가온다. 그러나 결말의 충격적인 반전에 이어 그녀의 정체가 드러나면 우리는 그제야 작가의 훌륭한 솜씨에 감탄하고 교묘하게 속아 넘어간 것을 인정할 수밖에 없다. 그것이《환상의 여인》이 오랜 세월이 지나도 독자들의 뇌리에서 잊히지 않는 이유다.

👓 세계 3대 추리소설?

앞에서《환상의 여인》이 세계 3대 추리소설로 불린다는 이야기를 했다.《환상의 여인》이 우리나라에서 떨치는 명성은 그러나 세계로 뻗어나가면 초라해진다. 1995년 미국추리작가협회에서 선정한 세계 100대 추리소설에서도, 2023년 타임지 선정 100대 범죄소설에서도 이 작품을 찾아볼 수 없다. 사실 추리소설의 본고장인 영국이나 미국에서는 애초에 세계 3대 추리소설 같은 것을 선정한 적이 없다.

자연스럽게 영광스러운 타이틀에 의문을 가지게 된다. 해답은 의외로 가까운 곳에서 발견할 수 있는데 일본이 그 열쇠를 쥐고 있다. 우선 세계 10대 추리소설은《알프레드 히치콕 미스터리 매거진》일본판에서 1960년 일본의 추리소설 전문가들을 대상으로 한 설문조사를 바탕으로 매긴 순위다. 하지만 여기에서도《환상의 여인》은 5위에 올라 있다.

출처 불명의 순위에 대한 호기심은 오래 전 출간된 해문출판사의 'Q 미스터리' 시리즈에 이르러서야 풀린다. 출판사가《환상의 여인》소개 문구에 세계 3대 추리소설이라는 문구를 넣은 것이다. 1975년《주간 요미우리》에서 선정한 세계 추리소설 20선에 1위《Y의 비극》, 2위《그리고 아무도 없었다》에 이어 3위에《환상의 여인》이 랭크되어 우리가 들었던 순위가 여기에서 비롯되었음을 알 수 있다. 결국, 인터넷이 활성화되기도 전 해문 출판사의 홍보로 인해 국내 수많은 독자가《환상의 여인》을 세계 3대 추리소설의 하나로 인식하게 되었다. 당시만 해도 영미권 소설도 일본 번역본을 다시 번역해서 국내로 들여오는 경우가 많았기에 벌어진 일이었다.

순위에 의미를 두지 않더라도《환상의 여인》은 추리소설 걸작으로 손색이 없는 작품이다. 이 작품은 첫 문장으로 유명한 추리소설을 꼽을 때 어김없이 언급된다.

밤은 젊고 그 역시 젊었다. 하지만 상쾌한 밤과는 달리 그의 기분은 쓸쓸했다.

The night was young, and so was he. But the night was sweet, and he was sour.

언어의 운율과 대구까지 고려한 운치 있는 두 문장만으로 독자는 작품의 시간적 배경과 함께 주인공의 처량한 심정까지 고스란히 느끼게 된다. 위의 문장에서도 알 수 있듯이 윌리엄 아이리시가 구사하는 서정적인 문체는 그의 작품을 단순한 추리소설을 넘어서는 높은 문학의 경지로 끌어올렸다. 세련된 도시를 배경으로 우수와 슬픔을 아름답게 그려내는 유려한 필력은 등

장인물을 비애로 가득한 운명 속으로 가파르게 몰아넣는 한편,
한치 앞도 짐작할 수 없는 전개를 선보여 서스펜스를 자아낸다.

1942년에 발표한 이 작품은 그가 남긴《검은 옷의 신부》,《새
벽의 데드라인》,《상복의 랑데부》등의 대표작 가운데서도 최고
로 꼽힌다. 1944년 로버트 시오드맥 감독이《팬텀 레이디》라는
제목의 영화로 제작했다.

🔍 이 작품이 흥미롭다면

가장 행복해야 할 순간에 나락으로 떨어진 한 여인이 벌이는 슬픈 복수극
《검은 옷의 신부》, 살인자로 몰릴 위기에 처한 두 남녀가 버스가 출발하기
전 밤사이 범인을 추적하는《새벽의 데드라인》등도 윌리엄 아이리시의
장기가 십분 발휘된 작품으로, 1940년대 무정한 도시 뉴욕에서 발생한 살
인 사건과 추격의 과정을 서정적인 필치로 묘사하면서도 서스펜스를 놓
치지 않는다.

23

일본 추리소설 베스트 1위 작품

옥문도

獄門島
1946

요코미조 세이시 橫溝正史, 1902~1981

요코미조 세이시는 어렸을 적부터 오스틴 프리먼의 '손다이크 박사' 시리즈나 모리스 르블랑의 '아르센 뤼팽' 시리즈를 읽으며 자랐다. 1921년 〈무서운 만우절〉이라는 제목의 단편으로 데뷔한 뒤, 24세에 에도가와 란포와의 만남을 계기로 추리소설에 제대로 뜻을 품었다. 출판사에서 잡지 편집을 하면서도 작가 수업을 해 나갔지만, 제2차 세계대전이 시작되자 고향 고베로 피난 가서 존 딕슨 카 등 다양한 작가들의 추리소설을 섭렵한 뒤 활발한 창작을 시작했다.

제2차 세계대전 전에는 경찰 출신의 유리 린타로와 그 조수 미즈키 스케가 활약하는 시리즈를 다섯 편 썼고, 1946년에는 정통 수수께끼 풀이 방식 추리소설에 충실하면서도 일본 전통을 반영한 작품인 《혼진 살인 사건》을 발표했다. 이 작품은 일본 전통 가옥을 배경으로 기괴한 밀실 살인이 일어난다는 내용으로 많은 이목을 끌었고, 제1회 일본 탐정작가 클럽상(현 일본추리소설 작가협회상)을 받았다.

본명은 '요코미조 마사시'지만 동료 작가들이 이름의 '正史'를 '세이시'로 잘못 읽어 '요코세이ㅋㄱ세ㅓ'라는 별명으로 부르게 되었고, 그 때문에 본명에서 한자도 바꾸지 않은 '세이시'라는 필명을 쓰게 되었다는 재미있는 에피소드도 있다.

👣 일본에서 가장 사랑받는 추리소설

1946년에 나온 이 작품은 탐정 긴다이치 코스케 시리즈 중 두 번째 작품으로, 일본의《문예춘추》잡지에서 1986년, 2012년까지 두 차례 선정한 일본 추리소설 베스트 100에서 모두 1위를 차지했다.

제2차 세계대전이 끝나자, 동남아 전선으로 갔던 긴다이치 코스케는 배를 타고 귀국한다. 그런데 돌아가는 배에서 같이 탄 전우 기토 치마타가 병세 악화로 죽음에 이른다. 죽기 직전 그는 뜻밖의 이야기를 하는데 자신이 고향인 옥문도에 돌아가지 못한다면 섬에서 자신의 여동생들이 죽게 된다는 말이었다. 긴다이치는 이를 이상하게 여기지만, 유언대로 옥문도로 가서 그 가족들에게 부고를 전한다.

섬에 도착한 긴다이치는 그곳 상황이 생각보다 복잡함을 알게 된다. 선주와 어부들의 관계는 육지의 대지주와 소작농보다도 더 종속적이었다. 또한 어부 일이 위험한 만큼 부처에 의지하는 이들도 많아 승려의 권력도 상당해, 주지승은 마을의 모든 일에 관여하다시피 했다.

가장 복잡한 곳은 섬 최대 선주인 기토 가문이다. 이곳의 당주인 카에몬은 지난해, 전쟁 도중에 병사했고 그 아들 요사마츠는 정신병 증세를 보여 집안에 있는 감옥에 갇혀 있었다. 그의 아내는 치마타를 낳고 얼마 후 사망했고, 요사마츠는 그 뒤 유랑극단의 한 여배우와 사랑에 빠져 결혼한 뒤 딸을 셋 낳았는데 여배우도 현재는 죽은 상태다. 따라서 치마타의 여동생들만 남아 있는데 그녀들은 모두 오빠의 죽음에도 전혀 신경을 쓰지 않고 밝게 지내는 등 정신 상태가 이상하다. 더욱이 기토가는 본가와 분가로 나뉘어 있었으며 사이도 좋지 않다고 한다. 분가의 아들 히토시 또한 징집되어 전쟁에 나갔지만, 다행히 무사히 돌아올 것이라는 소식을 누가 전해줬다고 한다.

정식으로 사망 통지서가 오고 치마타의 장례식이 치러지던 중, 가장 먼저 막내 여동생인 하나코가 실종되었다가 나무에 거꾸로 매달린 시체로 발견된다. 그다음에는 둘째 여동생 유키에의 시체가 종에 깔린 상태에서 발견된다. 치마타의 말이 그대로 이루어진 것이다. 살인 현장에는 모두 일본 전통 시인 하이쿠(행 3개에 각각 5-7-5 음절씩 말을 붙이는 형태)의 내용을 나타낸 듯한 연출이 있다.

섬에 군복을 입은 수상한 사람이 몰래 들어와 돌아다니는 모습이 목격되기도 하는데, 그가 범인일까. 기토 치마타가 정작 막고자 했던 것은 무엇일까. 그리고 기토 분가와 본가의 갈등 뒤에는 무슨 비밀이 있었던 걸까. 마지막에 진실이 밝혀지는 순간, 독자들은 모두 가장 중요한 점을 이상하게 여기지 않았다는 사실에 일종의 허탈감을 느낄 것이다.

《옥문도》는 앞서 언급했듯 문예지 《문예춘추》가 선정한 추리소설 베스트 100 1차(1986)와 2차(2012)에서 모두 1위를 차지한 작품이다. 이 작품에는 본격 미스터리의 여러 가지 요소가 담겨 있다. 고립된 장소에서의 살인, '동요 살인' 혹은 '비유 살인'이라고 일컬어지는 동요 가사나 시조 등의 내용을 본뜬 듯한 사건 현장, 특히 대부호이자 명문가에서 일어나는 인습과 이로 인한 갈등, 또한 이를 해결하는 명탐정과 의외의 범인 등이다. 《옥문도》가 일본 추리소설에 미친 영향은 실로 막대하며, 또한 명탐정 긴다이치 코스케가 일본을 대표하는 탐정 중 하나가 되는 데도 큰 역할을 했다.

🔗 일본의 명탐정 긴다이치 코스케

긴다이치 코스케는 우리나라 추리소설 독자들에게도 낯선 이름이 아닐 것이다. 1990년대 이후 한국에서도 큰 인기를 끌었던 추리만화 '소년탐정 김전일' 시리즈에서 주인공 김전일이 매 작품마다 하는 대사가 있다. "할아버지의 이름을 걸고!"가 가장 유명한데 그 할아버지가 바로 긴다이치 코스케다(그 때문에 요코미조 세이시의 유족들과 법적인 분쟁이 있기도 했다).

긴다이치 코스케 시리즈의 첫 작품인 《혼진 살인 사건》을 보면, 그의 모델은 앨런 알렉산더 밀른의 《빨간 집의 수수께끼》(1922)에 나오는 탐정 앤서니 길링엄이고, 이름은 실존했던 아이누 전문가 긴다이치 코스케에서 땄다고 한다. 머리를 긁는 버릇이 있고, 늘 벙거지 모자를 쓰고 하카마(일본 전통 옷 중 하나) 차림을 하고 다닌다.

긴다이치 코스케는 열아홉 살에 미국에 갔다가 그만 마약 중독자가 되었는데 거기서 재미 일본인 사이에서 일어난 살인 사건을 해결하고, 그 일로 미국에 있던 일본인 실업가가 그에게 관심을 갖게 되었다. 긴다이치는 그의 후원으로 마약을 끊고 학업을 마친 후 도쿄에서 탐정 사무소까지 개업하게 되었다.

긴다이치 시리즈의 특징

긴다이치 시리즈의 특징 중 하나는 존 딕슨 카의 영향을 많이 받았다는 점이다. 카의 작품은 흡혈귀, 늑대인간, 불사의 마녀 등 괴기한 전설이 극중 배경에 깔린 채 불가사의한 범죄가 일어나곤 한다. 긴다이치 시리즈 역시 밀실 등 불가능해 보이는 범죄, 어느 지방의 한 세력가를 중심으로 그곳에 쌓인 적폐와 그로 인한 갈등에서 사건이 일어난다는 점, 일본 각 지방의 전설이나 기담 등이 그 배경에 있다는 점 등에서 카의 영향을 느낄 수 있다.

우선, 첫 작품인 《혼진 살인 사건》은 일본의 전통 역참, 즉 지방 제후인 다이묘가 에도에 오가는 동안 숙박하는 장소인 '혼진'을 배경으로 일어난 밀실 살인이다. 대대로 혼진을 운영해 온 집안에서 신혼 첫날밤 부부가 칼을 맞고 죽었는데, 범인이 어떻게 드나들었는지 알 수 없다. 《옥문도》는 일본의 전통 시 형식 중 하나인 하이쿠가 사건 현장의 연출에 사용되기도 했으나 요코미조는 서양의 '동요 살인'을 좀 더 제대로 살린 작품을 만들어내고 싶었다. 이러한 의욕이 나타난 작품인《악마의 공놀이 노래》(1959)도 함께 읽으면 좋을 것이다.

두 번째 특징은 본격 미스터리의 거장이면서도 사회파 못지않게 패전 후 일본의 혼란한 상황이나 실제 일어났던 범죄를 작품 내에 많이 반영하고 있다는 점이다. 일본에서 일어난 사건 중 공무원을 빙자하고 은행에 들어가서 이질이 돌고 있다며 직원들 모두에게 약을 먹였는데 사실 독약이었고, 은행원 전원이 죽었던 일이 있다. 범인은 은행에서 돈을 들고 도망쳤다. 이 사건은《악마가 와서 피리를 분다》(1953)의 모티브가 되었다.

또한 긴다이치 시리즈의 대표작 중 하나인《팔묘촌》(1950)은 1938년 츠야마라는 마을에서 어떤 이가 엽총과 일본도를 들고 마을 사람을 30명이 넘게 살해한 사건을 모티브 삼았다. 그러면서도 어느 부잣집의 유산을 둘러싼 갈등과 살인, 그리고 전설로 내려온 황금 찾기까지의 이야기를 한 작품에 녹여낸 수작이다.

세 번째 특징은 긴다이치 자신이 지방으로 출장 혹은 휴가를 갔을 때 사건을 만나게 되는, 이른바 '여행 미스터리'의 성격을 띠고 있다는 점이다. 물론 도쿄 등 대도시가 배경인 작품도 있지만 지방에서, 현지의 유력 가문 등을 소재로 한 이야기가 많다.

❀❀ 거장과 거장의 만남에 의한 시너지

긴다이치 시리즈 중 많은 작품이 영화나 드라마로 여러 차례 제작되었는데, 그중 빼놓을 수 없는 것은 거장 이치가와 곤 감독이 1976년에 제작한《이누가미 일족》(1951)이다. 긴다이치가 머무는 여관 주인 역으로 저자인 요코미조가 특별출연하여 더 유명하다. 대부호인 이누가미 집안의 유산 상속을 둘러싼 싸움이 살인으로 번진다. 누가 살인범이냐 뿐만 아니라 누가 공범인지 알아내야 하는 등 복잡한 상황이지만 나중에 하나로 이어지는 이야기 구조가 아주 잘 되어 있다.

1960년대 이후 사회가 급격하게 변하며 정통 수수께끼 풀이식 고전 추리소설은 인기를 잃고 마쓰모토 세이초 등을 주축으로 한 사회파 추리소설이 점점 유행함에 따라 요코미조 역시 1964년에 절필을 선언했다. 그러나 1970년대 카도카와 출판사의 문고본 전략에 따라 요코미조의 작품이 대거 재출간되고 영화《이누가미 일족》이 일본 최고 흥행을 기록하면서 긴다이치 코스케 시리즈 역시 다시 팔리기 시작했다. 요코미조도 이에 힘입어 다시 집필을 시작하여 죽는 날까지 작품을 썼다. 거장과 거장의 만남으로 인한 시너지 효과라 할 수 있다.

이치가와 감독은《옥문도》,《팔묘촌》,《악마의 공놀이 노래》,《여왕벌》(1952),《병원 비탈길에 목 매는 집》(1977) 등도 영화화하여 좋은 반응을 얻었다.

🔍 이 작품이 흥미롭다면 ────────────

긴다이치 시리즈와 같이 볼 만한 책은 역시 그 손자가 활약하는 만화 '소년 탐정 김전일'(이제는 김전일 37세의 사건부까지 나왔다) 시리즈를 들 수 있다. 우리나라에 긴다이치金田一를 한국식으로 음차하여 번역되었기 때문에 김전일이라는 제목으로 나왔고, 원래 이름은 긴다이치 하지메金田一一다. 우리 식으로 부르면 '김전일일'이라는, 조금 우스운 이름이 된다.

앞서 언급했듯 긴다이치 시리즈에 영향을 많이 미친 작가는 밀실을 비롯한 불가능 범죄를 다루는 데 대가인 존 딕슨 카다. 그의 작품도 함께 읽어보기를 권한다.

긴다이치 시리즈의 영향을 받은 작품들도 추천하고자 한다. 앞서 언급한 이 시리즈의 특징 중 하나인, '여행 미스터리'는 하나의 장르로 구분될 정도이다. 원조는 애거서 크리스티라 할 수 있으나 일본에서도 이 방면에서 인기를 끈 작가가 많이 있다. 대표 작가는 니시무라 교타로, 우치다 야스오, 야마무라 미사 등을 들 수 있다. 이들도 양적, 질적으로 일본에서 큰 인기를 끌었지만, 안타깝게도 우리나라에는 그리 많이 알려지지 않았다. 그중 국내 출간된 작품 중에는 니시무라 교타로의 《종착역 살인 사건》(1980)이 있다. 도쿄 우에노 역에서 한 남자가 살해되고, 그가 고향인 아오모리로 갈 예정이었는데 그의 동창생들이 고향으로 가는 기차에서 실종되었다 시체로 발견되는 등 여러 가지 일이 발생하는 이야기다.

우치다 야스오의 아사미 미츠히코 시리즈 또한 대표적인 여행 미스터리이자, 일본 추리소설에서도 손에 꼽히는 탐정 아사미의 활약이 돋보인다. 《고토바 전설 살인 사건》(1982)은 아사미 시리즈의 첫 작품으로, 히로시마에 내려오는 고토바 법황과 관련된 전설을 소재로 하고 있다.

여행 미스터리 외에도, 전설이나 요괴 등 괴기한 소재를 다룬 소설로 유명한 작품들도 있다. 대표적인 것은 미쓰다 신조의 도조 겐야 시리즈, 교고쿠 나츠히코의 교고쿠도 시리즈 등이다.

도조 겐야는 일본의 제2차 세계대전 패망 직후 10여 년 간, 작가 도조 겐야가 일본의 각 지방에 전해지는 괴담, 민간설화 등을 수집하기 위해 들른 곳에서 불가사의한 사건과 맞닥뜨리고 이를 해결하는 이야기다. 대표적인 작품은 《잘린 머리처럼 불길한 것》(2007)이다.

교고쿠도 시리즈 역시 1950년대가 배경으로, 헌책방 '교고쿠도'의 주인인 추젠지 아츠히코가 일본 곳곳에서 벌어지는 기이한 사건들을 해결하는 내용이다. 거의 모든 학문에 통달하다시피 한 추젠지는 주변 사람들에게서 사건 이야기를 듣고 자신의 머릿속으로 사건을 분석한 뒤 현장으로 가서 해결하곤 하는데 여러 가지 설명을 하는, 일명 '장광설'로 유명하다. 시리즈 두 번째 작품인 《망량의 상자》(1995)가 그중 유명하다.

그 외에도 긴다이치 시리즈의 영향을 받은 작품은 한둘이 아니지만, 국내에 나온 작품들 중 대표적인 것들을 소개하였다. 일본 추리소설에 진지하게 접근하고 싶다면, 긴다이치 시리즈는 반드시 읽어 보기를 권한다.

역사 미스터리의 마스터피스

시간의 딸

The Daughter of Time
1951

조세핀 테이 *Josephine Tey, 1896~1952*

본명은 엘리자베스 매킨토시, 스코틀랜드 인버네스에서 태어났다. 인버네스 로열 아카데미를 수료하고, 버밍엄의 앤스티 체육전문학교를 졸업한 후 영국과 스코틀랜드의 여러 학교에서 체육을 가르쳤다. 아버지의 병 수발을 위해 고향으로 돌아가게 되면서부터 본격적인 작가의 길을 걷기 시작한다.

초기에는 시나 소품 등을 창작했지만 첫 작품 《The Man in the Queue》(1929)는 미스터리였다. 스코틀랜드 야드의 앨런 그랜트 경감이 처음으로 등장하는 작품으로 '고든 대비어트'라는 남자 이름으로 발표했다. 이후 고든 대비어트라는 필명으로는 역사 희곡을, '조세핀 테이'라는 필명으로는 미스터리를 발표하며 두 분야 모두에서 두각을 나타낸다.

조세핀 테이는 역사를 다루는 데 탁월한 재능이 있었다. 희곡 《Richard of Bordeaux》는 런던 공연 시 500일이 넘는 롱런을 기록했고, 18세기 유괴 사건에서 소재를 따온 《프랜차이즈 저택 사건》(1948)은 영화를 비롯해 TV 드라마로는 세 번이나 리메이크되었다. 작가로서의 명성은 고전 사기극 《브랫 패러의 비밀》(1949)과 리처드 3세의 이야기를 다룬 《시간의 딸》로 절정에 달했다. 《시간의 딸》은 역사 미스터리의 최고 작품으로 꼽힌다. 조세핀 테이는 안타깝게도 1952년 작가로서 최고의 위치에 오른 쉰다섯 살에 갑작스럽게 죽음을 맞는다.

영국 고전 미스터리를 대표하는 작가 조세핀 테이는 미스터리의 황금기에 도로시 세이어즈, 애거서 크리스티에 버금가는 명성을 누렸다. 그녀의 장편 미스터리는 단 8편에 불과하지만, 2010년 영국 《타임스》가 선정한 '위대한 범죄 소설 작가 50인'에 선정될 정도로 지금까지 전 세계 독자들에게 사랑받고 있다.

조세핀 테이는 작품 속 앨런 그랜트 경감처럼 한평생 독신으로 보낸 것으로 알려져 있다. 그녀의 장편은 모두 우아하고 탁월한 문장으로 쓰였으며 여성의 심리가 세밀하게 묘사된 점이 특징이다. 또 순수할 정도로 논리적인 추리가 뒷받침되어, 세월을 뛰어넘어 지금까지 전 세계 독자들한테 사랑받고 있다.

👣 500년 전 사건을 쫓는 경찰

《시간의 딸》은 추리소설의 황금기에 애거서 크리스티와 도로시 세이어즈에 못지않게 인기를 누렸던 조세핀 테이의 대표작이다. 테이가 발표한 8편의 장편 중에서 이견 없이 모두가 최고로 꼽는 작품이 바로《시간의 딸》이다.

현재까지도 영국추리작가협회가 꼽고 있는 시대 초월 미스터리 1위를 달리고 있으며 1951년 발표된 이후 수많은 후배 추리작가들에게 영향을 미친 걸작이다. 역사 미스터리의 마스터피스라고 할 수 있다. 작품의 줄거리는 이렇다.

살인 사건이 일어났다. 그런데 경찰이 이 사건의 범인과 피해자를 직접 조사할 수 없다. 시신도 용의자 취조도 없다. 왜일까? 무려 500년 전에 일어난 사건이기 때문이다. 이 500년 전 살인 사건을 침대 위에서 역사 기록만 활용해서 해결한다고 가정해보자. 미쳐도 단단히 미쳤다고 할 것이다. 그 미친 짓을 하겠다고 덤비는 한 경찰이 있다. 바로 앨런 그랜트란 경위다.

범인을 쫓다가 맨홀에 떨어지는 바람에 꼼짝 없이 병원 침대 신세를 지게 된 그랜트 경위. 하루 종일 '꼬마'와 '아마존'이라고 별명을 붙인 두 명의 여자 간호사에게 시달리며 지루해 한다.그랜트가 사람 얼굴에 흥미를 느낀다는 걸 잘 아는 여자친구 마르타는 어느 날 사람 얼굴 사진이 잔뜩 든 종이봉투를 내민다. 그 때 봉투에서 나온 단 한 장의 초상화 사진이 그랜트를 500여 년 전 장미전쟁(1455~1485) 시절로 데려간다.

그랜드는 표제를 찾기 위해 초상화를 뒤집었다. 뒷면에는 다음과 같이 인쇄되어 있었다.

'리처드 3세. 국립 미술관 초상화 전시관 소장. 작가 미상.'

리처드 3세.

누군지 잘 알고 있다. 리처드 3세. 곱사등이. 아이들 이야기에 나오는 괴물. 순수의 파괴자. 악당과 동의어.

초상화만 봤을 때는 정직하고 고결해 보이는 남자가 알고 보니 악명 높은 리처드 3세라는 사실에 충격을 받은 그랜트는 시간을 죽일 겸 리처드 3세가 과연 어린 조카를 죽이고 왕위를 찬탈했는지 아닌지 500년 전의 미스터리를 풀기로 결심한다. 과연 그는 침대 위에서 이 살인 사건을 해결할 수 있을 것인가? 리처드 3세는 정말 조카를 죽였을까? 셰익스피어가 묘사한 대로 무시무시한 악인에 사지가 뒤틀린 곱사등이였을까?

🔗 미스터리에 새로운 길을 제시한 조세핀 테이

《시간의 딸》은 탐정이 주인공으로 나와 트릭을 풀어가는 퍼즐 미스터리와 궤를 달리하며 미스터리에 새로운 방향을 제시한 획기적인 작품이다. 다리를 다쳐 병원 침대에 누운 앨런 그랜트 경위가 오직 역사 기록만을 활용해서 500년 전 사건의 진실을 파헤친다는 설정 자체가 파격이다. 단지 퍼즐을 푸는 데에서 만족하지 않고 독자에게 완전히 새로운 미스터리를 제시했다는 평을 받고 있다.

조세핀 테이는 천재적인 탐정보다는 우리 시대의 이웃 같은 평범한 주인공이 범죄에 맞닥뜨리는 이야기를 쓰는 걸 좋아했다. 그녀가 쓴 유일한 시리즈의 주인공 앨런 그랜트만 봐도 따뜻한 마음씨를 가진 평범하고 소박한 사람이다. 또한《시간의 딸》은 유머와 위트가 곳곳에 펼쳐져서 500년 전을 다룬 역사 미스터리라 읽기 어려울 거란 편견을 깨는 작품이다. 특히 두 명의 간호사에 대한 생생한 묘사와 다른 작가의 소설들에 대한 신랄한 혹평은 SNL코리아가 울고 갈 정도로 웃기기 짝이 없다. 테이의 재치와 해학이 돋보이는 부분이다.

《시간의 딸》은 평온한 병원의 일상을 유머러스하게 그려 나가면서 리처드 3세의 진실을 파헤치는 탐정물로서의 역할을 충실히 수행한다. 전형적인 안락의자 탐정물의 변용이라고 할 만하다.

작가는 소설 속에서 잘 알려진 역사에 의문을 제기했다. 우리는 보통 역사 기록을 사실이라고 믿는다. 과연 그럴까? 역사는 승자의 기록인 경우가 많다. 승자가 자신에게 유리하게 모든 기록이 쓰이도록 손쓰지 않았다고 어떻게 보장할까?

조세핀 테이는 악인으로 낙인찍힌 리처드 3세에 대해 새로운 관점을 제시함으로써 독자를 흥미진진한 미스터리의 세계로 데려간다. 테이는 말한다. 리처드 3세는 억울한 패자일 뿐 악인도 곱사등이도 아니라고. 사실 조세핀 테이의 주장이 새로운 건 아니다. 이 소설에 나오는 리처드 3세에 대한 주장은 테이 뿐만 아니라 다른 역사가들도 이미 말한 바 있다.

하지만 널리 알려진 역사가 진실이 아닐 수 있다는 테이의 날카로운 주제의식과 그 결론이 도출되기까지 펼쳐지는 복잡한 구조의 줄거리, 우아하고 재치 있는 문장, 사랑스럽고 재미있는 인물 묘사 등이 이 소설의 수준을 시대의 명작으로 끌어올렸다.

👣 《시간의 딸》의 추리가 실제로 증명되다

조세핀 테이의 《시간의 딸》은 역사 미스터리의 고전이 되어 당대뿐만 아니라 후대의 역사학자들과 작가들에게 꾸준히 영감을 제공해 왔다. 또한 리처드 3세에 대한 연구와 관련 소설 창작이 활발해지는 데도 큰 영향을 미쳤다.

흥미롭게도 지난 2012년 9월, 영국 중부 한 주차장 지하에서 진짜 리처드 3세의 유골이 발굴되었다. 2013년 DNA 검사를 통해 리처드 3세는 척추측만증을 앓고 있었을 뿐 곱사등이는 아니라고 판명되었다. 놀랍게도 《시간의 딸》에서 제기된 "리처드 3세는 곱사등이가 아니다"란 가설이 진실이었던 것이다! 이 소설 제목에 영향을 미친 '진리는 시간의 딸'이란 오래된 격언이 그대로 맞아떨어진 셈이다. 조세핀 테이가 무덤에서 벌떡 일어나 "거봐, 내 말이 맞았지!"라고 외칠 만하다.

🔍 이 작품이 흥미롭다면

《프랜차이즈 저택 사건》은 영국추리작가협회와 미국추리작가협회에서 각각 추천한 100권의 리스트에 모두 포함됐으며, 훗날 영화와 TV드라마로도 제작되었다. 조세핀 테이는 18세기에 있었던 엘리자베스 캐닝 납치 사건을 모티브로 이 장편소설을 썼다. 실종 4주 만에 나타난 소녀 베티 케인은 자신이 프랜차이즈 저택에 감금됐다고 주장하며 저택의 모습을 상세하게 설명한다. 하지만 저택에 사는 샤프 모녀는 베티를 생전 처음 봤다며 부인한다.

《브랫 패러의 비밀》은 '왕자와 거지' 모티브를 빌려온 이야기이다. 부유한 애비시가에 비극이 닥친다. 부모가 죽고 맏아들 패트릭마저 행방불명된다. 8년이 흐르고 패트릭의 쌍둥이 동생 사이먼에게 재산이 상속되려던 즈음 패트릭이 다시 돌아온다. 하지만 그는 패트릭과 닮은 브랫 패러라는 청년이었다. 패트릭과 닮은 외모 덕분에 애비시가의 이웃으로부터 패트릭이 되기 위한 교육을 받은 브랫 패러는 애시비가에 진짜 패트릭임을 인정받는다. 하지만 단 한 명 사이먼만은 그를 의심한다. 갑자기 진실이 튀어나올 때마다 신속하게 대응해야 하는 브랫 패러의 모습이 작품에 서스펜스를 불러일으킨다. 잡지《뉴요커》는 '진짜인 척하는 가짜'를 다룬 작품 중에서는 단연 최고라고 평했다.

《시간의 딸》을 오마주한 일본 추리소설이 있다. 바로 요네자와 호네부의 《빙과》(2013)다. 심지어 요네자와 호노부는 《빙과》의 영어 제목을 '시간의 조카딸The Niece of Time'로 하여, 제목부터 《시간의 딸》의 후계자임을 내세운다. 요네자와 호노부의 《흑뢰성》 또한 역사 미스터리 소설이다. 일본 전국 시대가 배경이며 임진왜란에서도 활약한 재사 구로다 간베에의 젊은 시절 모습이 나와서 흥미롭게 읽을 수 있는 작품이다.

영국 작가 콜린 덱스터의 《옥스퍼드 운하 살인 사건》(1989)은 주인공 모스 경감이 19세기 운하에서 벌어진 살인 사건을 당시 기록만 가지고 추론해서 해결한다는 내용이다. 역사 추리물의 새로운 지평을 열었다는 평과 함께 영국추리작가협회에서 골드 대거상을 받았다. 모스 경감이 위장병으로 입원한 병실에서 안락의자 탐정이 되어 과거의 살인 사건을 풀어간다는 설정이 《시간의 딸》과 닮아서 흥미롭다.

사회파 미스터리를 발명하다
점과 선

点と線
1958

마쓰모토 세이초松本清張, 1909~1992

1909년 호적상으로는 기타큐슈의 작은 도시 고쿠라에서 태어났다고 되어 있지만 실제로는 히로시마시에서 태어났다. 《주간 아사히》 공모전에서 데뷔작 〈사이고사쓰〉가 3등상을 타면서 등단했다. 어려운 가정 형편으로 가족을 먹여 살리느라 힘들었던 세이초는 따로 시간을 낼 수가 없어서 출퇴근길에 걸어다니면서 소설 줄거리 구상을 했다고 한다. 1953년 《어느 '고쿠라 일기' 전》으로 아쿠타가와상을 수상하며 전업 작가의 길로 접어들었다. 마흔하나에 비로소 온전히 작가가 된 마쓰모토 세이초는 그동안의 한을 풀기라도 하듯 집필에 전념했다.

한동안 역사소설, 현대 단편소설 위주로 집필을 했다. 1955년부터 추리소설을 쓰기 시작해 1957년에 발표한 《점과 선》은 범죄의 동기를 중시한 '사회파 추리소설'로 불리며 세이초 붐을 일으켰다. 지금까지도 사회파 미스터리의 아버지로 불린다. 그 후에도 왕성한 필력을 자랑하며 《눈의 벽》(1958), 《제로의 초점》(1959), 《비뚤어진 복사》(1961) 등을 내며 베스트셀러 작가로 입지를 공고히 했다. 걸작으로 인정 받는 《모래그릇》(1961)도 독자들에게 많은 사랑을 받은 작품으로 1974년 영화화 됐으며, 드라마로도 다섯 번이나 연거푸 만들어졌다.

👣 자살한 듯한 시체, 그 뒤에 숨겨진 미스터리

사회파 미스터리의 효시라고 할 수 있는 소설《점과 선》의 줄거리는 이렇다.

후쿠오카 가시이 해안에서 동반 자살한 것처럼 보이는 두 명의 남녀 사체가 발견된다. 중앙 관청의 과장 대리 사야마 겐이치와 요정의 접대원 오토키. 두 사람은 청산가리가 든 주스를 나누어 마시고 함께 죽은 것처럼 보인다. 후쿠오카 경찰서의 도리카이 준타로 형사는 사야마가 소지한 열차 식당의 영수증이 1인으로 되어 있는 점이 수상쩍다. 동반 자살을 하려는 남자가 연인을 두고 혼자 식사를 하다니?

사야마가 소속된 관청의 부정부패를 조사하던 경시청의 미하라 경위도 사야마의 부정부패 사건을 조사하다가 의문을 가진다. 오토키가 사야마와 함께 도쿄역에서 기차를 타는 장면을 목격한 야스다 다쓰오가 관청에 출입하는 인물이었기 때문이다. 야스다가 때마침 두 명의 접대원과 함께 도쿄역에 간 건 우연의 일치일까, 아니면 계획일까. 미하라 경위는 도리카이 형사의 이야기를 듣고 야스다의 증언이 꾸며진 것일지도 모른다고 생각한다.

먼저 이 작품은 본격 미스터리는 아니지만 트릭이 돋보인다. 해변에서 일어난 살인을 동반 자살처럼 위장한 계략이나, 식당의 영수증과 시간표를 활용하는 트릭이 그렇다. 특히 기차 시간표를 이용한 트릭이 신선하게 다가온다. 이 트릭은 훗날 많은 일본 작가에게 영향을 준다. 또다른 특징은 사회적 문제를 강하게 부각시키는 주제의식이다. 한 개인의 잘못이 아니라 사회가 만든 구조적 범죄에 휘말려드는 개인의 비극을 묘사하고 그 동기를 추적하여 파헤치는 과정이 《점과 선》을 최초의 사회파 미스터리로 인정받게 만들었다.

👐 사회파 미스터리를 발명한 작가, 마쓰모토 세이초

사실 세이초가 미스터리 소설을 쓰기 시작한 이유는 트릭 위주의 본격 미스터리가 식상하다 느꼈기 때문이었다. 마니아만 좋아하는 작품이 아닌 일반 독자들도 즐겁게 읽는 소설을 쓰고자 했다. 세이초는 주제를 보여 주기 위한 수단으로 미스터리 기법을 응용했다. 지금까지 트릭을 위해 무리하게 주변 상황을 끼워맞추던 퍼즐 같은 요소를 무시하였고, 명탐정의 등장이나 비현실적인 설정을 배제하였으며, 일상 속에서 평범한 인물이 사건에 휘말려 들어가고 그것을 해결하는 탐정 역시 아주 흔한 인물로 설정했다.

즉, 세이초 작품의 핵심은 트릭 중심주의에서 탈피해서 소설의 주제에 상응하는 트릭을 이용하는 점이다. 세이초는 일상성의 균열이라는 새로운 수법을 사용하여 기존의 트릭 중심 구도에서 벗어나 소설의 근원적인 재미를 부활시켰다. 하지만 사회파 미스터리가 인기를 끌면서 곧 마쓰모토 세이초의 아류라고 할 만한 작품들이 넘쳐났다. 이 작품들은 세이초 작품의 본질까지 따라하지 못했고 그저 시류에 편승한 작품들이라 당연히 팔리지 않았다. 결국 사회파 미스터리의 인기도 끝나버렸다.

마쓰모토 세이초의 인생은 한마디로 7전 8기의 삶이었다. 세이초는 가난한 환경에서 성장하였고, 가난한 집안을 부양하기 위해 고등소학교만 마치고 바로 작은 전기회사에 급사로 취직한다. 제2차 세계대전 중에는 한국에 주둔했다.

습작하던 노트 종이 질이 형편없어서 종이에 구멍이 뚫릴까 봐 가느다란 샤프 하나를 애지중지할 정도로 궁핍한 환경에서도 신문기자의 꿈을 꾸고 열심히 노력했다. 대학을 나오지 않고는 신문기자가 될 수 없다는 말에 좌절하기도 했으나 지사장에게 용감하게 편지를 써 신문기자로 아사히신문에 입사했다. 그러나 거기서도 학력 차별을 맛보고 말았다. 《주간 아사히》 공모전에서 3등상을 타며 데뷔했지만 일과 소설 작업을 오랫동안 병행했다. 어떻게 보면 이런 치열한 삶이 사회를 읽는 세이초만의 날카로운 시선을 만들어 주었는지도 모르겠다.

👣 끊임없이 공부하고 쓰고 노력했던 거장의 면모

기자 생활을 했던 마쓰모토 세이초는 소설 외의 글도 꾸준히 썼다. 패전 후 미군 점령기에 일어났던 사건들을 다룬《일본의 검은 안개》(1960)로 논픽션 장르에서도 새 지평을 열었다. 1964년부터 1971년까지는 주간 문예지《문예춘추》에 쇼와 시대의 잊힌 사건들을 파헤친〈쇼와사 발굴〉을 연재하였다.

마쓰모토 세이초는 1992년 임종을 맞을 때까지 1000편 이상의 작품을 남겼다. 끊임없이 노력하며 '공부하면서 쓰고, 쓰면서 공부한다'는 신조를 지키며 대활약을 펼친 그는 실로 일본을 대표하는 작가라고 해도 무방하다. 1989년 6월 10일에 작성된 유서에는 "나는 노력만은 해 왔다"라고 적혀 있었다고 한다.

집필 외에는 대인 관계가 좁고 취미도 거의 없는 단조로운 생활을 했지만 어두운 성격은 아니었고 친한 사람들과는 잘 지냈다. 다만 후배 작가들에게도 경쟁심을 불태우면서 냉담하게 대한 경우가 많았다고 한다. 마쓰모토에게 차가운 대접을 받았던 모리무라 세이이치는 나중에 회고록에서 섭섭한 감정을 드러내기도 했다.

2000년 아사히신문에서 '지난 1000년간 일본 최고의 문인은 누군가?'라는 설문조사에서 8위를 기록했다. 1위는 나쓰메 소세키, 2위는 무라사키 시키부, 3위 시바 료타로, 4위 미야자와 겐지, 5위 아쿠타가와 류노스케, 7위 다자이 오사무, 9위 가와바타 야스나리, 10위 미시마 유키오였다. 이들 중 대중문학가로는 마쓰모토 세이초가 역사소설가 시바 료타로와 함께 순위에 들었는데, 이런 결과는 일본에서 추리소설도 문학으로 인정받고 있음과 동시에 그만큼 마쓰모토 세이초가 인정받는 작가임을 의미한다.

마쓰모토 세이초는 일본 문학의 거인이자 진정한 국민 작가이며, 사회파 추리소설이란 새로운 장르를 창시하고 이끈 사회파 추리소설의 아버지이다. 추리소설 독자층의 저변을 넓히고 단순 탐정소설을 추리소설로 바꾼 인물이다.

🔍 이 작품이 흥미롭다면

일본 추리소설의 여왕 미야베 미유키는 '세이초의 장녀'를 자처하고 있다. 미야베 미유키는 1987년에 올 요미모노 추리소설 신인상을 받은 단편 〈우리 이웃의 범죄〉로 데뷔했다. 그 후 《마술은 속삭인다》(1989)로 일본추리 서스펜스 대상, 《용은 잠들다》(1991)로 일본추리작가협회상, 《화차》(1993)로 제6회 야마모토 슈고로상, 《가모우 저택 사건》(1993)으로 일본 SF 대상을, 《이유》(1999)로 나오키상, 《모방범》(2001)으로 마이니치 출판대상 특별상, 《이름 없는 독》(2006)으로 요시카와 에이지 문학상을 수상하며, 자타공인 일본을 대표하는 최고의 미스터리 작가로 우뚝 섰다.

그녀를 위시하여 모리무라 세이이치, 요코야마 히데오, 기리노 나쓰오, 다카무라 가오루 등의 추리 작가들이 '세이초 월드'를 이어가고 있다. 이 작가들의 작품을 찾아 읽으면 요즘 감각의 사회파 미스터리를 맛볼 수 있다.

반세기 이어진 87분서 시리즈 대표작

킹의 몸값

Kings Ransom
1959

에드 맥베인 *Ed McBain, 1926~2005*

20세기 미국은 물론, 미스터리 역사를 통틀어도 손꼽을 만한 범죄 소설 작가이자 시나리오 작가. 본명은 살바토레 앨버트 롬비노로 후에 에반 헌터로 개명했다. '에드 맥베인'은 수많은 필명 중 하나로, '87분서 시리즈'를 발표하면서 대중에게 가장 잘 알려진 경찰 소설 작가가 됐다. 《경찰 혐오자》(1956)로 시작해서 《Fiddlers》(2005)로 종결지은 87분서 시리즈는 장르소설 역사상 최고의 경찰 소설로 꼽힌다.

에드 맥베인은 뉴욕에서 태어나고 자랐다. 제2차 세계 대전 당시 해군으로 복무했으며, 전쟁 중에 다양한 단편소설을 썼다. 전쟁이 끝난 이후 다시 뉴욕으로 돌아와 헌터 칼리지에서 영어와 심리학 그리고 연출과 교육학을 공부했다.

작가로서 정착하기 전까지 다양한 직업을 전전했는데, 고등학교에서 학생들을 가르쳤고 문학 에이전시에서 편집자로 일하면서 P.G. 우드하우스나 아서 C. 클라크와 작업을 함께하기도 했다. 교사로 일했던 경험은 훗날 영화로 흥행한 《폭력 교실》(1954)을 쓰는 데 큰 도움이 되었다.

별명이 '기관총 작가'일 정도로 왕성하게 글을 쏟아냈다. 1950년대 에반 헌터, 커트 캐넌, 헌트 콜린스, 리처드 마스튼, 에즈라 해넌, 존 에벗 등의 다양한 필명으로 다양한 장르의 작품을 쏟아냈다. 범죄 소설, SF 소설, 동화, 희곡 등 장르에 얽매이지 않고 썼다. 시나리오 작가로도 두각을 보였다. 대프니 듀 모리에 원작, 히치콕 연출의 영화 《새》의 각본을 썼으며 드라마로 방영된 '87분서 시리즈'와 '형사 콜롬보 시리즈'의 각본도 담당했다.

에드 맥베인은 미스터리 작가로는 최고의 영예라 할 수 있는 영국추리작가협회의 카르티에 다이아몬드 대거상과 미국추리작가협회의 그랜드 마스터상을 모두 수상했다. 2005년 암으로 세상을 떠났다.

🐾 유괴된 아이와 거대한 몸값

50만 달러냐, 아이의 목숨이냐?《킹의 몸값》이 던지는 딜레마다.
"네 아들을 우리가 데리고 있다, 킹."

어느날 부유한 사업가 더글러스 킹에게 아들을 유괴했다는 전화가 온다. 그러나 알고 보니 유괴된 아이는 더글러스의 아들 바비 킹이 아니라 부하 직원의 아들인 제프 레이놀즈였다. 납치 신고를 받고 출동한 87분서의 카렐라 형사는 그 사실을 숨기고 유괴범을 유도하여 어떻게든 제프를 무사히 되찾으려고 한다.

더글러스 킹은 고뇌에 빠진다. 마침 그레인저 제화를 인수하기 위해 있는 돈 없는 돈을 다 끌어모은 목돈이 있다. 유괴범은 50만 달러를 요구한다. 더글러스는 몸값 지불을 망설이고 이에 실망한 아내 다이앤은 그를 떠난다.

결과는 오직 킹의 결정에 달렸다. 87분서의 스티브 카렐라 형사는 더글러스 킹이 유괴범에게 몸값을 지불하길 간절히 바라며 유괴범을 찾기 위해 혼신의 노력을 다한다. 킹이 몸값을 지불하지 않으면 다음 날 제프는 죽는다. 자신의 아이가 아닌 남의 아이에 대한 몸값을 지불할 것인가, 말 것인가. 몸값을 지불하면 내 사업이 망한다. 당신이라면 어떻게 할 것인가? 사업을 포기하거나 남의 아이 목숨을 외면해야 한다. 정말 도덕적인 갈등 중 최고봉이 아닐까.

에드 맥베인의 87분서 시리즈는 특정 인물이 아닌 경찰서 전체 인물이 돌아가면서 주인공이 된다. 스티브 카렐라, 마이어 마이어, 코튼 호스, 아서 브라운, 피터 번스 등 다양한 캐릭터가 등장해 갈등 속에 성장하면서 시리즈의 재미를 견인한다.

소설 제목《킹의 몸값》은 영어로 'King's ransom' 관용적으로 표현하면 '왕의 몸값' 즉 거대한 재산을 뜻한다. 에드 맥베인은 등장인물인 더글러스 킹의 성을 활용하여 중의적인 제목을 지었다. 텔레비전 드라마 시리즈로 나왔고 영화화되었으며 후에 일본에서 구로사와 아키라 감독이 영화《천국과 지옥》(1963)으로 만들었다.

🔗 경찰 소설의 대가 에드 맥베인

1956년《경찰 혐오자》를 시작으로 50여 편 넘게 이어진 '87분서 시리즈'는 뉴욕시를 오른쪽으로 90도 돌려서 만들었다는 가상의 도시 아이솔라를 주 무대로 삼고 있다. 87분서가 담당하는 지역은 그중에서도 가장 강력범죄가 심한 구역이다. 87분서 팀원들은 거친 범죄와 맞서면서 제각각 성장해 나간다. 캐릭터 각각의 개성이 충돌하면서 이야기에 재미가 생긴다. 각 소설마다 주인공이 달라진다. 87분서 시리즈를 읽으면 범죄소설 작가들 중에서 대사를 제일 잘 쓴다는 에드 맥베인의 재능을 확인할 수 있다.

에드 맥베인은 장르소설은 물론이고 20세기 대중문화 전반에서 중요한 위치를 차지한다. 그의 대표작 '87분서 시리즈'는 미국 경찰서 87분서 소속 형사들의 활약을 그린 시리즈물로, '경찰 소설'이란 장르를 본격적으로 정립한 작품이란 평가를 받는다. 명석한 두뇌로 사건을 척척 해결하지만 현실성은 떨어지는 탐정물과 달리, 실제 경찰 조직과 문화에 대한 정교한 묘사를 곁들이면서 사회상을 충실히 반영하는 새로운 흐름을 만들어 냈다. 이 시리즈는 이후 소설은 물론이고 영화와 드라마에도 많은 영향을 줬다. 경찰 조직이 팀워크를 바탕으로 사건을 해결하는 작품들, 세계적으로 인기를 끈 미국 드라마《CSI》나《성범죄 전담반》시리즈의 원조인 셈이다.

Q 이 작품이 흥미롭다면 ────────────

한국에 에드 맥베인의 작품은 한동안《경찰 혐오자》외에는 거의 소개되지 않았다.《경찰 혐오자》는 '87분서 시리즈' 첫 번째 작품. 가공의 도시 아이솔라 87분서 형사들이 차례차례 살해당하는 연쇄살인 사건이 발생한다. 세 명의 형사 동료가 죽어 나가자 격분한 카렐라와 부시 형사는 복수를 다짐하지만 단서라곤 범행도구가 45구경 권총이며 경찰에 원한을 품은 자의 소행이라는 것뿐이다. 두 사람은 45구경 권총을 가진 전과자들을 용의선상에 올려 수사하지만 설상가상으로 부시마저 살해당하고 만다. 슬픔에 빠진 카렐라 앞에 언어 장애를 가진 미모의 여성 테디가 나타나는데⋯⋯. 이 소설은 초반부터 주인공처럼 보였던 형사들이 죽어 나가서 큰 충격을 안긴다. 당시에는 파격적인 설정이었을 것이다. 카렐라와 테디 사이의 러브 스토리도 잔재미를 준다. 원래 3부작으로 기획되었던 이 시리즈는 이후 반세기나 계속되었다.

현재는 국내에도 87분서 시리즈 소설이 여러 권 번역, 출간되었다. 《마약 밀매인》(1956), 《노상 강도》(1956), 《살인자의 선택》(1957), 《사기꾼》(1957), 《레이디 킬러》(1958), 《죽음이 갈라놓을 때까지》(1959), 《살의의 쐐기》(1959), 《조각맞추기》(1970), 《아이스》(1983)가 나와 있다. 87분서 시리즈의 참맛을 느끼고 싶다면 일독을 권한다.

북유럽 범죄소설의 방향키가 된 역작

웃는 경관

Den Skrattande Polisen
1968

페르 발뢰 *Per Fredrik Wahlöö, 1926~1975*

스웨덴 예테보리 출신으로 1946년에 대학 졸업 후 경찰 관련 저널리스트가 되었고, 1954년부터 스페인에서 살다가 1956년 귀국하여 다시 저널리스트로 활동했다. 1959년에 첫 작품인 《천국 같은》을 발표하며 소설가로 데뷔하였고, 1962년에 일로 만난 마이 셰발과 결혼하여 본격적인 작가 활동에 들어갔다. 1965년에 마이 셰발과 함께 두 사람을 유명하게 만든 경찰 소설 '마르틴 베크 시리즈'의 첫 작품 《로재나》를 발표했다. 이들은 1975년 열 번째 작품 《테러리스트》까지 10여 년간 마르틴 베크 시리즈를 집필하였다. 페르 발뢰는 《테러리스트》가 완성된 후 스웨덴의 말뫼에서 사망하였다.

마이 셰발 *Maj Sjöwall, 1935~2020*

스웨덴 스톡홀름 출신. 작가이자 번역가이다. 페르 발뢰와 함께 경찰 소설 '마르틴 베크 시리즈'를 집필하였다. 1975년 페르 발뢰 사망 후, 네덜란드의 범죄소설가인 토마스 로스와 함께 단편 〈그레타 가르보를 닮은 여자〉(1990)를 발표하며 호평을 받았다. 2020년 4월 29일 스웨덴의 란스크로나에서 사망하였다.

👣 2층 버스 안에서 벌어진 스웨덴 최초의 대량 살상 사건

1967년 11월 13일 밤. 장대비가 내리는 가운데 미국 대사관 앞에서는 베트남 반전시위가 대대적으로 벌어졌고, 많은 경찰들이 해산과 통제를 위해 동원되었다. 그날 밤 11시 3분, 스톡홀름 47번 노선을 달리는 2층 버스가 종점에 도착하기 직전 인도로 올라가 건너편의 버려진 화물역을 가르는 철조망에 박혀버렸다. 운전사를 포함한 8명이 총에 맞아 숨진 것이다. 그중에는 마르틴 베크 형사의 후배인 오케 스텐스트룀도 있었다. 유일한 생존자마저 병원에서 수술 받은 후 사망하고, 수사는 이렇다 할 단서를 찾지 못한 채 지지부진하게 이어진다.

살인수사과 형사들은 이 사건을 해결하고자 끈질기게 붙잡고 늘어진다. 국장인 함마르를 비롯해 마르틴 베크와 동료들은 한 가지 의문을 떨치지 못한다. 오케 스텐스트룀, 그는 집도 사무실도 아닌 엉뚱한 방향으로 가는 버스를 타고 있었다.

"여기에서 뭘 하고 있었을까? 이 버스에서?"

그가 이 버스를 탄 이유는 무엇일까? 형사들은 진실을 알기 위해 수사에 몰입한다.

👣 평범하고도 탁월한 경찰 마르틴 베크

시리즈의 주인공 마르틴 베크는 1922년생으로 첫 작품 《로재나》에서는 40대 초반의 경위였고, 마지막 작품인 《테러리스트》

에서는 살인수사과 책임자가 된다. 경찰 마르틴 베크는 대단히 뛰어난 능력자는 아니다. 경찰들이라면 갖춰야 할 자질인 '체계적 사고, 상식, 성실성'을 적당히 갖추었다.

소설 속의 주인공, 특히 미스터리 소설의 주인공은 탁월한 면을 갖춘 인물이 많다. 추론 능력이든 직관이든 뭐 하나는 남달라야만 사건을 쫓고 해결할 수 있다. 마르틴 베크는 그런 면에서는 평범한 경찰들과 다를 바 없다. 그렇다면 무엇이 마르틴 베크를 10권에 달하는 시리즈의 주인공으로 만들었을까. 바로 남들이 지나치고 넘어가는 부분에 주의를 기울이는 자세다. 아무리 하찮은 것이라도 반드시 확인하고 넘어간다. 성실함과 집요함 이것이야말로 사건을 쫓는 탐정 또는 경찰이 꼭 갖추어야 할 덕목이 아닐까. 기억력이 좋고, 끈기 있고, 논리적인 다른 동료 경찰들보다 마르틴 베크가 높은 평가를 받는 이유이다.

그는 사건 속의 무엇도 평범한 시각으로 보지 않는다. 작은 것하나도 놓치지 않는다는 건 디테일을 말한다. 디테일에서 평범함은 비범함으로 바뀐다. 이런 자세는 사람을 대할 때도 동일하다. 이 지점이 마르틴 베크를 시리즈의 주인공으로 만들었다고 해도 과언이 아니다. 설사 나중에 아무것도 아니라는 게 밝혀지더라도, 아무리 작은 단서일지언정 절대 그냥 지나치지 않기 때문에 독자들은 마르틴 베크를 신뢰할 수 있다.

또 하나, 그는 절대 개인플레이를 하지 않는다. 훌륭한 자질을 갖춘 동료 형사들과 팀으로 사건을 해결한다. 마르틴 베크 캐릭터는 현실적인 캐릭터가 갖는 힘을 잘 보여 주고 있다. 그렇기에 이 소설은 반전과 사건 해결이라는 카타르시스보다는 성실한 경찰들의 수사 과정을 보는 즐거움을 선사한다.

👣 경찰 수사 절차 소설에 담긴 사회 비판

놀라운 반전이나 엄청난 트릭을 기대하고 《웃는 경관》을 읽는다면 조금 실망할지 모르겠다. 마르틴 베크 이야기는 '경찰 수사 절차 소설'로 분류된다. 경찰 수사 절차 소설은 직업 경찰이 경찰의 자원을 활용하여 그들의 방법으로 범죄를 해결하는 이야기이다. 탐정은 경찰 외부에서 독자적인 방법으로 사건을 바라보고 해결하지만, 여기서는 독자들에게 경찰 조직이 어떻게 움직이는지, 어떤 절차로 수사가 진행되는지를 보여 준다. 경찰이라는 세계가 어떻게 돌아가는지를 이야기하는 장르다. 미국 작가 에드 맥베인에 의해 전 세계로 퍼져 북유럽에서는 스웨덴의 마르틴 베크 시리즈로 이어졌다.

시리즈의 첫 작품인 《로재나》에서는 단순히 경찰 수사 절차에 집중했다면 뒤로 갈수록 경찰 조직의 불완전성을 여실히 드러내는 한편, 사회 문제를 고발한다. 시리즈의 막바지에서는 오히려 범죄자들이 경찰 또는 정부에 의한 사회적 피해자처럼 묘사된다. 오랜 시간 일한 수사관의 퇴보와 점점 변질되는 경찰에

회의를 느끼고 사직서를 내는 모습 등은 당시의 소설로는 가히 충격적이라고 할 수 있다. 이 시리즈는 경찰 수사 절차 소설이 갖는 사회 비판적 관점에 큰 영향을 끼친 작품이다.

👓 마르틴 베크 시리즈

마르틴 베크 시리즈는 '복지국가'라는 타이틀에 가려진 스웨덴의 문제점을 낱낱이 드러냈다. 1960년대에서 1970년대 중반에 이르는 스웨덴의 여러 사회제도와 구조의 허점이 작품 곳곳에 적나라하게 담겨 있다. 이전에 없던 현실성이 강한 사회 고발 성격의 범죄소설인 것이다. 소설에 나오는 스웨덴은 상상했던 것보다 훨씬 가혹하며, 때로는 타국에서 온 이들을 조롱하는 스웨덴 사람들이 등장하기도 한다. 후반으로 갈수록 그 정도는 더 심해지고 그에 따른 냉소적인 유머도 강도가 세진다. 마르틴 베크 시리즈 이후 북유럽 범죄소설은 퍼즐을 푸는 미스터리에서 사회 문제를 다루는 고발 형식으로 방향이 바뀌었다.

또 다른 '마르틴 베크' 시리즈의 특징으로는 앞에서도 말한 유머 감각을 꼽을 수 있다. 형사들은 자신의 캐릭터에 맞게 시니컬한 농담을 주고받거나 상대의 냉소를 가차 없이 잘라낸다. 그들은 지리한 수사 과정을 견디며 언론의 공세에도 시달려야 한다. 답답함 속에 파묻힐 뻔한 형사들과 독자들을 구원하는 것은 그들의 입담이다. 단순한 유머가 아닌 스웨덴이라는 사회의 문제점, 사건을 바라보는 시선이 담겨 있다. 한 나라, 한 시대에서 벌어지는 갑갑한 사건을 담았으나 이를 수사하고 해결하는 평범한 형사들의 날카로운 시선, 유머를 잃지 않는 삶의 태도가 있어 시대를 초월하여 전 세계 독자의 마음을 사로잡았다.

《웃는 경관》은 마르틴 베크 시리즈 중 가장 뛰어난 작품으로 평가받는다. 1968년 스웨덴의 엑스프레센 셜록상, 1971년 미국 추리작가협회의 에드거상, 최우수 장편상 등을 수상했고 2016년에는 스웨덴 크라임타임 스펙세이버스 명예상을 받았다.

🔍 이 작품이 흥미롭다면 ──────

《웃는 경관》외에 마르틴 베크의 다른 시리즈를 추천한다. 시리즈의 첫 책 《로재나》에서는 로재나라는 여성이 살해당해 예타 운하에서 발견된다. 경찰의 수사 상황은 답답하기만 하고, 하염없이 시간이 흐르는 속에서 형사들도 신물을 느낀다.《연기처럼 사라진 남자》(1966)는 부다페스트에서 펼쳐지는 이야기. 마르틴 베크는 낯선 나라에서 경찰 조직의 지원을 받지 못한 채 홀로 실종된 스웨덴 기자를 찾기 위해 분투한다.《발코니에 선 남자》(1967)는 1963년 여름에 스톡홀름의 공원에서 발생한 여아 두 명의 성폭행 사건을 모티브로 한 작품이다. 극적인 드라마 없이 사건의 진행 과정을 사실적으로 묘사했다.

다섯 번째 작품인《사라진 소방차》(1969)에서는 경찰이 감시 중이던 절도범의 집이 한밤중 폭발하고, 그 절도범은 화재가 있기 전 이미 죽은 사건을 발단으로 한다. 여섯 번째 작품《폴리스, 폴리스, 포타티스모스!》(1970)

라는 제목은 1970년대 스웨덴 시민들이 베트남 전쟁 반대 시위를 할 때 사용한 '폴리스, 폴리스, 포타티스그리스'에서 따온 것으로 경찰, 경찰, 돼지 같은 경찰이라는 뜻이다. 《어느 끔찍한 남자》(1971)에서는 토요일 새벽 1시 40분, 사밧스베리 병원에 입원해 있던 뉘만 경감이 카빈용 총검에 살해당하는 사건이 벌어진다. 당직이던 에이나르 뢴 형사가 마르틴 베크를 호출한다.

《잠긴 방》(1972)에서 15개월 만에 복귀한 마르틴 베크는 동료 콜 베리가 건넨 사건을 맡게 된다. 창문과 문이 모두 잠겨 있는 밀실에서 사람이 총에 맞아 죽었다. 방에는 흉기가 없다. 《경찰 살해자》(1974)의 배경은 스웨덴 남부 시골마을. 버스를 기다리고 있던 여성에게 차 한 대가 다가와 태워 주겠다고 한다. 여성은 차에 타고 곧 실종된다. 마르틴 베크 시리즈의 마지막 작품 《테러리스트》(1976)는 스웨덴을 방문하는 미국의 상원의원을 살해하기 위해 테러리스트들이 잠입한 뒤 벌어지는 사건을 다룬다.

이후 북유럽에서는 마이 셰발과 페르 발뢰의 후예라고 부를 만한 작가들이 속속 등장했다. 헨닝 망켈은 마르틴 베크 시리즈의 영향을 받은 '쿠르트 발란데르 경감' 시리즈를 냈다. 《리가의 개들》(1992), 《하얀 암사자》(1993) 등이 있다. 리사 마르클룬드는 스웨덴의 저널리스트이자 범죄소설작가로, 스칸디나비아 5개국 모두에서 베스트셀러 1위를 기록한 유일한 여성작가이다. '여기자 안니카' 시리즈인 《폭파범》(1998), 《스튜디오69》(1999)가 있다.

28

#스릴러　#스파이물 【무경】

아직도 현실은 이 작품을 벗어나지 못했다

자칼의 날

The Day of the Jackal
1971

프레더릭 포사이스 *Frederick Forsyth, 1938~*

1938년 영국의 켄트주 애시포드에서 태어났다. 로이터 통신 해외특파원, BBC 방송국 기자로 일했다. 서른에 본격적인 작가의 길에 접어든 후 기자 시절 경험, 특히 국제정치와 용병에 관한 풍부한 지식을 토대로 여러 작품을 집필했다. 그중《자칼의 날》은 포사이스를 대표하는 작품으로, 에드거상을 수상하는 등 그에게 국제적 명성을 가져다주었고 여러 차례 영화화되었다.

이외에도 그는 《마지막 에이스》,《신의 주먹》,《코마로프 파일》,《제4의 핵》,《베테랑》,《인디안 서머》,《면책특권》 등 서스펜스가 강렬하고 리얼리티가 뛰어난 작품을 발표해 왔으며, 그 가운데는 영화나 드라마 시리즈로 만들어진 작품도 다수 있다.

👣 오래되었지만 여전히 매력적인 이야기

프랑스의 식민지 알제리를 둘러싸고 불거지는 불만은 극우 테러단체 OAS가 결성되는 계기가 된다. 그들은 여러 차례 프랑스 대통령 드골을 암살하려 시도하지만 번번이 수포로 돌아간다. 결국 OAS의 남은 자들은 거액을 들여 국제적인 암살자 자칼을 고용하기로 한다. 자칼은 의뢰를 받은 뒤부터 자신의 계획을 따라 철저하고 은밀하게 움직이며 프랑스에 잠입한다. 한편 프랑스 정부는 드골을 암살하려는 계획이 진행 중이고, 그들이 자칼을 고용했다는 사실을 알고 있다. 드골을 암살하려는 자칼과 자칼을 막으려는 프랑스 정부의 대결은 계속 이어지지만, 자칼은 매번 포위망에서 벗어난다.

암살 계획이 수면 위로 드러나는 날짜는 바로 파리 해방기념일. 그날은 드골의 영광을 다시금 새기는 날이 될 것인가, 아니면 자칼의 핏빛 계획이 성공하는 날이 될 것인가?

보편적으로는 이 작품을 테크노 스릴러로 분류한다. 정치적 갈등 속에서 벌어지는 음모와 스릴러를 다루기 때문이다. 테크노 스릴러라는 명칭에는 익숙하지 않더라도, 톰 클랜시를 위시한 작가들의 이름을 들으면 다들 납득할 것이다. 이 장르에서는 정치적 음모 아래 벌어지는 긴박한 스릴을 다룬다.

하지만 《자칼의 날》에서는 정치적 갈등과 음모 못지않게 중요한 게 있다. 바로 드골을 저격하려고 차근차근 준비하는 신비한 인물 자칼이다. 자칼은 의뢰인들에게 처음 모습을 드러내는, 그리고 사실상 독자 앞에 등장하는 순간부터 카리스마를 보인다. 의뢰인들이 펼친 감시망을 아무렇지도 않게 파악하고 헤쳐나가며 당당하게 그들과 마주하는 모습은 놀랍기만 하다.

자칼의 행적을 따라가며 독자는 기묘한 경험을 한다. 자칼은 암살자이기에 사회적으로는 '악인'이라고 분류해야 할지도 모른다. 하지만 작가의 무미건조하면서도 흡입력 있는 서술을 따라가다 보면, 독자는 서서히 악인을 응원하게 된다. 이 정도로 치밀한 암살자가 짠 계획이 어떤 결말을 맞을지를 보고 싶은 욕구가 드는 건 당연하다. 그러다가 독자는 암살자를 객관적으로 살피는 대신 자신도 모르게 모르게 응원하게 되는, 소설이기에 가능한 짜릿한 일탈이다.

자칼을 막는 건 프랑스 정부의 사람들이지만 그중에서도 가장 맹활약하는 인물은 클로드 르벨 총경이다. 그리 눈에 띄지 않는 인물 같지만 자칼의 계획을 파악하고 그를 집요하게 뒤쫓으며 궁지로 모는 무서운 인물이다. 프랑스 정부의 사람들은 실수도 하고 OAS의 스파이에게 정보를 누출하는 등 커다란 잘못을 저지르기도 한다. 하지만 유능한 르벨 총경의 활약으로 자칼은 점차 궁지에 몰리고, 이야기는 더욱 흥미로워진다.

👐 사냥감과 사냥꾼

'드골 암살 계획'을 그리는 《자칼의 날》은 흥미로운 구조를 가지고 있다. 암살자 자칼에게 드골은 사냥감이다. 자칼은 사냥꾼이 되어 사냥감을 사냥하러 심혈을 기울인다. 하지만 자칼은 사냥감이기도 하다. 르벨 총경을 위시한 프랑스 정부가 그를 잡으려고 안간힘을 쓰기 때문이다. 프랑스 정부의 우두머리가 드골임을 생각하면 이는 거칠게 '사냥감이 사냥꾼이 되고, 사냥꾼이 사냥감이 되는' 구조로 볼 수도 있다.

이 구조는 자칫 단순하고 평면적으로 그려질 수도 있다. 하지만 작가는 두 사냥꾼을 흥미롭게 그리고 있다. 자칼이 암살을 준비하는 과정을 따라가며 독자는 자칼을 응원한다. 하지만 르벨 총경이 자칼의 행적을 탐색하고 그를 저지하려고 행동하면 독자는 다시 르벨 총경의 공격이 어떻게 먹힐지 궁금해 한다. 독자는 두 사냥꾼의 행적을 따라가며 사냥의 쾌감을 느낀다.

단지 르벨 총경은 자칼보다 덜 인상적이다. 그가 정의를 수호한다는 '뻔한' 입장에 서 있어서일까? 아니면 그의 활약이 관료제적 규율에 얽매여 덜 자유로워 보여서일까? 자칼과 르벨 총경의 대결을 그린 작품인 이 책의 제목이 《자칼의 날》인 이유는 어쩌면 그 때문일지도 모른다.

👣 현실과 《자칼의 날》

《자칼의 날》은 만들어진 이야기이다. 샤를 드골이라는 실존 인물이 등장하고 작중 배경이 되는 시기의 정치적 갈등 역시 실제로 있었다. 하지만 그 역사를 토대로 작가 프레더릭 포사이스는 매력적인 가공의 이야기를 만들어 냈다.

훌륭한 이야기는 가상의 세계에서만 남지 않는다. 가공된 이야기는 다시 현실 세계에 영향을 끼친다. 《자칼의 날》 역시 마찬가지이다. 암살자들 가운데 이 책을 읽고 영감을 얻었다는 이들이 더러 있다. 《자칼의 날》은 뜻밖에 한국 현대사에도 흔적을 남겼다. 박정희 대통령의 영부인 육영수를 저격한 테러리스트 문세광이 이 책을 즐겨 읽었다는 믿거나 말거나에 가까운 이야기 때문이다. '카를로스 더 자칼'이라는 이름으로 악명을 날렸던 테러리스트 카를로스, 본명 일리치 라미레스 산체스 역시 세상에 이 책 속 자칼의 이미지가 덧씌워져 알려졌다고 한다. 탄탄한 이야기와 역사 사이에서 사람들이 무엇을 읽고 대입시키는지, 현실과 소설의 경계와 흔적을 보여 주는 사례들이다.

최근에도 《자칼의 날》을 떠올릴 수밖에 없는 일이 벌어졌다. 선거 유세 중이던 미국 공화당의 대선 후보 도널드 트럼프에게 총격이 가해졌고 그가 순간적으로 고개를 돌리며 간발의 차이로 총알은 귀를 스쳤다. 대선 후보와 총알이 같이 찍힌 사진을 보자 《자칼의 날》이 떠올랐다. 《자칼의 날》은 낡은 이야기가 아

210

니었다. 아직도 현역이나 다름없는 소설이었다. 이 작품은 여전히 생명력을 가지고 있다. 현실은 아직도 《자칼의 날》을 흉내 내고 있다. 그것이 좋은 일이라고 할 수는 없겠지만.

🔍 이 작품이 흥미롭다면 ─────────────

정체불명의 킬러 혹은 테러리스트를 추적하는 작품은 다양하다. 살인청부업자가 주인공인 작품으로 로런스 블록의 《살인해드립니다》(1998)가 있다. 주인공의 시점에서 진행되는 단편들에서 주인공은 다양한 의뢰를 받으면서도 늘 은퇴를 꿈꾸고, 지루하고 짜증 나는 삶 속을 터덜터덜 걸으며 투덜거리는, 평범한 이와 다름없는 삶의 모습을 보인다. 쓸쓸한 유머가 매력적인 작품이다.

이사카 고타로의 《마리아 비틀》(2010)은 저마다의 목적을 가진 킬러들이 얽히고 마는 한바탕 소동을 그린다. 킬러들은 저마다 개성 넘치고 인간적인 매력을 자랑하며, 달리는 기차 안이라는 한정된 공간은 더더욱 이야기의 긴장감을 자아낸다. 《불릿 트레인》이라는 제목으로 할리우드에서 영화화되었다.

저격수를 다룬 작품으로 아이사카 토마의 《소녀 동지여 적을 쏴라》(2022)가 있다. 제2차 세계대전 중 독소전쟁을 배경으로 하고 있는 작품으로, 평범한 소녀 세라피마가 독일군에게 마을 사람들이 모두 죽는 사건을 겪고 저격수가 되어 그들에게 복수하려는 이야기이다. 전쟁의 처참함과 비인간적인 면모를 여성 저격수의 입장으로 그려낸 작품이다.

29

도치서술 형사 드라마를 소설로 만나다

형사콜롬보

Columbo
1972

리처드 레빈슨 *Richard Leighton Levinson, 1934~1987*

미국의 시나리오 작가이자 프로듀서. 펜실베니아주 필라델피아 출신. 펜실베니아 대학 경제학부를 졸업했다. 1957년부터 1958년까지 육군에서 복무했다.

윌리엄 링크 *William Theodore Link, 1933~2020*

미국의 시나리오 작가이자 프로듀서. 펜실베니아주 필라델피아 출신. 펜실베니아 대학 워튼 경영대학원을 졸업했다. 1956년부터 1958년까지 육군에서 복무했다.

레빈슨과 링크는 중학교 때 처음 만나 평생 친구로 지냈다. 두 사람의 이력을 나란히 보면 레빈슨이 사망하기 전까지 거의 함께 일했다고 해도 과언이 아니다. 둘은 글쓰기 공부도 함께하며 공동 창작을 했다. 단편소설 〈Whistle While You Work〉도 함께 쓴 작품으로 《엘러리 퀸 미스터리 매거진》에 실렸다. 군 복무를 마치고 난 뒤인 1959년부터 본격적으로 작가 활동을 한 두 사람은 NBC에서 방영한 《킬데어 박사》(1961~1966), ABC 방송의 《도망자》(1963~1967)등 시리즈 드라마의 각본을 썼다. 엘러리 퀸의 열렬한 팬이었던 두 사람은 엘러리 퀸 TV 시리즈를 공동 제작하기도 했다.

《형사 콜롬보》는 1968년부터 공동집필했다. 우리나라에 잘 알려진 《제시카의 추리극장》도 두 사람의 작품이다. 이후 다수의 TV용 영화와 두 편의 장편영화에도 함께 참여했다. 레빈슨과 링크는 테드 리튼이라는 필명을 사용하기도 했는데, 가장 유명한 작품으로는 《형사 콜롬보》와 TV 영화 《엘러리 퀸: 돌아보지 마》(1971)가 있다.

레빈슨의 사망 이후에도 링크는 다양한 작품 활동을 이어갔다. 1991년에는 레빈슨을 추모하며 TV 영화 《소년들》의 각본을 썼다. 링크의 단독 활동 중 유명한 작품으로는 우리나라에도 잘 알려진 TV 시리즈 《코스비 가족》이 있다.

🐾 범인을 먼저 알려 주고 시작하는 도서추리 형식

《형사 콜롬보》는 TV 드라마 시리즈를 소설화한 작품이다. TV 드라마《형사 콜롬보》는 1968년과 1971년 두 개의 파일럿 프로그램이 방영된 후 1971년부터 1978년에 걸쳐 NBC에서 시즌 7까지 방송했다. 이후 ABC로 방송사를 옮겨 1989년부터 1991년까지 시즌 8에서 시즌 10을, 1992년과 1994년에는 각각 두 편, 1995년과 1997년, 1998년, 2000년, 2003년에는 한 편씩 스페셜 형식으로 방영했다. 소설《형사 콜롬보》는 1972년부터 MCA 출판사에서 펴냈는데, 레빈슨과 링크는 프로듀서, 스토리 제안자로 이름을 올리고 소설 집필은 다른 작가들이 한 것으로 알려졌다.

《형사 콜롬보》는 범인이 완전 범죄를 꿈꾸며 알리바이를 만들고, 범행을 실행하는 것에서 이야기가 시작된다. 도서추리, 즉 도치서술倒置敍述 장르이다. 맨 마지막에 범인이 밝혀지는 일반적인 추리소설의 서술방식을 뒤집어서 진행하는 방식이다.

도서추리 장르는 영국의 추리소설가 리차드 프리먼이 "독자가 작중 범죄를 목격하게 해서 추리에 필요한 단서들을 제공하는 추리소설은 어떨까?"라고 처음 제안하고 직접 작품을 쓴 것에서 시작됐다. 레빈슨과 링크는 두 사람의 공저《Stay Tuned》(1982)에서 프리먼의 영향을 받았다고 서술했다.

도서추리에는 '후더닛Who done it'이 없다. 이미 독자들이 다 알기 때문이다. 대신 범인이 어떻게 잡힐 것인지, 그가 한 짓이 어떻게 폭로될 것인지에 초점이 맞춰져 있다. 독자들은 범인이 어떻게 피해자를 죽이고 알리바이를 꾸몄는지는 알지만, 콜롬보가 어떤 단서로 범인을 잡을지는 모른다. 콜롬보가 쥐고 있는 사건 해결의 열쇠는 에피소드가 끝날 때까지 공개되지 않을 때가 많다.

⛓ 도서추리의 특징

서술의 전개 방식이 뒤집힌 도서추리에는 몇 가지 특징이 있다. 먼저 형사나 탐정 시점이 아닌 범인 또는 관찰자 시점으로 이야기가 진행된다. 작품의 흐름이 범인 입장에서 전개가 되며, 범인과 형사 또는 탐정이 공방을 벌이는 장면이 나온다. 묘한 심리전이 펼쳐질 때가 많다. 밀실이나 초자연 같은 상황은 잘 나오지 않으며, 마지막에 형사의 끈질긴 추적으로 사건의 전모가 드러난다. 이 과정에서 형사에게 쫓기는 범인의 내면 묘사가 나온다.

《형사 콜롬보》에 등장하는 범인들은 대개 꾀죄죄하고 지저분한, 콜롬보를 무능하다고 여기거나 그의 능력을 간과해 버린다. 독자들은 초반에 대놓고 콜롬보를 무시하던 범인들이 콜롬보가 매의 눈으로 발견한 단서 때문에 흔들리다가 결국에는 잡히고 마는 것에 즐거움을 느낀다.

🐾 주인공 콜롬보

작품의 주인공 콜롬보는 미국 캘리포니아주 LA경찰 살인수사과 형사다. 드라마 내내 그의 성만 나오고 이름을 말하는 캐릭터는 한 명도 없다. 단, 5화와 35화에 콜롬보의 배지 케이스가 화면에 잡히는데, 거기에 'Lt. Frank Columbo'라고 새겨져 있다.

구겨진 싸구려 셔츠와 넥타이에 베이지색 얇은 레인코트를 입고 다닌다. 머리는 늘 까치집을 짓고 있으며 사시에 등이 굽었다. 자가용은 59년형 소형 푸조인데 세차를 잘 하지 않아 굉장히 더럽다. 콜롬보에 등장하는 범인들은 상류층에 성공한 사람들이 거의 대부분인데, 그들은 이런 콜롬보를 깔보기 일쑤다. 이런 외모는 그의 경찰로서의 탁월한 재능을 감쪽같이 감춘다. 범인이 방심하고 그의 앞에서 허점을 내보이게 되는 원인이기도 하다.

입버릇으로는 "그리고 하나 더……", "집사람이……" 등이 유명하다. 이탈리아계 미국인으로 이탈리아어를 할 수 있다. 총을 잘 쏘지 못해 총은 소지하지 않는다. 6개월에 한 번 씩 실시하는 사격훈련을 10년간이나 받지 않아 본청에서 경고를 한 적도 있다. 시가를 피우고 술과 고급 안주를 좋아한다. 통찰력이 뛰어나고 지능이 높아 꽤나 머리 좋은 범인도 유도질문으로 자백하게 만든다.

🔗 소설 《형사 콜롬보》

현재 한국에 나와 있는 《형사 콜롬보》는 총 3권이다. 1권에는 〈두 개의 얼굴〉, 〈제3의 미로〉, 〈권력의 무덤〉, 〈초읽기 살인〉이 수록되어 있으며, 2권에는 〈제독이여 안녕〉, 〈자승자박〉, 〈카리브해 살인 사건〉이, 3권에는 〈황금 버클〉, 〈죽은 자의 메시지〉, 〈살인의 마술〉이 수록되어 있다. TV 드라마를 소설화한 작품이어서인지 이따금 대본의 지문 같은 문장들이 보이며 문학적 표현보다는 각 장면의 상황과 등장인물의 마음의 소리를 그대로 옮긴, 직설적인 문장들이 많다. 그럼에도 이 소설은 콜롬보가 어떻게 범인을 잡을지 독자들의 궁금증을 유발하는, 가독성과 재미를 갖춘 작품으로 꼽는다.

🔍 이 작품이 흥미롭다면

도서추리소설에 재미를 붙였다면, 프리먼 윌스 크로프츠의 《크로이든발 12시 30분》(1920)을 추천한다. 여객기 안에서 일어난 완전범죄를 끈질기게 물고 늘어지는 탐정의 추적이 압권이다. 범인이 독약을 손에 넣기까지의 과정을 세심하게 담고 있는데, 전혀 지루하지 않다. 기시 유스케의 《푸른 불꽃》(1999)은 고등학생인 소년이 자기 가족을 지키기 위해 범행을 저지르는 이야기다. 이 작품은 범인이자 주인공인 소년의 심리를 섬세하게 그려낸 것이 백미이다.

비극적인 현대사의 증인은 누구인가

최후의 증인

1974

김성종金聖鍾, *1941~*

산동 지난시에서 태어났다. 1945년 광복 후 귀국하여 서울에서 살다가 한국전쟁이 발발하면서 전남 여수까지 피난 갔는데, 그 와중에 아버지는 노무자로 끌려가고 임신 중이던 어머니는 아이를 낳고 사망했다. 몇 달 후 아버지의 고향인 전라남도 구례군에 정착했다.

1969년 조선일보 신춘문예에 단편소설 〈경찰관〉이 당선되었고, 1971년 현대문학의 추천을 받았다. 1974년 한국일보 창간 20주년 기념 200만 원 현상 장편소설 공모에 추리소설《최후의 증인》이 당선되면서 본격적으로 작가의 길을 걸었다.

1980년 서울에서 부산광역시로 이사한 뒤, 줄곧 부산에서 살고 있다. 그의 가장 큰 업적 중 하나는 1992년에 부산광역시 해운대구 중동 달맞이고개에 국내 유일무이의 추리소설 전문 도서관인 '김성종 추리문학관'을 세운 일이다. 부산소설가협회 회장을 지내기도 하였다.

👣 한국전쟁, 민간인들의 흔들린 삶

1972년, 황바우라는 노인이 출소한다. 그는 살인 혐의로 체포되었다가 무기형에서 감형되어 20년 만에 풀려난 것이었다. 그리고 1년 후, 김중엽이라는 변호사가 자신의 집에서 피살되고, 전남 문창에서 양조업을 크게 하는 양달수가 살해되는 사건이 일어난다. 형사 오병호는 양달수의 주변을 조사하다가 과거 한국전쟁이 한창이던 1952년, 지리산에 숨어든 무장공비 사건 이야기를 듣게 된다.

공비의 우두머리는 강만호였고, 그와 공비들은 손지혜라는 여자와 민간인인 황바우, 한동주 등을 데리고 다니며 낮에는 숨어 있다가 밤에는 음식을 훔치며 버텼다. 그러다 강만호는 당시 마을 청년단장이었던 양달수에게 접근해 자수하겠다고 한다. 그러나 얼마 후 경찰이 그들의 은신처를 급습하여 다른 공비들은 저항하다가 모두 사살되고, 황바우는 그 와중에서 민간인 한동주를 죽였다는 혐의로 감옥에 가게 된다.

사실 이 사건의 이면에는 큰 탐욕과 음모가 존재했다. 손지혜의 아버지가 꽤 큰 재산을 갖고 있다는 사실을 알고 있던 양달수가 그녀는 물론 그 재산까지 탐내 당시 검사였던 김중엽과 짜고 황바우에게 누명을 씌웠던 것이다. 그렇다면 20년이 지난 지금 과연 누가 김중엽과 양달수를 죽였을까. 이 작품이 담고 있는 것은 우리 현대사의 최대 비극 중 하나인 한국전쟁과 그로 인해 민간인들에게 어떤 피해가 생길 수 있는지 하는 문제다. 《최후의 증인》은 1980년 이두용 감독이 영화화했고, 1987년 MBC에서 드라마화했다. 두 작품 모두 최불암이 황바우 역을 맡았다.

🔗 한국 추리소설의 대가 김성종

김성종은 '한국의 마쓰모토 세이초'라 불릴 만큼 매 작품마다 인간의 본성, 현대 사회의 범죄, 대한민국 근대사의 비극 등을 강조하는 특징을 보인다. 한국에는 추리소설 작가도 작품도 일본 등에 비하면 그리 많지 않다. 김내성, 방인근 등이 사망한 후 1960년대에는 허문녕 등이 활약하기는 했지만 명맥은 거의 끊기다시피 했다. 그런 상황에서, 김성종의 왕성한 집필은 그 뒤 추리소설 발간에 많은 영향을 주었다.

그러나 김성종의 대표작은 추리소설이 아니라 대하역사소설이다. 바로 MBC에서 드라마로 만들어 많은 인기를 끌었던 《여명의 눈동자》가 그의 작품이다. 일간스포츠에서 1975년부터 1981년까지 연재했는데, 일제 강점기부터 한국전쟁까지 우리 현대사의 비극을 잘 그려내 소설도, 드라마도 많은 인기를 끌었다.

김성종의 작품은 여기서 다 대기 어려울 정도로 많다. 자신의 아내가 바람을 피우다가 살해되고 자신이 범인으로 몰리지만 탈출한 뒤 진범을 찾는《나는 살고 싶다》(1981), 산업화가 한창인 1970년대 가난에 한을 품고 부와 명예를 얻기 위해 무슨 짓이든 하는 여자와 그녀에게 버림받고 복수하려는 남자의 이야기를 담은《백색인간》(1981), 아파트에서 일어난 살인 사건 뒤에 있었던 치정을 추적하는《피아노 살인》(1985), 아버지를 살해한 이들을 찾으려는 여자의 복수 이야기인《안개 속에 지다》(1981), 자신의 아내를 유린한 이들을 한 명씩 찾아다니면서 살해하는 남편의 이야기인《일곱 개의 장미송이》(1982) 등이 있다. 최근까지도 2011년에《후쿠오카 살인》, 2017년에《계엄령의 밤》등을 출간하며 활발히 활동하고 있다.

또한 김성종은 우리나라 추리소설 작가 중 국제범죄나 테러 이야기를 많이 다룬 작가로도 유명하다. 평범한 회사원이었던 주인공이 자신의 아버지가 대동회라는 조직에 대한 비판적 사설을 쓴 후 의문의 살해를 당하게 되면서 대동회를 추적해 나가다가, 거대 조직이 한국 대선에 관여하려는 사실까지 알아낸《제 5열》(1977), 한 여자가 호텔에서 떨어져 죽고 그녀가 남긴 마지막 말을 통해 국제 테러 조직들이 서울에 잠입하고 있다는 점과 이를 추적하는 기자의 이야기를 다룬《Z의 비밀》(1980) 등을 들 수 있다.

동시대 활발히 활동했던 노원, 이상우 등과는 달리 김성종에게는 고유 탐정 캐릭터가 없다는 점도 특징이다. 이는 슈퍼히어로 같은 탐정보다는 인간의 욕망이나 시대의 아픔을 더욱 강조했기 때문이다.

👣 한국 추리소설에 관하여

김성종 이후 한국 작가들의 추리소설 발간이 활발해지면서 영문학자이자 번역가였던 고 이가형 선생의 주도로 번역가와 추리소설가들이 모여 '미스터리 클럽'을 만들었고, 1983년 8월 3일 이가형 선생을 초대회장으로 문용, 양기택, 유명우 등 영문학자 겸 번역가들과, 추리소설을 발표해 왔던 이상우, 김성종, 노원, 이원두, 현재훈 등이 모여 한국추리작가협회를 발족했다.

그 뒤 1980년대와 90년대를 거쳐 국내에서도 추리소설 발간이 활발해졌다. 추리작가협회의 창립 멤버이자 가장 오래 회장을 지낸 이상우는 KBS나 한국일보 문화센터 등에서 추리소설 강좌를 개설하여 후배 작가들을 양성해 '추리 전도사'라 불리기도 했으며, 본인도 수많은 작품을 남겼다. 그의 대표적인 탐정 캐릭터는 추병태 경감으로, '한국의 셜록 홈즈'라 불리기도 한다. 그가 등장하는 첫 작품은《불새, 밤에 죽다》(1986)이며 그 외 여러 작품에 후배인 강 형사와 콤비로 등장한다. 추 경감 시리즈 중《악녀 두 번 살다》(1987)는 62쇄에 70만 부 이상 팔린, 한국 추리소설 최고의 베스트셀러이기도 하다.

노원은 국정원에서 근무한 경험을 살려 다수의 추리소설을

발표했으며《위험한 외출》(1988),《춘희는 사라졌는가》(1994),
《바람의 여신》(1997),《사마라에게 장미를》(2012) 등을 발표한
바 있다. 그의 대표적인 탐정 캐릭터는 하영구 경감(그의 부인도
뛰어난 탐정이다)으로, 맹달수, 오하영이라는 부하 형사들과 함께
여러 사건을 해결한다.

이수광은 명성황후의 생애를 다룬《나는 조선의 국모다》
(1994) 등의 역사소설과 인문서《조선을 뒤흔든 16가지 살인 사
건》(2006) 등 인문서를 많이 냈지만, 그 못지않은 수의 추리소설
도 썼다. 대표작은 화성연쇄살인 사건을 소재로 한《화성의 비
밀》(1994)과《나는 안개 속으로 사라진다》(1996),《떠돌이 살인
마 해리》(2000),《잠들지 않는 밤》(2009),《조선명탐정 정약용》
(2011) 등이다.

2002년 한국추리작가협회에서는 추리소설 전문 잡지인《계
간 미스터리》를 발간, 이는 지금까지도 신인 작가 발굴과 기성
작가 작품 활동의 장이 되고 있다. 이를 통해 매년 적어도 네다
섯 명의 신인이 데뷔하고 있고, 최근 인기를 끌고 있는 송시우,
도진기 등도 이 잡지를 등단의 장으로 삼았다.

최근 해외에 한국 문화 소개가 활발해지면서 한국 추리소설
에 관심을 갖는 해외 출판사들도 늘고 있다. 따라서 한국추리작
가협회도, 한국 문단도 더 많은 추리소설 작품과 작가가 나오기
를 간절히 바라고 있다.

김성종은 자신에게 가장 큰 영향을 준 작가는 《자칼의 날》(1971)의 프레드
릭 포사이드라고 인터뷰에서 밝힌 바 있다. 또한 작가의 길을 걷게 해 준
작품은 존 르 카레의 《추운 나라에서 돌아온 스파이》(1963)다.

그 외에 한국 추리소설로서는 해외에서도 좋은 반응을 얻은 서미애의 《잘
자요 엄마》(2010), 정유정의 《7년의 밤》(2011), 영국 인디펜던트 해외문학
상 후보에 올랐던 이정명의 《별을 스치는 바람》(2012), 미국에서 영화화 추
진 중인 장용민의 《궁극의 아이》(2013), 영국에서 대거상 번역소설상을 수
상한 윤고은의 《밤의 여행자들》(2013), 백백교 살인 사건을 소재로 한 도진
기의 《유다의 별》(2014) 등도 추천한다. 또한 영어로 쓴 소설이지만 캐나다
교포 작가인 허주은의 《붉은 궁》(2022)은 사도세자를 소재로 한 사극인데
에드거상을 수상하기도 했다.

최근 들어 한국 작가들의 작품은 물론 한국의 역사와 문화 등도 해외에서
관심을 끌고 있다. 앞으로도 더 좋은 책이 나오길 바란다.

늙은 스파이의 두더지 잡기 게임

팅커, 테일러,
솔저, 스파이

Tinker, Tailor, Soldier, Spy
1974

존 르 카레 *John le Carré, 1931~2020*

존 르 카레는 1931년 영국 도싯주 풀이라는 항구 도시에서 태어났다. 본명은 데이비드 존 무어 콘월이다. 존 르 카레는 '광장'을 뜻하는 프랑스어로 필명을 어떻게 지었냐는 질문에 사람들이 잘 기억하게 하기 위해 약간 앵글로-노르만 귀족을 연상시키는 이름을 생각해 낸 것 같다고 대답했다.

유년 시절은 농담으로도 행복했다고 말할 수 없다. 사기꾼 아버지는 감옥에 갔고 그러자 어머니는 르 카레와 형을 두고 가출했다. 두 아들은 출소한 아버지 손에 키워졌고 성년이 되어서야 어머니를 만났다. 나중에 르 카레는 자신의 어린 시절이 이미 스파이 생활 같았다고 회상했다. 아버지는 두 아들을 형편에 맞지 않는 일류 사립학교에 보냈고 르 카레는 16세 때 학교를 중퇴하고 이후 베른 대학교에서 1년 동안 공부했는데 훗날 독일은 그의 소설의 주 무대가 되었다. 뛰어난 독일어 실력 덕분인지 2차대전 시절 르 카레는 오스트리아 주둔 영국군 정보부에서 근무했고 전쟁이 끝난 후 옥스퍼드에 들어가 우등으로 졸업했다. 1956년부터는 이튼 스쿨에서 독일어를 가르쳤다. 이때 선생님으로 일했던 경험은《팅커, 테일러, 솔저, 스파이》에 프리도 캐릭터를 통해 고스란히 드러난다.

두 번 결혼해서 네 명의 아들을 두었고 두 번째 아내는 자신의 소설을 담당하던 편집자였다. 가족의 증언에 따르면 존 르 카레는 수동 타자기로만 글을 썼고, 모든 수정고는 초고를 타자 친 종이를 가위로 오려 그 조각을 큰 종이에 덕지덕지 붙여서 만들었다. 추가 아이디어는 손글씨로 보태면서 너덜너덜한 수정고를 작성했다고 한다. 작가 활동을 한 40년 동안 26편에 달하는 소설을 발표하고 2020년에 사망했다.

🐾 이중 스파이를 찾기 위한 치열한 두뇌 게임

혹시 옛날 오락실에서 두더지 잡기 게임을 해 본 적이 있는지? 망치를 들고 튀어나오는 두더지의 머리를 때려 맞추는 게임이다. 툭 튀어나오는 두더지의 머리를 전부 타격하면 승리하고, 때리는 데 실패해서 단 한 마리라도 두더지가 땅 속으로 도망가면 진다.

《팅커, 테일러, 솔저, 스파이》는 한마디로 늙은 스파이 조지 스마일리가 벌이는 두더지 잡기 게임이다. 컨트롤(영국 정보부의 수장)은 서커스(영국 정보부)에 소련 정보부의 수장 카를라가 심어 놓은 두더지(Mall, 이중첩자)가 있다고 확신하고 유일하게 신뢰하는 충직한 부하 조지 스마일리에게 이중 스파이 색출 작전을 맡긴다. 스마일리에게 이런 중책을 맡겨 놓고 정작 컨트롤 본인은 건강 악화로 세상을 떠난다.

이제 은퇴한 스파이 조지 스마일리는 서커스의 스파이 중에 과연 누가 이중 스파이인지 찾아내기 위해 두뇌 게임을 시작한다. 모두 자신과 절친했던 동료들이기에 스마일리의 고뇌는 이루 말할 수 없다. 스마일리는 컨트롤이 이미 점찍어 둔 두더지 후보 몇 명을 놓고 과연 누가 범인인지 알아내기 위해 극비리에 수사를 시작한다. 여기서부터 《팅커, 테일러, 솔저, 스파이》는 일반적인 스파이 소설과 달리 미스터리, 즉 탐정 소설의 면모를 보여 준다. 스마일리는 탐정이 되어 증거를 모아 가고 독자는 스마일리의 여정에 동참하면서 흥분과 스릴을 느낀다. 그리고 마침내! 범인을 함정으로 몰아간 탐정은 결국 확실하게 그의 범죄(이중 스파이 행위)를 밝혀낸다.

🔗 지금까지 이런 스파이는 없었다

존 르 카레는 이언 플레밍의 대척점에 선 작가라고 할 수 있다. 이언 플레밍의 007 시리즈에는 화려한 액션과 여성을 유혹하는 장면이 자주 나온다. 존 르 카레의 소설은 사실적이고 차분한 묘사가 특징이며 여성을 유혹하는 장면 따위는 절대 등장하지 않는다. 전형적인 스파이 소설을 기대하는 독자라면 르 카레 세계관에 실망할 수도 있다.

조지 스마일리 3부작의 주인공 조지 스마일리는 뿔테 안경을 쓴 평범하고 소심한 중년 남성이다. 지하철이나 길거리의 군중 속에 섞여 있으면 전혀 눈에 띄지 않을 것 같은, 배가 좀 나온 초라한 늙은 아저씨에 불과하다. 심지어 아내 앤조차 존보다 잘 생기고 섹시한 빌 헤이든과 바람을 피운다. 어찌 보면 조지 스마일리는 무미건조한 정부 공무원에 불과한 것 같기도 하다. 단지 직업이 스파이일 뿐인.

그는 어린 빌 로치가 나중에 크면 그렇게 될 법한 예고편 인물이었다. 키가 작고 땅딸막한 데다 중년의 신사인 그는 외관으로 보아 큰 상속 재산은 있을 것 같지 않은, 영락없는 런던 무지렁이였다. 다리는 짧아서 걸음걸이는 전혀 민첩하지 못했고 옷은 비록 값비싼 것이지만 몸에 잘 맞지 않았으며 게다가 비에 푹 젖어 있었다. (중략) 그를 가리켜 '보온용 삶은 달걀 덮개 같은 사람'이라고 그의 아름다운 아내는 말했다. 그것은 그녀가 그를 버리고 가출하기 얼마 전에 한 말이었는데, 그런 비판은 늘 그렇듯 한동안 그를 따라다녔다.

이토록 특색 없는 무색무취의 스파이라니. 하지만 독자는 소설을 읽어 가면서 조지 스마일리의 진짜 매력을 발견하게 된다. 그의 강점은 외모가 아니라 두뇌에 있기에. 여러분도 나처럼 조지 스마일리를 점점 좋아하게 되리라, 아니 사랑하게 되리라 장담한다.

👣 인간을 이야기 할 줄 아는 작가

팬들은 왜 존 르 카레의 소설을 좋아할까? 앞서 다룬 이언 플레밍처럼 화려해서? 아니면 그레이엄 그린처럼 문학적이거나 서머싯 몸처럼 인생의 교훈을 생각하게 해서?

정답에 가까운 대답은 존 르 카레는 '스파이 소설을 통해 인간을 이야기한다'가 아닐까. 르 카레의 스파이물은 캐릭터에서 시작해서 캐릭터로 끝난다. 혹자는 르 카레 소설이 구조가 별로라고 하고 혹자는 액션이 부족하고 박진감이 떨어진다고 하고 혹자는 문장의 가독성이 떨어진다고 지적하기도 한다. 그럼에도 불구하고 존 르 카레의 소설은 치밀하게 구축된 등장인물들의 생생한 생명력 덕분에 오랜 시간 독자들의 사랑을 받아 왔다.

존 르 카레는 서머싯 몸이나 그레이엄 그린처럼 실제 첩보원으로 일했던 작가다. 1950년대 후반부터 영국 정보부SIS에서 근무하면서 서독 주재 영국 대사관의 2등 서기관, 이어 함부르크의 영사로도 근무했다. 《추운 나라에서 온 스파이》(1963)가 대성공을 거두어 작가 생활로 생계를 유지할 수 있게 된 뒤에야 외무부 근무(스파이 생활)를 그만뒀다. 자세한 스파이 활동 내역은 비밀 유지 때문에 아직도 밝힐 수 없다고 한다. 이처럼 실제 스파이 생활을 겪었기 때문인지 스파이의 일상을 찌질할 정도로 사실적으로 묘사하는 필치는 존 르 카레의 상징처럼 굳어졌다.

독자는 죽음을 각오하고 철의 장벽을 넘어가는 리머스의 눈빛을 잊을 수 없다. 또한 바람을 피운 아내를 여전히 사랑하는 마음을 억누르고 진짜 이중 첩자를 찾기 위해 냉철하게 작전을 짜는 스마일리에게 공감할 수밖에 없다.

사람들은 동서 냉전의 시대가 저물자 스파이 소설의 거장 존 르 카레도 저물 줄 알았다.

"이제 냉전이 끝났는데 스파이물에서 뭐 새로운 게 나오겠어?"

하지만 존 르 카레는 결코 저물지 않았다. 해가 지지 않았던 과거의 대영제국처럼. 그의 소설은 새로운 소재를 찾아내 끈질기게 생명을 이어갔다.《러시안 하우스》(1989)가 마지막 냉전 시대 스파이물이었다. 그 이후로 존 르 카레는 새로운 도전을 멈추지 않았다. 2~3년에 한편씩 꾸준히 장편을 발표했다. 한국에 번역 출간되지 않았지만 존 르 카레 원작을 토대로 한 동명의 영화《콘스탄트 가드너》(2006)도 감동적인 작품이다. 랄프 파인즈와 레이첼 와이즈가 보여 주는 부부의 사랑이 깊은 울림을 준다.《리틀 드러머 걸》(1983)은 박찬욱 감독이 영국 BBC와 드라마로 제작했다.

존 르 카레는《나이트 매니저》(1993),《영원한 친구》(2003),《모스트 원티드 맨》(2008),《우리들의 반역자》(2010),《스파이의 유산》(2017) 등 다양한 소재, 다양한 인물이 등장하는 소설을 계속 내놓았다.

존 르 카레는 20세기와 21세기 두 세기를 풍미한 스파이 소설의 거장이다. 그가 창조한 소설은 마냥 허구만은 아니었다. '하니트랩(Honey Trap, 미인계)'이나 '스캘프헌터(Scalphunter, 정보부의 암살과 회유 전문 요원)' 같이 그가 창조한 스파이 용어는 실제로 스파이 세계에서 사용되었다. 허구가 실제를 이긴 사례다.

존 르 카레는 스파이 소설을 통해 살아 숨쉬는 '인간'을 생생하게 이야기하는 작가였다는 점에서 진정한 거장이었다. 그가 창조한 스파이들은 특별한 능력을 가진 비범한 사람들이 아닌 평범한 사람들이었다. 아마 그 점이 존 르 카레가 오랫동안 독자들의 사랑을 받은 비결일 것이다.

🔍 이 작품이 흥미롭다면 ─────────────

존 르 카레는 40년 동안 꾸준히 작품 활동을 한 작가라 작품이 많다. 유작인《실버 뷰》(2022)를 포함 총 26편의 장편을 발표했다. 가장 대표적인 작품은 그를 성공적인 작가의 반열에 올려준 세계적인 베스트셀러《추운 나라에서 온 스파이》다. 외무부에서 근무하던 시절에 창작한 초기 세 작품은 분량이 짧을 수밖에 없었다. 낮에는 스파이로 일하고 밤에만 집필하는 생활이었다. 동명의 영화는 리처드 버튼의 연기력도 뛰어나지만, 차가운 흑백 화면으로 동서 냉전을 실감나게 보여 줬다는 점에서 비정한 스파이 영화의 정점이라고 상찬할 만하다.

1971년 이혼 후 발표한《순진하고 감상적인 애인》은 평이 좋지 못했다. 이혼한 남성의 심정을 다룬 순소설인데 아무래도 주 장기인 스파이물이 아니라 한마디로 혹평 일색이었다. 형편없는 흥행에 반성한 르 카레는 절치부심한 끝에 다시 본연의 모습으로 돌아와《팅커, 테일러, 스파이, 솔저》를 발표했다. 이 소설은 원숙미가 넘치는 뛰어난 스파이 소설이라는 호평을 받았고 세계적으로 인정을 받았다. 후에 영국 BBC에서 알렉 기네스 주연으로 드라마화되었다. 존 르 카레가 애초부터 알렉 기네스를 조지 스마일리의 모델로 삼았다는 말도 있다.

《팅커, 테일러, 스파이, 솔저》를 재미있게 읽었다면 조지 스마일리 시리즈를 정복해 보는 것은 어떨까?《팅커, 테일러, 스파이, 솔저》는 '카를라를 위한 임무'란 삼부작 시리즈의 첫 번째 작품으로 두 번째 작품《오너러블 스쿨보이》(1977)와 세 번째 작품《스마일리의 사람들》(1979)로 이어진다. 조지 스마일리가 최초로 등장하는《죽은 자에게 걸려 온 전화》(1961)도 있다. 존 르 카레의 첫 소설이기도 하다. 조지 스마일리 시리즈의 예고편이라고 나 할까. 한 외무부 직원의 죽음을 추리소설의 형식으로 풀어가고 있어서 흥미롭다. 조지 스마일리는 나중에《스파이의 유산》(2017)에서도 잠깐 등장한다.《스파이의 유산》은《추운 나라에서 온 스파이》로부터 50년 후를 다룬 소설로, 조지 스마일리의 부하였던 피터 길럼이 늙은 노인이 되어 나온다. 조지 스마일리 시리즈를 사랑했던 독자에게 추천한다.

존 르 카레의 마지막 작품은《실버 뷰》로 늙은 스파이의 옛 사랑을 다룬 소품이다. 거장이 여명 속에 마지막 혼신을 불태운 이야기가 러브 스토리라는 사실 앞에서 어쩐지 숙연해진다. 그렇다. 스파이들도 사랑을 한다.《실버 뷰》는 르 카레가 남긴 유고를 아들이 보완해서 출간한 책이다.

사회파 미스터리의 수준을 한 차원 높이다

인간의 증명

人間の証明
1976

모리무라 세이이치 森村誠一, 1933~2023

일본의 사회파 추리소설가. 마쓰모토 세이초와 함께 일본 사회파 미스터리의 양대 산맥이라고 불렸다. 퍼즐 풀기에 집중하는 본격 미스터리로 일본 추리소설의 기반을 다진 것이 요코미조 세이시이고, 사회파 추리소설을 '발명'하여 일본의 추리소설을 전 세계에 알린 사람이 마쓰모토 세이초라고 한다면, 이 본격 미스터리와 사회파 추리소설을 융합시킨 지점에서 현대인의 심금에 파고드는 차원까지 추리소설을 끌어올린 사람은 모리무라 세이이치라고 할 수 있다.

세이이치는 1933년 1월 2일 사이타마현에서 태어나 아오야마 대학 영미문학과를 졸업했다. 그는 약 10년간 호텔에서 근무하며 1965년부터 현대 기업을 취재한 비즈니스 소설 6권을 출판했다. 스스로는 이 시기를 낭비라고 생각했지만 인간과 사회에 대한 세밀한 관찰을 했던 기간으로 훗날 작가 활동에 큰 도움이 되었다. 호텔리어로 일하는 동안 모리무라 세이이치는 겉으로는 화려해 보이는 현대 대기업의 이면에 도사린 비인간성과 약육강식의 비정함에 이골이 났고 이러한 깨달음을 자신의 작품 속에 표현한다. 그가 소설 속에 담아낸 차가운 허무감은 독자들에게 강한 매력으로 다가온다.

1967년 그는 호텔리어를 그만두고 비즈니스 스쿨의 강사를 하면서 틈틈이 미스터리 소설을 쓰기 시작했다. 초기 작품은 전혀 눈길을 끌지 못하다가 《고층의 사각지대》(1969)로 제15회 에도가와 란포상을 수상하며 주목받는 작가가 되었다.

그 뒤 사회파 미스터리 작품들인 《인간의 증명》(1976), 《청춘의 증명》(1977), 《야성의 증명》(1977) 등 증명 시리즈는 연달아 메가 히트를 쳤다. 작품의 연이은 성공으로 모리무라 세이이치는 1978년 국세청 발표 고액 소득자 목록 중 작가 부문 최고에 오르기도 했다. 《악의 길》(2011)로 요시카와 에이지 문학상을 수상하는 등 필력을 과시하다가 2023년 영면에 들었다.

👣 일본 호텔에서 죽은 흑인 청년의 비밀

《인간의 증명》은 한 비극적인 죽음으로 시작된다. 고아 출신의 형사 무네스에 고이치로는 초특급 호텔 엘리베이터에서 칼에 찔린 채 사망한 한 흑인 청년 조니 헤이워드의 죽음을 수사하게 된다.

자신을 호텔로 태워다 준 택시 기사에게 영어로 '스트로햇', 그러니까 밀짚모자라는 단 한마디만 남겨 놓고 허무하게 죽은 조니 헤이워드. 누가 그를 죽였을까? 수사팀은 택시 기사의 증언으로 조니가 머물렀던 마지막 장소이자 범행 현장은 로열 호텔 근처의 시미즈다니 공원임을 알게 된다. 즉시 공원으로 달려가는데 그곳에서 아주 낡은 밀짚모자를 발견하게 된다.

왜 조니 헤이워드는 이 먼 일본 땅까지 찾아와서 하필 로열호텔 엘리베이터에서 죽은 걸까. 고이치로 형사가 조니의 죽음을 추적하면 할수록 모든 증거는 유명한 가정 문제 전문가 야스기 교코에게 향하는데…… 언뜻 모든 것을 다 가진 듯이 보이고 사회적으로 완벽하게 성공한 저명인사인 교코 여사와 살해당한 가난한 흑인 청년 사이엔 어떤 연관 관계가 있을까? 고이치로는 사건의 중심을 향해 거침없이 나아간다.

🔗 《인간의 증명》 뒷이야기

모리무라 세이이치의 대표작 《인간의 증명》은 출간되었을 때

770만 부 이상이 판매되었고 지금까지 누적 부수로는 1천만 부가 넘는 대기록을 세웠다.

"나는 이 작품에 이십여 년 동안 마음 깊숙한 곳에 묵혀 두었던 것을 쏟아 부었다."

모리무라 세이이치가 대표작《인간의 증명》후기에서 말한 소감이다. 이 후기에서 그는 어떻게 이 소설을 구상하게 되었는지 밝혔다. 오래전 대학교 시절에 우연히 시골 여관에서 준비해준 도시락을 먹다가 그 포장지에 인쇄된 사이조 야소의 '밀짚모자'란 시를 읽고 크게 감동했다고 한다.

"어머니, 내 그 모자 어찌되었을까요?"

이 한 구절에 꽂힌 모리무라 세이이치는 청춘의 무상함과 어머니에 대한 그리움을 동시에 느꼈다. 그리고 이때 그의 마음 한편에 자리했던 강렬한 감정은 20년 후《인간의 증명》이란 걸출한 명작을 쓰게 한 원동력이 되었다. 밀짚모자가 이 소설의 중심에 있는 모티브가 된다.

증명 3부작의 계기는 다소 엉뚱하다. 가도카와 쇼텐의 가도카와 하루키 사장이 모리무라 세이이치에게 "작가로서 증명이 되는 작품을 써 보자"라는 취지로 잡지《야성시대》에 실을 소설을 청탁하면서 이 시리즈가 탄생되었다.《인간의 증명》은 제3회 가도카와 소설상을 받았고 영화와 드라마로 만들어져 전국에 증명 신드롬을 일으켰다.《야성의 증명》도 영화와 드라마로 큰 인기를 끌었으며 증명 시리즈로 모리무라 세이이치는 명실상부한 성공 작가의 반열에 올라섰다.

👣 사회파 미스터리의 차원을 높인 모리무라 세이이치

일본에서는 전후 미스터리 붐이 세 번 일어났다. 첫 번째는 본격 미스터리 소설 붐이었고 요코미조 세이시의 독무대였다. 두 번째 붐은 마쓰모토 세이초가 《점과 선》을 발표하면서 일어났던 사회파 미스터리 붐이다. 그때까지 일부 마니아들에 의해 지지되던 미스터리 소설은 드디어 폭넓은 독자층을 획득하게 되었다. 그러나 사회파 미스터리의 인기는 뜻밖의 부작용을 불러왔다. 마쓰모토 세이초가 중시한 본질은 외면하고 스타일만 흉내낸 아류 작품들이 넘쳐나면서 시류에 편승한 작품은 잘 팔리지 않게 되었다. 얼마 후 두 번째 붐은 끝나 버렸다.

독자들은 제2의 마쓰모토 세이초가 등장하여 새로운 미스터리 소설의 가능성을 열어 주길 기다렸다. 그 기다림은 모리무라 세이이치란 걸출한 신인작가의 등장으로 결실을 맺었다. 모리무라 세이이치는 《고층의 사각지대》로 제15회 에도가와 란포상을 수상하며 화려하게 데뷔했다. 호텔 내의 밀실 살인과 알리바이 깨기를 조합하여 구축해 낸 미스터리는 신인의 솜씨라고 믿을 수 없을 정도로 노련했다. 전반부는 밀실 트릭, 후반부는 알리바이 깨트리기로 전개된다. 세이치 작품의 매력은 현대성에 있다. 《고층의 사각지대》를 비롯하여 1971년까지 발표한 그의 초기 장편은 모두 눈부신 고층 호텔, 스피디한 특급열차, 호화로운 제트 여객기, 또는 젊은이들의 마음을 사로잡는 산악과 같은 장소가 피비린내 나는 살인극의 무대이다. 첨단을 걷는 배경에서 벌어지는 사건은 세련된 느낌을 주고, 그런 현대적인 장소가 범죄 장소일 수도 있다는 점이 큰 매력으로 다가온다. 모리무라 세이이치는 본격 미스터리와 사회파 추리소설이 만난 지점에서 독자의 감동을 한 차원 끌어올린 작가라고 할 수 있다.

🔍 이 작품이 흥미롭다면

세이이치는 노력을 거듭하여 《부식의 구조》(1973)로 제26회 미스터리작가협회상을 수상했다. 이 《부식의 구조》부터 사회파 미스터리의 성격을 강하게 띤 작품을 발표했다. 작품의 큰 특징은 그의 작품에서 핵심적인 위치를 차지하던 밀실 트릭의 비중이 많이 약해진 점이다. 군사산업계의 부패를 드러내 사회파 추리소설의 사회 고발적인 성격이 강하다.

이후 《인간의 증명》, 《청춘의 증명》, 《야성의 증명》 등 증명 시리즈를 연달아 발표하며 일본을 대표하는 작가로 자리 잡았다. 《인간의 증명》은 한국 드라마 《로열 패밀리》(2011)의 원작으로 사용되기도 했다. 모리무라 세이이치는 미스터리 외에 역사소설, 논픽션에도 도전했다. 731부대의 만행을 그린 《악마의 포식》(1981)으로 일본을 충격에 빠트리기도 했다.

33

#의학스릴러 【박상민】

메디컬 스릴러의 최고봉

코마

Coma
1977

로빈 쿡 *Robin Cook, 1940~*

메디컬 스릴러의 개척자인 로빈 쿡은 컬럼비아 의과대학과 하버드 의과대학원을 졸업했다. 해군에서 중령 계급을 단 그는 잠수함에서 복무하던 중 1972년 첫 번째 소설《인턴 시절》을 발표했다. 데뷔작은 별다른 성과를 내지 못했지만 1977년 발표한《코마》는 출간 즉시 전미 베스트셀러에 오르고 마이클 크라이튼 감독이 영화화하는 등 세계적으로 폭발적인 반응을 얻었다. 성공에 힘입어《스핑크스》,《브레인》을 발표하고 의사보다는 작가로서의 활동에 중점을 두기 시작했다. 장기 매매, 유전 공학, 제약 회사, 감염병, 줄기세포 등 현대 의학의 주요 쟁점을 다루어 의료 윤리에 경종을 울리면서도 추리, 스릴러의 재미를 놓치지 않은 그의 작품은 데뷔 50년이 넘은 지금도 세계 독자들을 사로잡고 있다. 왕성한 집필 에너지는 그칠 줄을 몰라서 2024년에도 신작이 출간 예정이다.

👣 지적 호기심을 자극하는 메디컬 스릴러

1980~1990년대에 세계적으로 돌풍을 일으켰던 소설 장르가 있다. 의학, 과학, 군사, 정치 등 전문 분야의 지식을 바탕으로 속도감 넘치는 전개를 보여 주어 소위 테크노 스릴러라고 불렸는데, 기존의 추리소설과는 지적인 면에서 차별화되어 독자들에게 선풍적인 인기를 끌었다.《붉은 10월》등 밀리터리 스릴러를 집필한 톰 클랜시,《쥬라기 공원》등 과학 스릴러의 마이클 크라이튼,《그래서 그들은 바다로 갔다》등 법정 스릴러의 존 그리샴이 대표적인 작가이고, 로빈 쿡 역시 메디컬 스릴러 작가로서 그들과 어깨를 나란히 했다.

크리스티아나 브랜드의《녹색은 위험》과 같이 그 이전에도 병원에서 일어난 살인 사건을 다룬 작품은 있었다. 그러나 현대 의학의 중요한 쟁점들을 그처럼 탁월한 방식으로 다양하게 집필한 작가는 없었기에 그를 메디컬 스릴러의 창시자로 보는 것은 타당하다.《코마》는 로빈 쿡의 수많은 히트작 중에서도 가장 먼저 세계에 이름을 떨친 출세작으로 1977년 뉴욕타임스 선정 올해의 스릴러에 올랐다.

스물세 살의 의과대학 학생 수잔 휠러는 메모리얼 병원의 한 수술실에서 간단한 수술을 받은 환자들이 사망한 사실을 알게 된다. 그녀는 학구파다운 탐구 정신과 집념으로 사건을 파헤치고 진실에 다가갈수록 마수가 뻗쳐 온다. 심지어 살인 청부업자 마저 등장하며 긴장감은 극에 달한다.

　밝혀지는 진상은 상당히 충격적인 것으로 오늘날까지 수많은 영화의 반전 모티브로 활용되고 있다. 한 가지 아쉽고도 흥미로 운 점은 이 충격적인 소재가 너무 공개적으로 언급되어 있다는 점이다. 1992년 우리나라 열림원에서 출간한 판본에는 소설이 시작하기도 전에 '이식 기관이 필요하십니까?'라는 작가의 말 을 첨부해 누구나 어렴풋이 진상을 유추할 수 있게 한다. 2018 년 오늘 출판사에서 나온 개정판 역시 '어두운 병실에서 나는 코 마되었다. 내 장기는 어디로 갈 것인가'라고 책을 소개해 읽기도 전부터 진상을 드러낸다. 장기 매매라는 소재를 추리의 재미를 위해 숨기지 않고 대놓고 언급하는 것을 단순히 마케팅 문제라 고 볼 수는 없다. 그만큼 로빈 쿡이 소설을 통해 독자들에게 의 료 윤리를 설파하는 것에 무게를 두었다는 방증이기 때문이다.

　이 소설은 읽는 즐거움을 위해 구상되었지만, 단순한 과학소설은 아 니다. 이 말에 함축된 뜻은 무시무시하다. 그런 일이 벌어질 가능성이 있고, 어쩌면 벌어지고 있을 수도 있으므로. 캘리포니아, 샌가브리엘 의 트리뷴지 1968년 5월 9일자 4면에는 이런 광고가 나와 있다.

　<이식 기관이 필요하십니까? 수술을 하려는 사람에게 재정적인 보

상을 받고 신체의 어느 기관이라도 팔 예정입니다. 코비나 사서함 1211-630으로 편지 주십시오.>

서문을 통해 알 수 있듯이 현대에 만연한 장기 매매가 당시에도 암암리에 이루어졌고, 로빈 쿡은 소설이라는 형식을 빌려 세계에 이 문제를 고발했다. 코마 상태 환자들의 장기를 멋대로 매매하는 소설 속 제퍼슨 연구소와 같은 시설은 어딘가에 하나쯤 있을 법했고, 그런 불쾌하고도 의심스러운 상상은 이후 수많은 작품 속에서 가지를 뻗어나갔다.

🔗 준비 과정까지 치밀했던 《코마》

《코마》는 로빈 쿡의 두 번째 소설로, 데뷔작《인턴 시절》이 일반 소설이라는 점을 고려하면 첫 번째 스릴러다. 1977년 출간 후 뉴욕타임스 베스트셀러가 되고 마이클 크라이튼이 각본과 감독을 맡아 1978년에 영화로 만들었다. 우리나라에서는 원제가 아닌《죽음의 가스》라는 제목으로 개봉했는데 이 영화 제목에도 아쉬움이 있다. 2012년에는 할리우드에서 스콧 형제 감독에 의해 드라마화되며 식지 않는 열기를 입증했다.

이 책이 나온 데는 재미있는 일화가 있다. 1972년 데뷔작《인턴 시절》의 상업적 실패 후 로빈 쿡은 무명의 작가가 성공하기 위해서는 미스터리 스릴러 분야에 도전해야 한다는 것을 깨달았다. 이후 베스트셀러들을 연구하며 자기만의 카드에 성공 요소와 테크닉을 기록해 나갔고,《코마》에 연구한 모든 것을 쏟아부었다는 후일담이다.

《코마》의 핵심 소재는《아일랜드》,《공모자들》,《오징어 게임》,《몸값》 등의 작품에서도 숱하게 반복되었는데, 지루할 법도 한 이 소재가 수십 년이 지난 현재도 각종 매체에서 다뤄지는 것은 장기매매가 그만큼 인간의 금기를 넘어선 추악한 행위이기 때문이다. 로빈 쿡은 이후에도《브레인》,《바이러스》,《돌연변이》 등을 집필했는데 의학적인 용어를 제목으로 그대로 활용하는 경우가 많았다.

세계 독자들이 로빈 쿡의 메디컬 스릴러에 열광한 이유로 몇 가지 요소를 꼽아볼 수 있다. 누구나 살면서 질병 때문에, 불안한 마음으로 한 번은 가는 곳이 병원이다. 그곳에서 살인이나 의료사고가 발생하고 의료진은 모종의 음모를 꾸민다는 식의 설정은 언제나 독자들의 머리털을 쭈뼛 서게 만든다. 우리 모두 환자 또는 잠재적인 환자 둘 중 하나에 해당하기 때문이다. 히포크라테스 선서로 대변되는 의료 윤리에 따라 치료해야 할 의료진의 충격적인 이야기는 언젠가 그들의 메스에 몸을 맡겨야 하는 독자들을 공포에 떨게 한다.

의사만이 해낼 수 있는 리얼리티 넘치는 묘사와 로빈 쿡 특유의 긴장감 있는 전개는 독자들이 소설이라는 사실을 잊게 할 만큼 몰입하게 한다. 책을 읽고 설마 그럴 리 없다고, 픽션일 뿐이라고 위안을 삼던 독자들도 의료진의 범죄와 관련된 뉴스를 맞닥뜨리면 실화를 바탕으로 한 것이 아닌지 의구심을 품게 된다. 살인이 가장 어려울 것 같고 일어나서도 안 되는 최후의 보루와도 같은 공간, 병원을 주요 배경으로 설정한 그의 작품은 인간이 간직한 내밀한 공포를 건드리기에 충분했다.

🔍 이 작품이 흥미롭다면 ──────────────

《코마》를 시작으로 본격적으로 메디컬 스릴러를 집필한 로빈 쿡은 이후에 등장한 의사 출신 작가들에게도 많은 영감을 주었다. 대표적으로 미국의 마이클 파머와 테스 게리첸, 일본의 가이도 다케루 등이 있는데, 그들은 의료 윤리에 대해 집요하게 천착하기도 하고 때로는 거창한 주제 의식 없이 엔터테인먼트를 추구하는 등 자기만의 스타일로 다양하게 변주했다. 《코마》를 비롯해 로빈 쿡의 작품을 섭렵한 분들이라면 해부학적 지식으로 무장한 살인마가 등장하는 테스 게리첸의 《외과의사》로 리졸리 & 아일스 시리즈에 입문하기를 권한다. 그들의 섬뜩한 이야기를 따라가다가 숨 막히는 공포에 짓눌릴 때면 한층 가볍고 유머러스한 분위기면서도 감탄을 자아내는 《바티스타 수술팀의 영광》으로 가이도 다케루가 직조한 메디컬 월드에 입장해 보기를 바란다. 소설에서 끝나지 않고 영상화된 작품을 찾아보다가 수차례 에미상을 수상한 《닥터 하우스》 역시 의학 미스터리의 계보를 잇는다는 것을 깨달을 즈음 당신은 의학이라는 학문에 누구보다도 진지한 호기심과 열정을 지닌 한 명의 학생이 되어 있을 것이다.

34

#역사미스터리 #과거배경 【박상민】

세계적 석학이 남긴 역사 추리소설

장미의 이름

Il nome della rosa
1980

움베르토 에코 *Umberto Eco 1932~2016*

어릴 적 가톨릭 계열 학교에서 수학하고 토리노대학교에서 중세 철학과 문학을 전공했다. 토마스 아퀴나스에 대한 논문으로 학위를 받은 뒤 토리노, 밀라노, 피렌체의 대학교에서 미학과 건축학, 기호학 등을 가르쳤으며 1971년 이후로는 볼로냐대학교 교수직에 몸담았다. 고대 그리스어와 라틴어를 비롯해 영어, 프랑스어, 스페인어 등의 언어를 섭렵했고 특히 기호학 분야에서는 세계적인 석학으로 유명했다.

1980년 출간한 첫 소설《장미의 이름》은 방대한 지식을 다룬 현학적 내용과 중층적인 전개 방식으로 진입 장벽이 높았으나 수천만 부에 달하는 판매량을 기록하며 세계적인 베스트셀러가 되었고, 메디치 외국문학상, 스트레가상을 수상했다. 후속작《푸코의 진자》는 교황청의 비난과 독자들의 찬사를 받으며 커다란 반향을 일으켰다. 움베르토 에코는 소설 외에도 미학, 기호학, 문화 비평, 에세이 등의 다양한 영역에서 수십 권의 서적을 남겼고 지식계의 티라노사우루스라고 불리기도 했다.

로마 가톨릭 신자로 나고 자란 그는 박사 학위를 받은 이후 신앙의 갈등을 겪으며 가톨릭과 결별했다고 전해진다. 마지막까지도 왕성하게 저술 활동을 했던 그는 2015년에 소설《제 0호》를 출간하고 다음해 밀라노의 자택에서 암으로 사망했다.

👣 중세 유럽 수도원에서 벌어진 연쇄 살인 사건

소설의 배경이 되는 14세기 중세 유럽은 교황과 황제 사이의 세속권을 둘러싼 다툼, 교황과 프란체스코 수도회 사이의 청빈 논쟁, 이단에 대한 심문이 활발하게 진행되었던 공간으로, 이탈리아 북부의 한 수도원에서 고서를 두고 벌어지는 연쇄살인 사건을 다루었다. 윌리엄 신부가 홈즈 역할을, 청년 수사 아드소가 왓슨 역할을 맡아 수도원장의 의뢰로 사건을 파헤치는데, 바스커빌의 윌리엄이라는 호칭에서부터 작가가 셜록 홈즈의 팬으로서 오마주를 했음을 알 수 있다.

프란체스코 수도회 출신의 윌리엄 신부는 초자연적이고 신적인 것을 맹목적으로 따르기보다 합리주의적, 이성적 사고를 하는 인물로 눈썰미와 추리력이 뛰어나다. 아드소는 베네딕트회의 수련 수사로 사건 당시 18세의 소년에 불과한 미남이다. 청춘답게 혈기왕성한 인물로 수도사에 숨어든 마을 처녀와 관계를 맺고 이별한 후로는 상사병에 시달리며 죄책감에 환상을 보는 등 독자들에게 색다른 재미를 준다. 본의 아니게 번뜩이는 재치를 종종 발휘해 스승인 윌리엄에게 추리의 단초를 제공하기도 하는 그를 두고 움베르토 에코는 사도 요한에서 모티브를 가져왔다고 밝힌 바 있다.

작품은 노인이 된 아드소가 주변인들이 세상을 떠나고 머나먼 과거를 회상하는 형식으로 서술된다. 이는 요한이 묵시록을 집필할 때의 배경과 유사하다. 더욱이 연쇄살인이 요한의 묵시록에 나온 대로 벌어진다는 점에서 이러한 상황은 다분히 의도적이다.

뉴욕 타임즈 선정 꼭 읽어야 할 책 100선, 미국추리작가협회 100대 추리소설, 영국추리작가협회 100대 추리소설, 타임지 선정 100대 추리 스릴러 소설에 올랐고, 메디치 외국문학상, 스트레가상을 받았다.《장미의 이름》은 오늘날까지 전 세계 40개 언어로 5천만 부에 가까운 판매량을 기록해 추리소설로는《그리고 아무도 없었다》,《다빈치 코드》에 이은 판매량 역대 3위에 랭크되어 있다. 1989년에는 장 자크 아노 감독, 숀 코네리 주연의 영화로 개봉했고, 2019년에는 8부작의 드라마로 방영되기도 했다. 소설에서 활자로만 접할 수 있었던 14세기 중세 유럽과 수도원의 신비로운 분위기를 영상을 통해 고스란히 맛볼 수 있다.

🔗 인류의 지성이라 불리는 작가가 만든 탄탄한 소설

기호학, 고문학, 언어학, 철학, 미학, 건축학, 평론, 역사학, 인류학.《장미의 이름》의 작가이자 대학 교수 움베르토 에코가 활동한 분야들이다. 약 40개의 명예박사 학위를 지닌 그는 모국어인 이탈리아어를 제외하고도 영어, 프랑스어, 독일어 등 8개 언어를 구사했고, 국제 기호학회 명예회장이기도 했다. 인류의 지성이라고 부를 만한 그가 집필한 추리소설이 여타의 작품과 차별화된 것은 당연한 일인지도 모른다.

그의 소설 데뷔작《장미의 이름》은 고대에서 현대에 이르기까지 신학, 철학 등 다양한 학문을 배경지식으로 적극 활용하면서도 소설적 재미를 놓치지 않은 작품으로 세계인의 마음을 단숨에 사로잡으며 현대의 고전 반열에 올랐다. 움베르토 에코는 레오나르도 다 빈치 이후 최고의 르네상스형 인간이라는 칭호까지 얻었다.

《장미의 이름》의 묘미는 역사 속의 실존 인물들이 대거 등장한다는 점이다. 엄격주의자로 유명한 카잘레의 우베르티노, 교황 요한 22세와 대립했던 체세나의 미켈레, 이단 심문관 베르나르 기, 델 포제토 추기경이 그들로 가상의 인물인 윌리엄과 지적인 토론을 펼치는 장면은 소설에 특별한 재미를 더한다. 이외에도 신성 로마제국 황제 루트비히 4세, 돌치노, 로저 베이컨, 토마스 아퀴나스 등의 실존 인물이 언급됨으로써 사실과 허구의 경계를 흐릿하게 하고 역사에 대한 갈증도 해소해 준다.

사건의 주요 무대인 장서관을 지키는 장님인 부르고스의 호르헤는 남미의 유명 작가 호르헤 루이스 보르헤스에 대한 오마주이자 그에 대한 작가로서의 질투가 느껴진다. 특히 그가 목숨을 바쳐가면서까지 지켜낸 아리스토텔레스의《시학》2부는 소설 전체를 관통하는 핵심 요소로, 아리스토텔레스가 비극을 다룬《시학》뿐 아니라 희극을 다룬《시학》도 남겼다고 했으나 공개되지 않았다는 역사적 사실을 기반으로 했다. 미로처럼 복잡한 장서관에 오랜 세월 숨겨진 비밀의 공간 '피니스 아프리카에'는 아프리카의 끝이라는 뜻으로 우리나라 추리소설 출판사 중에는 이를 본딴 이름의 출판사도 있다.

알 듯 모를 듯 아리송해서 작품의 신비함과 여운을 증폭시키는 '장미의 이름'이라는 제목은 '태초의 장미는 이름으로 존재하나 우리는 빈 이름만을 가지고 있다'라는 베르나르의 시 〈속세의 능멸에 대하여〉에서 따왔다고 움베르토 에코는 밝혔다. 다만 해석은 독자들의 몫으로 남겨 두고 있다. 《장미의 이름 작가노트》에 따르면 이 소설의 원제는 《수도원의 범죄사건》이었으나 독자들의 관심이 미스터리 자체에만 쏠리게 할까 봐 파기했다고 한다.

이 소설은 새로운 장을 시작할 때 등장인물들의 행동을 아래의 예시처럼 요약해서 정리하는 특이한 형식이다. 우리나라 팩션 미스터리 《뿌리 깊은 나무》가 그 형식을 차용했다.

1시과-이윽고 수도원이 있는 산기슭에 이른다. 윌리엄 수사가 기적에 가까운 현자의 통찰을 보인다.

3시과-윌리엄 수사가 수도원장과 담소하면서 그의 미욱함을 깨우친다.

6시과-아드소는 교회 문전 장식에 탄복하고, 윌리엄 수사는 카잘레 사람 우베르티노와 재회한다.

👣 방대한 지식을 책으로 옮기는 일

우리나라에는 1986년에 처음 출간되었는데 이윤기 번역가가 번역의 정교함을 끌어올리기 위해 20년에 걸쳐 추가 작업을 한 사실은 널리 알려져 있다. 미국과 일본에서 출간된《장미의 이름》관련 서적을 바탕으로 500개에 달하는 각주를 포함한 1차 개정판, 철학 박사 강유원이 학생들과 책에 대해 토론하며《장미의 이름 고쳐 읽기》라는 제목으로 출판사에 투고한 것을 바탕으로 300개 사항에 대한 수정이 들어간 2차 개정판, 일부 오역을 바로잡은 3차 개정판과 역자 후기를 보면 번역에 얼마나 큰 어려움이 따랐는지 짐작할 수 있다.

방대한 내용이 망라된《장미의 이름》은 소설뿐만 아니라 각주를 읽으며 지식을 얻는 재미도 다분하다. 작품에 등장하는 난해한 부분에 대한 보충 설명을 위해 움베르토 에코는《장미의 이름 작가노트》를 저술했고, 외국에서는 소설에 나오는 신학 용어, 라틴어를 사전식으로 해설한《장미의 이름의 열쇠》가 출간되었다. 출판사에서 일하는 친구가 짧은 추리소설을 써 보라 권유해서 2년 만에 완성한 소설이라는 사실이 믿기지 않을 정도다.

아리스토텔레스의 논리학, 토마스 아퀴나스의 신학부터 프랜시스 베이컨의 경험주의 철학, 기호학까지 다양한 이론이 살아 숨 쉬는 인류의 보고서와도 같은 이 작품은 '만 권의 책이 집

약된 결정체', '백과사전적 지식과 풍부한 상상력의 결합'과 같은 평가를 받았다. 《중세의 미학》, 《기호: 개념과 역사》, 《민주주의가 어떻게 민주주의를 해치는가》 등 소설을 제외하고도 수십 권의 인문학 서적, 이론서를 집필한 세계적인 석학에 어울리는 찬사다. '거대한 도서관'이라고도 불렸던 움베르토 에코는 실제로 약 5만 권의 장서를 보유한 서재를 자택에 가지고 있었고 그곳에는 연금술, 마법, 다양한 언어들에 대한 고서가 많았다고 한다. 한 번 읽은 책들은 내용을 거의 완벽하게 외우는 괴물 같은 기억력을 가졌다고 하는데 장서관을 지키며 모든 책의 위치와 내용을 기억하는 소설 속 호르헤 수도사는 자신의 모습을 일부 반영한 셈이다.

🔍 이 작품이 흥미롭다면 ─────────

《장미의 이름》으로 움베르토 에코에 빠져든 분들께는 성당기사단, 장미십자회와 관련된 음모론을 다룬 《푸코의 진자》 등의 소설뿐만 아니라 철학, 기호학, 문화 비평에 걸쳐 그가 50여 년간 출간한 대부분의 저서를 담은 움베르토 에코 마니아 컬렉션 세트도 읽어볼 것을 권한다. 《장미의 이름》보다 앞서 출간된 엘리스 피터스의 역사 추리소설 《유골에 대한 기이한 취향》을 비롯한 캐드펠 수사 시리즈로 중세 수도원을 배경으로 한 결이 다른 이야기와 캐릭터를 맛볼 수 있다.

신본격을 대표하는 작가의 대표작

점성술 살인 사건

占星術殺人事件
1981

시마다 소지 島田荘司, 1948~

무사시노 미술대학을 졸업하고 덤프트럭 기사로 근무하다가 1979년부터 소설을 쓰기 시작했다. 1980년《점성술의 매직》으로 제26회 에도가와 란포상에 응모해 최종심까지 올랐으나 낙선했고, 이듬해《점성술 살인 사건》으로 제목을 바꾼 후 출간하며 데뷔했다. 본격 미스터리 팬들의 폭발적인 성원을 얻었다. 이후 미타라이 시리즈와 미남 형사 요시키 타케시 시리즈를 발표, 다양한 스타일을 선보이며 명실상부한 일본 추리소설의 거장으로 인정받고 있다. 2008년 제12회 일본 미스터리 문학 대상을 수상하였다.

👣 40여 년 전 일어난 미스터리한 사건

《점성술 살인 사건》은 시마다 소지의 데뷔작이자 대표작이다. 사건의 시작은 40여 년 전으로 거슬러 올라간다. 우메자와라는 괴짜 화가가 자신의 딸들(재혼한 부인이 데려온 딸들까지 포함)이 모두 다른 별자리 태생임을 이용해 딸들을 모두 죽인 뒤 그 신체 일부로 완벽한 아름다움을 지닌 존재 '아조트'를 만들겠다는 수기를 쓰며 시작한다. 그리고 우메자와는 밀실에서 살해된 시체로 발견됐다. 이어서 여섯 명의 딸 역시 모두 토막 난 시체로 일본의 각 지역(각 지역마다 해당되는 별자리가 있다)에서 발견된다. 수사가 진행되었지만 사건이 끝내 미제로 남았다.

현 시점으로 돌아와, 그 사건 담당 경찰관의 딸은 탐정을 취미로 하는 점성술사 미타라이 기요시에게 아버지가 쓴 수기를 보여 준다. 미스터리 마니아인 미타라이와 그 친구인 이시오카 가즈미는 40여 년 전 일어난 사건 해결에 나선다.

🔗 탐정 미타라이 기요시와 형사 요시키 다케시

미타라이 기요시는 《점성술 살인 사건》에 나온 후 지금까지도 시마다 소지의 여러 작품에서 등장하고 있다. 시마다 소지의 이름이 '소지'는 일본어로 '청소'를 뜻하는 단어와 발음이 같아서 어렸을 적부터 많이 놀림을 당했다고 한다. 그래서 그런지 탐정 '미타라이 기요시'라는 이름은 일본어로 발음하면 '화장실을 깨

끗이'라는 뜻이다.

　미타라이는 키가 크고, 예술 분야에 뛰어난 재능을 갖고 있다. 특히 기타 연주는 세계적인 연주자들과 비교해도 뒤지지 않을 정도다. 그리고 독신이다. 처음으로 등장했을 때는 점성술, 즉 별자리를 이용하여 점을 치는 사람이면서 취미로 탐정 일을 했다. 점점 탐정으로서 활약을 늘려가다 나중에는 북유럽의 대학으로 가서 뇌과학을 연구하는 등, 여러 모로 특이한 캐릭터다. 미타라이의 친구이자 이 시리즈의 해설자 노릇을 하는 이시오카 가즈미는 프리랜서 일러스트레이터이다.

　미타라이 기요시가 등장하는 첫 작품은 《점성술 살인 사건》이지만 쓴 순서대로 하면 《이방의 기사》(1988)가 첫 작품이라고 할 수 있다. 이 작품은 상당히 기이하긴 해도 미타라이라는 탐정의 매력을 느낄 수 있다.

　시마다 소지의 또 다른 캐릭터는 요시키 다케시 형사다. 미타라이가 천재형 탐정이라면 요시키 형사는 미남에 정의감이 강하지만, 약자에게는 따뜻한 근성형 탐정이라 할 수 있다. 요시키 다케시 형사 시리즈의 첫 작품은 《침대특급 하야부사 1/60초의 벽》(1984)이고, 그 대표작은 《기발한 발상, 하늘을 움직이다》(1989)다. 이 작품에 나오는 트릭과 《점성술 살인 사건》의 핵심 트릭이 '소년탐정 김전일'의 한 에피소드에 도용되어 문제가 발생하기도 했다.

《기발한 발상, 하늘을 움직이다》은 어느 날 도쿄의 상점가에서 일어난 부랑자 노인이 가게 여주인을 칼로 찔러 죽이는 사건에 얽힌 이야기다. 여주인은 노인에게 소비세 12엔을 요구했을 뿐이었다. 노인은 과연 왜 그런 살인 사건을 저질렀을까. 사람들은 정신이 이상한 사람이 충동적으로 그랬으리라 여기지만 요시키 형사는 그 노인이 유아 요괴 살인 사건의 범인으로 누명을 써서 26년이나 옥살이를 했음을 알아낸다. 그런데 그는 아주 온화한 성품의 소유자이며 소설을 쓸 정도로 지적이기도 했다.

겉으로 봤을 때 치매 걸린 걸인이 벌인 충동 살인이 분명하지만 요시키 형사는 어쩐지 석연치가 않다. 노인이 쓴 소설을 보니 열차 안에서 죽은 광대의 시체가 순식간에 사라진 이야기, 그리고 하얀 거인이 기차를 하늘로 던진 이야기 등 엉뚱한 글만 있다. 탐문하던 요시키 형사는 그 기묘한 소설이 실제로 일어났던 일임을 알게 되고 그 뒤에 있었던, 비극적인 사건을 캐게 된다. 이 작품은 본격 추리소설로서의 재미도 있지만 일본 역사의 비극 중 하나이자 우리나라와도 밀접한 관련이 있는 사건을 다루어 또 다른 울림이 있다.

시마다 소지는 미타라이나 요시키 시리즈 외에도 비시리즈 걸작과 아동소설도 발표한 바 있다. 우리나라에 그의 아동서는 《투명인간의 창고》(2003)만이 나와 있다.

👣 신본격 미스터리

시마다 소지는 신본격 미스터리를 대표하는 작가 중 하나로 꼽히는데, '본격'과 '신본격'에 관해서 간단히 알아보기로 하자. 먼저 본격 미스터리란 1925년 고가 사부로가 만들어낸 용어로, 영미권에서는 오늘날 'puzzler, puzzle story, classical whodunit' 등으로 불리고 있다.

마쓰모토 세이초가 《점과 선》을 낸 이후 일본에서는 사회파라 불리는 추리소설이 인기를 끌었지만 나중에 상당히 그로테스크하거나, 자극적이기만 한 이야기로 흘러간 작품이 많아 비판을 받기도 했다. 사회파가 유행하는 동안에도 본격 미스터리는 꾸준히 쓰였다. 대표적인 작가는 《리라장 사건》(1958)등을 쓴 아유카와 데쓰야다.

신본격 추리소설에서 빼놓을 수 없는 것은 아야츠지 유키토의 '관(館, 사람이 상주하지 않는 건물)' 시리즈다. 그중 첫 작품인 《십각관의 살인》은 작가의 데뷔작이기도 하다. 하지만 신본격이라는 용어가 본격적으로 쓰이게 된 작품은 아야츠지 유키토의 '관 시리즈' 중 두 번째 작품인 《수차관의 살인》(1988)이 나오면서부터다.

'관 시리즈'는 모두 10편 예정이며 2024년 기준으로, 마지막 작품인 《쌍둥이관의 살인》이 연재 중이다. 이 시리즈의 모든 작품은 나카무라 세이지라는, 베일에 싸인 천재 건축가가 지은 독특한 모양의 건물에서 일어나는 살인 사건 이야기다. 아야츠지 유키토의 아내 오노 후유미가 건축학을 공부한 적 있어서 그 도움을 받아 가며 집필한 시리즈다.

그 외에도 마야 유타카, 아비코 타케마루 등이 신본격 추리소설을 여러 편 내놓으며 이는 일본 추리소설의 또 하나의 흐름이 되었다. 한 가지 중요한 점은 신본격을 대표하는 작가들은 모두 서양 고전 미스터리를 읽으며 작가의 꿈을 키웠다는 점이다. 따라서 신본격 미스터리에 관심이 있다면, 그쪽도 꼭 읽어 보기를 권한다.

🔍 이 작품이 흥미롭다면 ───────────

노리즈키 린타로 시리즈는 우리나라에도 꽤 여러 편이 나왔는데, 그중 추천할 만한 작품은 《1의 비극》과 《노리즈키 린타로의 모험》(1992)이다. 《1의 비극》은 우리나라에서 2016년 《더 로드: 1의 비극》이라는 제목으로 드라마로 만들기도 했다. 어린이 유괴 사건이 일어났는데, 범인이 실수로 옆집의 아이를 납치하였다. 하지만 그 아이는 결국 시체로 발견된다. 이 비극적인 사건 뒤에는 한 남자의 부도덕한 일이 있었다.

《노리즈키 린타로의 모험》은 노리즈키 린타로가 1990년부터 1992년까지 쓴 단편 7개를 모은 단편집이다. 매우 다양한 소재와 트릭이 나오고, 또한 유명한 미스터리 작품들을 오마주, 인용한 모습 등이 재미를 더해 주기도 한다.

신본격 미스터리 작가 중 한 명인 아리스가와 아리스가 쓴 '학생 아리스 시리즈'와 '작가 아리스 시리즈'도 함께 읽어 보면 좋다. 두 시리즈의 '아리스'는 서로 다른 인물이다. 학생 아리스 시리즈 중에서는 《외딴섬 퍼즐》(1989)과 《쌍두의 악마》(1992)를 추천한다. 학생 아리스 시리즈는 추리소설 동아리 모임이 어딘가 같이 가기만 하면 고립되고, 그 안에서 살인 사건이 일어난다는 점이 이상하다는 평을 듣고 있기도 하지만, 그만큼 그 장르에 관한 재미를 느낄 수 있다.

작가 아리스 시리즈 중에서는 《46번째 밀실》(1992)과 《말레이 철도의 비밀》(2002)을 추천한다. 《46번째 밀실》은 밀실의 제왕이라 불리는 추리작가가 자신의 별장에서 살해당한 사건이고, 《말레이 철도의 비밀》은 아리스가와 판 국명 시리즈의 여섯 번째 작품으로, 말레이시아로 휴가를 떠난 히무라와 아리스가와가 그곳의 한 집에서 의문의 변사체를 발견하고, 귀국하기 전까지 이 사건을 해결해야 하는 이야기다. 신본격 미스터리를 보면, 현대 사회에서는 수수께끼 풀이형 추리소설이 어떻게 발전 중인지 보는 재미가 있다.

아카데미 그랜드슬램에 빛나는 걸작

양들의 침묵

The Silence of the Lambs
1988

토머스 해리스 *Thomas Harris, 1940~*

추리소설계에서 대표적인 과작 작가로 손꼽힌다. 1975년에 데뷔작 《블랙 선데이》를 출간한 후 50여 년 동안 고작 여섯 개의 작품을 남겼을 뿐이다. 하지만 그가 집필한 한니발 시리즈는 전 세계적인 흥행을 기록해 일찌감치 글을 안 써도 평생을 먹고살 만큼 벌었다고 한다. 특히 대표 작 《양들의 침묵》은 범죄 스릴러의 교과서와도 같은 작품으로 조나단 드미 감독이 만든 영화는 1992년 아카데미 시상식에서 그랜드슬램을 달성하며 공전의 히트를 쳤다.

대학교를 졸업한 후 경찰 출입기자로 일하며 엽기적인 살인 사건들을 많이 접하고 상세하게 취재했던 경험이 소설을 쓰는 데 밑바탕이 되었다. 첫 장편 발표 이후 범죄학 관련 강의를 듣고 FBI 행동과학부 프로파일러들을 다년간 취재한 뒤, 《레드 드래건》을 발표해 한니발 렉터가 나 오는 위대한 시리즈의 서막을 알렸고 《양들의 침묵》으로 범접할 수 없는 성공을 이룩했다. 이 후 10년 만에 발표한 신작 《한니발》은 미국 출판 사상 초판 최고 판매 부수, 최고 계약금, 최대 판권료라는 3대 기록을 경신했다. 작품 수처럼 대중에게 모습을 드러내는 일도 적다. 2019년 신작 《카리 모라》가 출간되고 뉴욕타임스와 인터뷰하기 전에는 한 번도 인터뷰에 응하지 않았 다고 한다. 영화 《레드 드래건》에 실망했던 토머스 해리스는 아카데미 시상식 이후에도 《양 들의 침묵》 영화를 보지 않다가 우연히 텔레비전에서 방송되는 작품을 보고 잘 만든 영화라고 감탄했다는 일화가 유명하다.

👣 범죄심리학의 바이블

1992년 아카데미 시상식 무대를 뜨겁게 달구며 전설의 반열에 오른 작품이 있다. 남우주연상, 여우주연상, 작품상, 감독상, 각색상, 주요 다섯 개 부문을 모두 수상하며 그랜드슬램을 달성한 《양들의 침묵》은 미국영화연구소 선정 100대 영화, 미국의회도서관 영구 보존 영화이기도 하다. 100년 가까운 아카데미 역사상 그랜드슬램을 기록한 영화는 단 세 편이었고, 30여 년이 지난 오늘날까지 다시 나오지 않았음을 떠올리면 얼마나 대단한 기록인지 실감할 수 있다. 브램 스토커상을 수상한 원작을 충실히 각색한 이 영화는 범죄심리학, 프로파일링에 관심 있는 사람들에게는 바이블로 꼽힌다.

《양들의 침묵》은 세기의 빌런을 이야기할 때 빠지지 않고 언급되는 작품이기도 하다. 극중 한니발 렉터 박사로 분한 안소니 홉킨스는 15분이 안 되는 짧은 출연 시간에도 남우주연상을 거머쥐었고, 미국영화연구소가 선정한 영화 속 최고의 악역 1위에 등극했다. 보는 것만으로도 소름끼치는 광인의 눈빛, 가슴을 섬뜩하게 만드는 독특한 목소리 등 탁월한 연기력도 지대한 공헌을 했지만, 원작 소설의 캐릭터 설정부터가 압도적이어서 역대급 빌런의 탄생은 이미 정해진 것이나 다름없었다.

정신과 의사로 인간을 관찰, 분석하는 것에 통달한 한니발 렉터는 기억의 궁전이라는 심상 세계를 바탕으로 한 번 본 것은 절대로 잊지 않는 탁월한 기억력을 가졌다. 4개 국어를 하고 예술 전반에 조예가 깊으며 풍부한 상식을 가진 천재가 세계적으로 악명을 떨친 건 살인을 한 것도 모자라 인육을 먹는 엽기적인 행 각을 벌였기 때문이다. 이 사건으로 체포된 그는 식인종 한니발 이라는 별명을 갖게 되었는데, 수감된 이후에도 자문을 구하는 편지가 끊이지 않고 FBI에서도 연쇄살인범을 잡는 데 그의 힘을 빌릴 정도다. 최고의 지성인이자 인육살인마. 인간이 지닐 수 있 는 양 극단의 면모를 동시에 갖춘 아이러니는 그를 매력적인 인 물로 만드는 데 일조했다.

🔗 역사상 가장 지적이고 잔인한 캐릭터, 한니발 렉터

한니발 렉터는《양들의 침묵》외에도《레드 드래곤》,《한니발》, 《한니발 라이징》에 등장했고, 그를 연기한 배우만 해도 안소니 홉킨스, 브라이언 콕스, 가스파르 울리엘, 매즈 미켈슨으로 다양 하다. 2013년에는 원작을 바탕으로 시즌제 드라마가 만들어질 정도로 그의 인기는 식을 줄을 모른다.

윤리적으로 지탄받아 마땅한 살인마가 이처럼 대중들의 각광 을 받는 이유는 무엇일까? 그것은 그가 보여주는 선악의 모호함 때문이다. 클라리스 스탈링이 범인을 추적하고 정의를 실현하 는 일에 조력자 역할을 하면서도, 한편으로는 탈출하기 위해 교 묘한 계략을 써서 경찰들을 무자비하게 살육한다. 하나로 정의

하기 어려운 이런 이중적인 면모는 고정관념을 무너뜨리는 동시에 우리의 내면에 존재하는 폭력적이고 반체제적인 충동을 끄집어내는 데 성공한다. 경찰을 죽이고도 어떤 처벌도 받지 않고 법의 테두리를 빠져나가 자유를 되찾은 그를 보며 분노가 아닌 카타르시스를 느낀 이들이 많다는 사실이 이를 증명한다.

작품의 마지막에 이르면 독자들은 처음에는 공포와 경악의 대상이던 한니발 렉터가 어쩐지 애틋하게 느껴지기까지 하고 그가 붙잡히지 않고 영원히 자기만의 왕국에서 안온하게 지낼 수 있기를 바라는 기묘한 체험을 하게 된다. 이처럼 잔인하고 무서우면서도 싫지만은 않은 캐릭터를 만들어낸 것이야말로 토머스 해리스의 작가적 재능을 엿보게 해 준다.

누군가는 클라리스 스탈링이 작품의 주인공이라고 생각할지도 모르겠다. FBI 연수생에 불과했던 그녀가 FBI 국장인 잭 크로포드의 지시로 연쇄살인범 버팔로 빌을 추적하고, 결국 범인을 사살하고 희생자를 구출해 낸다는 표면적인 줄거리만 보면 그런 주장도 힘을 얻을 수 있다. 그러나 지하 감옥에 갇힌 한니발 렉터를 찾아가 사건에 대한 조언을 구하는 순간부터 애초에 주도권은 그에게로 넘어가 있었다.

스탈링에게 연쇄살인범에 대한 단서를 한 번에 알리지 않고 조금씩 나눠 주는 한편 흥미로운 그녀의 과거, 개인사를 제공받는 거래를 함으로써 렉터는 그녀의 어린 시절부터 뿌리 깊이 박혀 있는 내밀한 트라우마에 다가간다. 스탈링은 자신의 약점을 고스란히 노출하고 렉터 앞에 벌거벗은 꼴이 되고서야 그에게 버팔로 빌을 추적할 수 있는 결정적인 단서를 제공받고 렉터에 의존해 범인을 체포한다.

스탈링의 뒤에서 모든 것을 조종하고 경찰도 움직이며, 결국 은 그들로부터 탈출해 자유를 되찾는 한니발 렉터가《양들의 침 묵》의 진정한 주인공이라는 점은 분명하다. 작가의 후속작인 《한니발》,《한니발 라이징》에서는 아예 이름을 대놓고 제목으 로 한 것이 한니발 렉터에 대한 작가의 편애를 드러낸다. 적어도 토머스 해리스에게 클라리스 스탈링은 시리즈 주인공이 될 만 큼의 애정은 이끌어 내지 못한 것이 분명하다.

"클라리스, 양들은 울음을 그쳤는가?"

영화의 마지막 장면, 사건을 멋지게 해결한 스탈링이 정식 FBI 요원으로 임명되고 걸려 온 전화에서 한니발 렉터가 건넨 대사다. 어린 시절 농장에서 죽어가는 양들을 구해 내지 못했다 는 죄책감에 고통 받던 스탈링이 사건을 계기로 트라우마를 극 복했는지 여부를 물음으로써 둘은 단순한 조력자를 넘어서 스 승과 제자라는 미묘한 관계를 형성하게 된다. 원작과 비교해 보 는 재미도 있는데 소설에서는 고급 포도주를 한잔 마신 렉터 박사가 스탈링 앞으로 쓰는 편지에 동일한 문장이 나온다. 같은 시간, 그녀의 모습은 이렇게 묘사되며 소설은 끝을 맺는다.

　　스탈링은 다디달게 잠들어 있다. 양들의 침묵 속에서.

　　관객에게 상상의 여지를 남겨 두는 영화의 결말과 달리 소설에서는 명확히 클라리스 스탈링이 트라우마를 극복했음을 암시한다. 연쇄살인 사건의 해결과 맞물려 해소되는 어린 시절 트라우마를 문학적으로 형상화한 '양들의 침묵'이라는 제목은 이 작품을 단순한 범죄 스릴러 소설에서 한 차원 끌어올리고 심오한 의미를 내포하는 중요한 기능을 한다.

👣 영화, 그리고 현실

《양들의 침묵》이 모티브로 한 실제 사건들은 작품을 감상하고 나서의 재미를 배가한다. 연쇄살인범 버팔로 빌은 세계적인 연쇄살인범 에드워드 게인을 모델로 했는데, 실제 사건의 내용을 알면 작품 속에 등장한 버팔로 빌은 애교 수준으로 보일 만큼 범행 수법이 잔혹하다. 소설에서는 덩치 큰 여자들을 죽이고 가죽을 벗겨 그것으로 옷을 만들어 입는 데서 그치지만, 에드워드 게인은 무덤을 파헤치고 시체를 전시하는 것도 모자라 인간의 가죽과 뼈, 신체 부위를 가지고 옷이나 장신구를 다양하게 만들었는데 일일이 언급하기에는 너무 끔찍하니 궁금한 분들은 인터넷에 검색해 보시기 바란다. 경찰에 체포될 당시 프라이팬에 심장을 굽고 있는 등 식인을 한 정황도 있었다니 토머스 해리스가 버팔로 빌이라는 인물을 설정할 때 수위를 어느 정도로 낮춰야 할지 웃지 못할 고민을 한 흔적이 보인다.

또 흥미로운 점은 FBI가 한니발 렉터에게 접촉하는 것이 테드 번디를 모델로 했다는 것이다. 세계적인 범죄자로 사형을 앞둔 테드 번디는 미국을 떠들썩하게 했던 그린 리버 연쇄살인 사건의 범인을 알려 주겠다는 편지를 경찰에 보낸다. 경찰은 테드 번디와 편지를 주고받기도 하고 수사관을 보내 면담을 하기도 해서 범인에 대한 프로파일링에 성공하고 범인을 체포하는 데 이른다. 흉악 범죄자가 경찰을 돕는다는, 소설에서나 나올 법한 아이러니한 설정이 현실을 기반으로 했다는 점은 작가들에게 의미심장하게 다가온다. 반드시 무에서 유를 만들어낼 필요가 없다는 것을 대가 토머스 해리스가 가르쳐 준 셈이니 말이다.

범죄 스릴러의 영원한 고전으로 남을 이 작품을 아직 보지 못했다면, 당신이야말로 진정한 행운아가 아닐까. 원작에 이어 영화까지 보고 나면 당신은 자신도 모르는 사이 손에 땀을 쥐게 하는 스릴러를 찾기 위해 혈안이 되고 결국 마니아가 될 것이다. 누군가는 경찰, 프로파일러가 되고 싶어 열심히 공부를 할 테고,

어떤 이들은 한니발 렉터를 뛰어넘는 캐릭터를 창조하기 위해 머리 싸매고 노트북을 열었다가 좌절을 맛볼 것이다. 우리 모두 그랬으니까.

🔍 이 작품이 흥미롭다면 ──────────

소설 속 FBI 국장 잭 크로포드의 실존 모델인 존 더글러스가 집필한 논픽션《마인드헌터》로 FBI와 프로파일링의 세계를 체험하는 것을 권한다. 《차일드 44》,《액스맨의 재즈》등《양들의 침묵》과 같이 실제 연쇄살인 사건 소재의 작품으로 당시의 끔찍한 사건 속으로 빠져드는 방법도 있다. 이 작품은 수많은 범죄 영화, 드라마에 선과 악의 협업이라는 흥미로운 방향을 제시했는데, 그중에서도 FBI 신참 요원 엘리자베스 킨과 세계 10대 수배범 레이먼드 레딩턴이 손잡고 범죄자들을 심판하는《블랙리스트》를 추천한다.

법정 스릴러의 신기원

그래서 그들은 바다로 갔다

The Firm
1991

존 그리샴 *John Grisham, 1955~*

출간하는 책마다 뉴욕타임스 베스트셀러 1위에 오르는 흥행 보증수표 존 그리샴. 그의 책은 전 세계에 3억 부 이상 판매되었고 세계 최고 소득 작가 10위권에도 여러 차례 들었다.

법정 스릴러의 대가로 불리는 그에게는 특이한 경력이 있는데, 테네시 주에서 법률사무소를 차리고 변호사로 활동하다 1983년 미시시피주 민주당 하원의원으로 선출되어 일했었다. 1989년 《타임 투 킬》을 발표하면서 소설가로서 첫발을 내디뎠는데 당시만 해도 초라한 초판 부수였지만, 신인으로서는 믿기 어려운 작품성과 완성도로 가능성을 보여 주었다. 이후 연달아 출간된 《그래서 그들은 바다로 갔다》는 영화사 파라마운트사에 60만 달러에 영화화 판권이 팔리고 전미 베스트셀러 1위를 기록하며 빠르게 흥행 작가로 자리 잡았고 하원의원 직은 이때 그만두었다. 세 번째 작품 《펠리컨 브리프》도 출간 후 영화화 계약을 하고 전미 베스트셀러 1위를 했고 이후로 내는 책마다 1위에 오르는 대기록을 세운다.

1990년대 후반 전업 작가로 전환하며 현재는 변호사 활동을 접었고, 소설을 쓰지 않을 때는 선교 여행을 다니거나 리틀 야구단 단장으로 활동하며 행복한 생활을 즐기고 있다. 변호사 출신다운 해박한 법률 지식을 바탕으로 하는 치밀한 전개와 유려하고 긴장감 넘치는 문체가 장점인 존 그리샴의 작품은 전 세계 29개 언어로 번역되었고, 10개 이상의 작품이 영화화되는 등 할리우드에서도 러브콜을 많이 받는 작가로 자리매김했다.

👣 유혹적인 제안, 그리고 FBI

하버드 법대를 졸업한 미첼 맥디르는 뛰어난 성적을 거두어 모든 로펌에서 군침을 흘리는 인재다. 가난했던 그는 월 스트리트의 유혹을 마다하고 파격적인 연봉을 제시한 테네시주 멤피스의 벤디니, 램버트&로크에 입사하기로 결심한다. BMW와 컨트리클럽 회원권에 주택 융자까지, 회사에서 제공하는 혜택과 대우는 신혼인 그와 아내 애비를 황홀하게 만든다. 무엇보다 두 사람을 고무시킨 것은 회사에서 자랑하는 이직률 0퍼센트라는 경이로운 수치. 그때까지만 해도 그들 부부는 몰랐다. 이직률 0퍼센트에 감춰진 위험하고 치명적인 비밀을.

입사 후 동료 변호사 카진스키와 하지가 스쿠버 다이빙을 하다가 보트 폭발로 사망했을 때만 해도 미첼 맥디르는 단순한 사고사로만 생각했다. 하지만 FBI 요원 태랜스의 등장으로 맥디르는 자신이 다니는 회사가 마피아 조직의 탈법 행위와 돈 세탁을 하는 불법 로펌이라는 사실을 알게 된다. 최근 사망한 둘을 포함해 지난 15년간 사고사로 소속 변호사 다섯 명이 죽은 데 석연찮은 구석이 있음을 감지하고, 소속 변호사들의 집과 자동차에 도청 장치가 설치되었음을 알게 된 맥디르는 공포에 떤다.

일개 신참 변호사에 불과한 그에게 FBI가 접촉한 이유는 회사의 때가 묻기 전에 내부 자료를 빼돌려 회사와 마피아 조직을 일망타진하는 데 도움을 받기 위해서였다. 망설이는 그에게 태랜스는 그가 협조하지 않더라도 다른 양심적인 변호사를 통해 비밀을 파헤칠 테고 언젠가는 그를 포함한 모두가 기소될 것이라 협박한다. 불법 조직에 연루되어 평생을 기소된다는 불안에 떨며 살지, 양심을 지키고 정의를 위해 FBI와 협조할지는 이제 그의 선택에 달린다. 아내와 함께 고민할 시간을 가진 끝에 맥디르는 마피아의 보복으로부터 벗어나 평생 쓰기에 충분한 수백만 달러와 감옥에 있는 형의 석방을 조건으로 요구를 수용한다.

FBI와 손잡고 회사를 배신한다면 마피아의 추적을 받게 되고, 변호사 업무는 영원히 다시 할 수 없기에 그의 인생에 있어서는 정체절명의 순간이었을 것이다. 일반적인 소시민은 함부로 선택할 수 없는 위험한 길인만큼 맥디르의 대담한 결정은 용기 있는 성격을 돋보이게 한다. 그를 수중에 넣기 위한 파트너 변호사들의 권모술수, 남들의 눈을 피해 내부 자료를 빼돌리고 비밀리에 FBI와 접촉하다가 발각되는 맥디르, 이후 미국 전역에 걸쳐 벌어지는 마피아와 경찰의 추격전은 줄타기 곡예처럼 아슬아슬하게 펼쳐진다.

치밀한 전개로 작가는 독자들에게 손에서 책을 내려놓을 수 없는 긴장감과 스릴을 선사한다. FBI의 위압적인 요구에도 순순히 응하지 않고 계속해서 자신의 몸값을 높이고 결국에는 FBI의 추적마저 따돌리는 맥디르의 지능적인 면모에는 통쾌함마저 느껴진다. 제목에서 짐작할 수 있듯이 맥디르 부부와 석방된 형은 미국을 떠나 수천 개의 섬이 있는 카리브해에서 떠돌며 사는 것으로 작품은 마무리된다.

"사실은, 난 조금도 변호사가 되고 싶지 않았어. 솔직히 난 늘 뱃사람이 되고 싶었다고."

　마지막 장면. 양심과 부를 얻은 대신 변호사로서의 명예를 상실한 맥디르가 바다 위에서 아내에게 건네는 말이 공허하게 느껴지는 것은 왜일까. 하버드 법대를 졸업하고 고된 공부 끝에 변호사가 된 그가 스스로 천직이라고 여겼던 변호사 직을 진정으로 포기하고 싶었을 리가 없기 때문이다. 자기 합리화로 느껴지는 저 말에 애비는 "그럼 술을 마셔요, 뱃사람 아저씨. 우리 취하고 사랑을 나누어요"라고 기운을 북돋워 주지만 씁쓸한 미소가 입가에 어리는 것을 독자들은 어렵지 않게 상상할 수 있다. 마피아의 위험이 도사리는 육지로 가지 못하고 평생을 바다에서 떠돌아야 할 그들 부부에게 연민을 가지게 되는 건 당연하다.

🔗 소설과 영화, 최고의 제목은?

법정 스릴러의 대가 존 그리샴의 두 번째 소설《그래서 그들은 바다로 갔다》는 전미 베스트셀러 1위를 기록하고 1993년 시드니 폴락 감독, 톰 크루즈 주연의 영화로 개봉해 흥행에 성공했다. 우리나라에서는《야망의 함정》이라는 제목으로 상영된 바 있는 작품의 원제는《The Firm》으로 법률사무소라는 뜻이다. 다소 밋밋하다고 할 수 있는 제목은 우리나라에 번역되며《그래서 그들은 바다로 갔다》라는 감수성 돋보이는 문장 형식으로 바뀌었는데, 호기심을 유발하면서도 쉽게 내용을 추측할 수 없는 것이 소설로서의 매력을 높여 준다. 후반부에 이르러서야 고개를 끄덕이게 한다는 면에서 이보다 좋은 제목을 지을 수 있을까, 하는 감탄을 자아내게 한다.《야망의 함정》역시 우리나라에서 임의로 바꾼 제목인데 원작보다 내용을 잘 드러내지만, 1990년대에 방영된《야망의 세월》,《야망의 전설》과 유사하다는 점에서 신선함이 떨어진다.

모든 작품이 그렇듯이 이 작품에 대한 비판이 없는 건 아니다.《그래서 그들은 바다로 갔다》에는 보통의 인물이 응당 그 상황에서 겪었어야 할 윤리적 고뇌와 복잡한 갈등이 상세하게 묘사되지 않아서 읽다 보면 주인공인 맥디르에 대한 의구심이 생기기도 한다. 평생을 꿈꿔왔던 변호사로 일하지 못하게 됨에도 아랑곳하지 않고 돈의 액수를 높여 거래하는 데만 혈안이 된 모습이나 변호사로서 동료나 회사의 미래는 어떻게 되든 상관없이 오로지 자신의 안위만 생각하는 모습도 그렇지만, 무엇보다 경악할 지점은 회사가 쳐 놓은 덫에 걸려 케이맨 제도 해변에서 불륜을 저질렀으나 죄책감이나 반성은 없고 소설의 마지막까지도 숨기는 데 급급하다는 점이다. 이러한 모습은 그를 대단히 냉정하고 세속적이며 기회주의적이라는 인상마저 들게 한다.

시드니 폴락 감독도 그런 점이 아쉬웠던지 영화《야망의 함정》에 등장하는 미첼 맥디르는 원작과 비교하면 인간적인 고뇌와 윤리적인 갈등이 훨씬 잘 드러난다. 소설에서는 끝까지 숨겼던 불륜 사실을 아내에게 먼저 털어놓고 용서를 구하고, 마지막에는 도망 다니지 않고 마피아 조직의 수장인 모롤토의 앞에 당당하게 제 발로 나타나 자신을 변호사로 고용해 주면 변호사법에 따라 어떤 기밀도 누설하지 않겠다는 호기로운 거래까지 제안하고 상대는 받아들인다.

거금을 벌어들이고 도피 생활을 하는 대신 돈은 얼마 못 벌어도 적당한 선에서 FBI를 만족시키고 회사에 입힐 피해를 최소화하는 그의 선택은 권선징악이라는 주제 측면에서 통쾌함은 줄어들지만 적어도 변호사로서의 윤리 의식에는 충실한 책임감 있는 면모를 보여 준다. 그로써 구태여 바다로 갈 필요가 없어졌기에 영화의 제목은 오히려 '그래서 그들은 바다로 가지 않았다'가 될 판이었고 원작과 달라진 내용을 고려해《야망의 함정》이라는 다소 식상한 제목이 되지 않았을지 추측해 볼 따름이다.

법정 스릴러의 대가, 존 그리샴

법정 스릴러라고 하면 법정에서 일어나는 각축전, 검사와 변호사가 서로 혐의를 입증하고, 피고인을 지켜내고자 벌이는 치열한 언쟁을 연상시킨다. 존 그리샴이 이 분야에서 독보적인 존재로 명성이 높지만, 정작 그의 소설 중에서 법정만을 주요 배경으로 삼는 작품은 드물다. 흑인에 대한 인종 차별과 성폭행을 다룬 문제의 데뷔작《타임 투 킬》이 법정에서 주로 진행되는 작품이고, 이후 초기의 대표작으로 꼽히는《그래서 그들은 바다로 갔다》,《펠리컨 브리프》,《의뢰인》등은 법정이 주요 배경이 아니고 광활한 미국을 넘나들며 추격전을 벌이는 내용도 많다. 다만 변호사가 주로 주인공으로 등장하고 법적인 문제가 상세하게 파헤쳐져 사실상 법조 스릴러, 법률 스릴러라고 표현해야 올바르지만, 우리나라에서는 법정 스릴러라는 표현이 1990년대부터 관용적으로 사용되면서 굳어졌다.

첫 작품이 나오고 35년이 흐른 지금까지도 대표작을 논할 때 데뷔작을 비롯해 연달아 출간된 네 작품이 맨 앞에 언급된다는 점은 의미심장하다. 변호사 경력을 쌓은 존 그리샴이 가장 초기에 관심과 열정을 가지고 매달렸던 소재와 주제가 세계 독자를 사로잡을 만큼 매력적이었다는 방증이다. 작가로서의 유명세는 나날이 갈수록 높아졌으나 할리우드에서 그의 소설을 눈여겨보고 집중적으로 영화화한 시기가 1990년대였다는 것도 같은 맥락에서 생각해 볼 문제다.

🔍 이 작품이 흥미롭다면 ────────────

《그래서 그들은 바다로 갔다》를 재밌게 읽은 분들께는 존 그리샴의 다른 법정 스릴러도 읽어 볼 것을 권한다. 서른 권이 넘는 추리소설을 발표했기에 무엇을 읽어야 할지 갈피가 안 잡힐 수 있는데 시공사에서 존 그리샴 베스트 컬렉션 10권을 새로운 표지로 재단장해 출간했으니 그것부터 읽어 보는 것이 좋겠다. 스릴러치고 심심한 초반부의 《그래서 그들은 바다로 갔다》와 달리 도입부부터 화끈한 전개를 보여 주는 《펠리컨 브리프》를 특히 추천한다. 로스쿨 학생 다비가 판례 조사차 심심풀이로 만든 문서 하나가 대법관들의 죽음에 얽힌 진실을 우연히 알아맞히며 벌어지는 살 떨리는 추격전이 펼쳐지는데 스릴 넘치는 전개만큼은 《그래서 그들은 바다로 갔다》를 능히 압도한다. 여검사의 살인 사건에 용의자로 지목된 부장 검사 러스티와 그의 맞수 변호사에서 담당 변호인이 된 스턴의 이야기를 다룬 스콧 터로의 《무죄 추정》도 정통 법정 스릴러로 세계적인 흥행을 기록한 작품이다.

38

#스릴러 【이지유】

21세기 미국 범죄수사물의 표본

시인

The Poet
1996

마이클 코넬리 *Michael Connelly, 1956~*

펜실베이나주 필라델피아 출신. 범죄스릴러의 대가로 불리며 TV 드라마 각본도 쓴다. 미스터리 소설의 팬이었던 어머니가 마이클 코넬리를 추리소설의 세계로 이끌었다. 플로리다대학에 건축 전공으로 들어갔지만 레이먼드 챈들러의 추리소설《기나긴 이별》을 원작으로 한 동명의 영화를 본 후 추리소설가를 꿈꾸게 된다. 후에 저널리즘으로 전공을 바꾸면서 부전공으로 글쓰기를 공부했다.

졸업 후 신문사에서 경찰 전문 기자로 일하며 당시 남플로리다 지역에서 횡행했던 '코카인 전쟁'에 관한 연재기사를 썼다. 1985년부터 다음 해까지는 다른 기자 두 명과 함께 쓴 델타항공 191편 사고 생존자들의 인터뷰 기사로 퓰리처상 후보에 오르기도 했다. 이 일로 명성을 얻은 그는《LA타임즈》에 스카웃되어 범죄 담당 기자로 활약한다.

후에 3년 동안《LA타임즈》에서 기자 생활을 한 경험을 바탕으로 장편소설을 썼다. 바로 그 유명한 형사 '해리 보슈' 시리즈의 시작,《블랙 에코》(1992)이다. 실제 사건을 모티브로 한 이 작품은 대중을 사로잡음과 동시에 높은 평가를 받았고, 1992년 미국추리작가협회의 에드거상 신인상을 수상하였다. 이를 시작으로 그는 '해리 보슈' 시리즈와 또 다른 장편들을 계속 발표했다. 마이클 코넬리의 소설은 35개국에서 번역되어 많은 인기를 누리고 있다. 발표하는 작품마다 전미 베스트셀러 1위에 오르는가 하면 수많은 작품이 영상화되었다. 해리 보슈 시리즈를 원작으로 하는 미국 드라마 '보슈'는 시즌 7과 레거시까지 8년간 방영되었다. 코넬리는 이 드라마의 제작총지휘를 맡았으며 몇 편의 에피소드 대본을 직접 집필하기도 했다. 한국에도 잘 알려진 미국 드라마《캐슬》에서는 주인공 캐슬과 포커게임을 치는 선배 작가로 카메오 출연했다. 2003년부터 2004년까지 미국추리작가협회의 회장을 역임했다.

👣 자살 노트를 쓰는 살인자

나는 죽음 담당이다.

살인 사건 전문기자인 잭 매커보이가 스스로를 일컫는 말이다. 소설은 이 문장으로 시작해서 이 문장으로 끝을 맺는다. 잭이 자신의 정체성을 구축하는 문장인 동시에 소설 속 잭 매커보이라는 인물의 역할을 단적으로 보여 준다. 살인 사건 전문 기자. 잭은 매일 경찰서 출입을 하거나 기삿거리를 찾아다니지 않고, 책상 앞에 앉아 살인사건에 관한 깊이 있는 기사를 쓴다. 그는 기자들이라면 다들 부러워할 만한 자리에 있었다. 타인의 죽음에 대한 기사를 쓰던 그에게 어느 날 쌍둥이 형의 비보가 전해진다. 베테랑 형사였던 형 션이 대학생 테레사 로프턴 살인 사건을 해결하지 못해 괴로워하다가 자살했다는 것이다.

유서에는 '공간을 넘고, 시간을 넘어'라는 문구가 남아 있었다. 동료 형사들도 형이 남긴 유서에 의미를 모른다고 했다. 슬픔과 혼란에 빠졌던 잭은 차츰 마음을 추스르고 형의 기사를 쓰기 위해 사건을 면밀히 조사해 나간다. 그는 형이 남긴 문구가 에드거 앨런 포의 시의 한 구절임을 알게 되고, 미국 전역에서 에드거 앨런 포의 시구를 유서로 남긴 형사들의 자살 사건이 있었다는 걸 밝혀낸다. 이는 곧 자살로 위장한 연쇄 살인 사건이라는 뜻이다. 전미 형사 연쇄 살인 사건은 FBI로 이관되고, FBI는 이 사건의 범인에게 '시인'이라는 별명을 붙인다. 잭은 처음 이 사건을 밝힌 당사자이자 기자로 수사 과정에 참여하게 된다. 레이첼 월링 요원이 파트너이자 감독 역할로 그와 함께하고, 잭은 사건을 추적하며 점차 진상에 다가가게 된다.

1996년에 발표한 《시인》은 살인 사건 전문 기자인 잭 매커보이를 주인공으로 한 첫 번째 작품이다. 그의 소설은 《실종》(2002)을 제외하고는 같은 시리즈가 아니어도 연속성을 갖고 있다. 《시인》(2004)의 두 번째 이야기인 《시인의 계곡》(2004)은 '해리 보슈' 시리즈의 LA 형사 해리 보슈와 《시인》의 FBI 요원 레이첼 월링이 주인공이다. 잭 매커보이는 《허수아비: 사막의 망자들》(2009)에서 레이첼 월링과 함께 나온다. 이 세 작품은 '시인 3부작'이라고 부르는데, 마이클 코넬리는 3부작의 시작인 《시인》으로 국내에서 팬을 얻게 되었다.

👫 살인 사건 전문 기자 잭 매커보이의 매력
'시인 시리즈'의 중심은 3부작 전체에 등장하는 레이첼 월링이 아닌 잭 매커보이다. 2부인 《시인의 계곡》에는 잭 매커보이가 아닌 마이클 코넬리의 대표 주인공 해리 보슈가 등장하지만 '시인' 3부작의 주인공은 잭 매커보이로 각인되어 있다.

1부인《시인》이 그의 시점에서 진행되는 점도 있겠지만 주인공으로서의 매력도 상당하다. 잭은 지방 신문사의 살인 사건 전문 기자로 다른 기자들이 동경하는 위치에 있다. 그의 상사인 그레그 글렌을 비롯한 부서 사람들과도 사이가 좋은 편이다. 좋은 기삿거리는 절대 남에게 빼앗기지 않으려 하고 사건에 대한 집착과 열정도 있다. 형이 유서에 남긴 시구를 파고든 것도 그렇다. 잭은 모두가 지나쳐 버린 '공간을 넘고, 시간을 넘어'라는 문구에 의문을 갖고 있었다. 집요한 추적 끝에 결국 실체가 보이지 않던 연쇄살인범을 찾아내기까지 한다. 수사가 FBI로 넘어가자 그들에게 자신이 수사에 참여해야 하는 이유를 설명할 수 있는 배짱도 갖추었다. 수사관은 아니지만 뛰어난 관찰력과 통찰력을 갖고 있고 도전적이고 겁이 없다.

의심이 많은 건 남들과 친밀해지는 데에는 단점으로 작용하지만 기자나 수사관으로써는 장점이 될 수 있는 성향이다. 어린 시절 누나가 호수에 빠져 죽은 것에 대한 트라우마가 있는 것도 그가 범죄, 살인 사건에 매달리는 이유로 작용했다.

작가마다 인물을 창작하는 방법은 제각각이다. 어떤 작가는 줄거리를 생각한 후 거기에 맞는 직업을 선택해서 인물을 만든다고 한다. 마이클 코넬리는 본인의 기자 경험을 십분 살려서 잭 매커보이라는 캐릭터를 만들었을 것이다. 줄거리를 먼저 구성하고 인물을 창조했든, 인물을 먼저 만든 후 줄거리를 완성했든,

잭 매커보이는 이 소설에 완벽하게 들어맞는 매력적인 캐릭터이다. 이 작품에서만큼은 해리 보슈보다 잭 매커보이의 존재감이 더 큰 것도 그 때문이다.

미스터리와 스릴러의 혼합

사건이 발생한다. 경찰 또는 그에 준하는 인물이 사건을 수사한다. 사건에는 수수께끼가 있다. 수사 과정에서 수수께끼가 하나씩 풀리고 마지막에 범인이 잡힌다. 이것이 미스터리의 구성이다.

스릴러는 중대 사건이 발생하고 주인공이 휘말린다. 위험한 상황에 처하게 된 주인공은 이를 벗어나기 위해 애쓴다. 그 결과로 범인이 잡히고 주인공은 위험에서 벗어난다. 이것이 미스터리와 스릴러의 차이다. 요즘 수사물은 미스터리와 스릴러의 혼합장르가 많다. 장르에도 '미스터리 스릴러'라고 명시되어 있다. 그만큼 두 장르를 혼재해서 스토리를 만들기 좋다는 뜻도 된다. 독자들은 주인공이 사건의 일부가 되어 장애물을 극복하고 범인을 잡는 것에 더 쉽게 공감하고 카타르시스를 느낀다.

스릴러라는 장르가 두각을 나타낸 것은 1970년대부터다. 첩보물이 강세를 띠면서 나라를 구하고 세계를 구하는 영웅들이 등장했다. 이 영웅들은 시대가 변함에 따라 우리 옆에서 볼 수 있는 형사, 과학수사대, 프로파일러가 되어 일상 속에 숨어 있는 위험에서 우리를 구하고 자신을 지켜냈다. 스릴러라는 장르 자체가 다른 장르와의 융합에 친화적인 데다가 미스터리 장르처럼 사건의 발생이 명확하기 때문에 현재에 이르러서는 두 장르가 혼재하는 수사물이 각각의 단독 장르보다 훨씬 많은 게 어찌 보면 당연하다고 할 수 있겠다.

마이클 코넬리의 소설은 이러한 미스터리 스릴러의 정석적인 플롯을 따라가고 있다. 대중에게 친숙하면서도 지루하지 않은 스토리의 전개 방식은 그가 얼마나 이 장르를 제대로 숙지하고 있는지 보여 준다. 그러면서도 거듭되는 반전을 위한 복선 역시 처음부터 촘촘하게 깔아 놓는 솜씨가 뛰어나다.

정석적인 플롯과 진부함은 다르다. 정석을 잘 알아야만 그에 따른 변형과 파격도 가능하다. 마이클 코넬리는 기본에 충실하면서도 거듭되는 반전으로 플롯의 변주를 이루어 냈다. 상황과 인물간의 상호관계를 잘 이용했기 때문에 설득력이 있다. 그러한 장점이 '왜 범인은 에드거 앨런 포의 시를 인용했는가'에 대한 확실한 해답이 나오지 않고 열린 결말로 끝났음에도 높은 평가를 받을 수 있는 포인트가 되었다고 볼 수 있다. 거기에 더해 생각지 못한 반전으로 독자들에게 충격을 줌으로써 후속작에 대한 기대까지 끌어냈다.

《시인》을 읽고 나면 후속작들이 궁금해질 것이다.《시인의 계곡》과《허수 아비: 사막의 망자들》을 연이어 읽으며 시인의 세계에 푹 빠져보는 것도 좋다. 마이클 코넬리와 함께 미국 범죄 소설의 대가로 꼽히는 데니스 루헤 인의 소설들은 또 다른 매력이 있다. 마틴 스콜세이지 감독의《셔터 아일 랜드》의 원작《살인자들의 섬》과 클린트 이스트우드가 감독한 동명의 소 설《미스틱 리버》를 추천한다. 미국 범죄소설의 쌍벽을 이루는 두 작가의 작품을 비교 감상하는 것도 즐거운 독서 방법이다.

39

#스릴러 【박상민】

안락의자 탐정과 법과학 스릴러의 결합
본 컬렉터

The Bone Collector
1997

제프리 디버 *Jeffery Deaver 1950~*

스틸 대거상, 앤서니상, 네로울프상, 에드거상 그랜드마스터. 화려한 수상 경력을 자랑하는 제
프리 디버는 잡지사 기자를 거쳐 변호사로 활동하면서도 틈틈이 소설을 쓰다가 1988년 범죄
소설《Manhattan Is My Beat》를 발표하면서 데뷔했다.

1990년에 전업작가로 전향한 그는 매년 한 권에 가까운 속도로 작품을 집필했는데 1997년에
발표한《본 컬렉터》로 네로울프상을 수상하고, 덴젤 워싱턴과 안젤리나 졸리 주연의 영화로 개
봉하며 세계에 이름을 알렸다. 사지마비면서도 뛰어난 추리력을 발휘하는 링컨 라임의 이야기
는 이후《코핀 댄서》,《곤충 소년》등으로 이어져 현재까지 16권의 시리즈가 출간되었고 150개
국으로 수출되어 수천 만 독자를 매료시켰다. 시리즈 작품들은 여덟 차례 에드거상에 노미네이
트되고 그중《콜드 문》은 일본추리작가협회 올해의 책으로 선정되기도 했다.

이외에도《잠자는 인형》,《도로변 십자가》등 동작학 전문가 캐트린 댄스가 나오는 또 다른 시
리즈를 선보였다. 그는 두 캐릭터가 나오지 않는 시리즈 외 작품도 다수 발표했는데 2004년
《야수의 정원》으로 스틸 대거상을 수상했다.

👣 사지마비의 천재 범죄학자에게
게임을 걸어 온 범인

미국추리작가협회 선정 2021년 에드거상 그랜드마스터 제프리 디버. 《본 컬렉터》는 그를 지금의 자리에 있게 한 작품으로, 1997년에 출간되고 2년 만에 덴젤 워싱턴과 안젤리나 졸리 주연의 동명 영화로 개봉한 데 이어서 2020년에는 NBC 10부작 드라마 《링컨 라임: 헌트 포 더 본 컬렉터》로 방영되는 등 대단한 인기를 입증했다. 이 작품으로 서막을 알린 링컨 라임 시리즈는 2023년 《시계공의 손》에 이르기까지 16권이 출간되어 전 세계 150개국, 2500만 독자의 마음을 사로잡았다. 《콜드 문》은 그의 또 다른 인기 시리즈 주인공인 동작학 전문가 캐트린 댄스의 탄생을 알리기도 했다.

그의 작품에는 전문적인 지식을 동원해 살육을 자행하는 범인이 많은데 이는 《본 컬렉터》도 예외가 아니다. 뼈의 영원불멸성을 숭배하고 해부학에 조예가 깊은 '본 컬렉터'는 단순히 살인을 하는 데서 그치지 않고 사건 현장에 볼트 나사, 신문 등의 알쏭달쏭한 단서를 경찰에 흘림으로써 일종의 게임을 걸어 온다. 범인의 표적이 링컨 라임이라는 사실은 소설이 진행되면서 서서히 밝혀진다. 애당초 그런 기묘한 증거물을 분석할 수 있는 능력을 갖춘 사람이 뉴욕에 그뿐이기 때문이다.

링컨 라임은 황금기 미스터리에서 시도되었던 안락의자 탐정들과 비교해서도 극단적인 사례다. 사고 이후 사지마비가 되어 온갖 의료장치의 보호 속에 침대에 누워 지내는 그는 왼손 약지를 포함해 신체 일부만 간신히 움직일 수 있다. 간병인 톰의 도움 없이는 대소변도 제대로 가리지 못하는 그가 한때는 뉴욕시경 과학수사팀의 수장이자 범죄학자였다는 설정은 출중한 능력과 신체적 한계를 대비시킴으로써 독자들에게 연민과 공감을 불러일으킨다. 제프리 디버는 언론과의 인터뷰에서 어떻게 그런 멋진 캐릭터를 창조할 수 있었느냐는 질문에 이렇게 답한 바 있다.

"링컨 라임이라는 캐릭터는 두 가지 아이디어에서 출발했다. 첫째는 범인이 무기를 들고 덤벼드는데도 아무 반항도 못하는 주인공을 그려 보고 싶었다는 것이다. 두 번째는 몸이 아니라 오로지 머리만 갖고 있는 셜록 홈즈와 같은 주인공을 창조하고 싶었다. 총을 잘 쏘거나 달리기를 잘하거나 술집에 가서 사람들을 잘 구슬려 실마리를 얻어 내거나 하는 탐정이 아니라 오로지 생각만으로 범죄를 해결하는 그런 탐정을 그려 보고 싶었다."

스스로의 의지로는 한 걸음도 침대 밖으로 나가지 못하는 이에게 불가사의한 사건을 던져 주는 설정으로 범인과의 두뇌 대결, 수수께끼 풀이의 난이도는 한 차원 높아진다. 이 간극에서

필연적으로 발생하는 긴장감은 책의 결말부, 링컨 라임이 홀로 누워 있는 방에 '본 컬렉터'가 침투하면서 절정에 이른다. 지켜 줄 수 있는 이들이 범인에 의해 살해된 상황에서 사지마비를 가진 천재 범죄학자는 어떻게 탈출할 수 있을까?

⛓ 죽음을 결심한 링컨 앞에 나타난 신출내기 형사

뉴욕 시경 셀리토 형사의 부탁으로 사건 현장에서 발견된 기이한 증거물을 분석하며 수사에 참여하게 된 링컨 라임. 그가 처음부터 열정적으로 사건에 뛰어들려고 한 것은 아니었다. 비극적인 사고 이후 경찰에서 물러나고 아내와 이혼한 링컨 라임은 비참하고 외로운 생활을 견디다 못해 담당 의사에게 안락사를 부탁하기에 이른다. 죽음을 결심하고 마음의 준비를 하던 그의 삶을 뒤흔드는 매력적인 인물이 등장한 것은 이 무렵이다.

빨간 머리카락의 모델 출신 여형사 아멜리아 색스. 그녀는 전설적인 순찰경관이었던 아버지로 인해 경관의 딸이라는 별명을 갖고 있으며 대쪽 같은 성격도 물려받아 고집이 세고 자기주장이 강한 타입이다. 살해 현장의 보존이라는 목적을 위해 기차 한 대를 막아 세운 그녀의 용기와 배짱은 죽음의 기운이 어른거리던 링컨 라임에게는 구원과도 같은 한 줄기 빛이었다. 링컨 라임은 순찰경관이었던 그녀를 비공식 감식반원으로 활용해 자신이 원하는 방식으로 감식하고 범죄자를 체포하도록 지시한다. 이

제 막 감식반원으로서 걸음마를 뗀 신출내기지만 색스는 그의 눈과 귀, 손과 발이 되어 사악한 범죄자와 맞선다.

《본 컬렉터》 이후 환상의 콤비로 활약하는 두 사람은 이후 시리즈에서 연인 관계로 발전하는데, 그녀에 대한 애정으로 삶의 의욕을 회복한 링컨 라임이 재활치료를 받는 장면은 인간 승리의 현장이나 다름없고 보통의 스릴러에서는 느낄 수 없는 뭉클한 감정마저 안겨 준다.

괴팍한 성격을 지닌 점이나 한줌의 흙과 같은 미세 증거물로부터 현장을 알아내는 마법 같은 능력을 선보이는 링컨 라임은 현대판 셜록 홈즈라고 해도 손색이 없다. 소설에서는 특히 과학적인 추론이 환상적으로 구현되어 제프리 디버표 법과학 스릴러의 모범을 보여 준다. 미국의 인기 드라마 CSI 과학수사대가 2000년에 방영을 시작했는데, 그 이전에《본 컬렉터》,《코핀 댄서》,《곤충 소년》이 출간된 것을 고려하면 그의 작품이 얼마나 선구적이었는지 짐작할 수 있다.

🔍 이 작품이 흥미롭다면 ────────────

링컨 라임 시리즈를 즐겼다면 그와는 또 다른 매력을 지닌 법과학 스릴러도 읽어 보기를 권한다. 퍼트리샤 콘웰이 발표한《법의관》은 법의관 케이 스카페타가 활약하는 첫 번째 작품으로 1억 부가 팔렸으며 이후 출간된 시리즈는 현재까지 24권이 출간될 만큼 세계적인 인기를 누리고 있다.

일본 최초로 에드거상 최종후보에 오른 걸작

아웃

OUT

1997

기리노 나쓰오 桐野夏生, 1951~

일본 사회파 추리소설가. 평범한 전업주부였다가 작가로 데뷔했다는 점이 특이하다. 세이케이 대학 법학부를 졸업했다. 취업 전선에 나오자마자 오일 쇼크 때문으로 경제불황이 닥쳤다. 영화관 아르바이트, 광고 대리점 등 불안정한 직업을 전전하다가 24세에 일찍 결혼했다. 결혼해서 외동딸을 낳고 평범한 주부로 살아가다가 창작욕을 불태워 1984년에 로맨스 소설《밤이 떠나간 자리》로 데뷔했다. 그 후 10년간 로맨스, 청소년, 만화 시나리오 작가로 활약하였다. 노바라 노에미, 기리노 나쓰코 등의 필명을 거쳐 기리노 나쓰오로 정착했다.

추리소설가로서의 본격적인 활동은 여성 사립탐정 무라노 미로를 창조하면서 시작했다. 무라노 미로가 처음으로 등장하는《얼굴에 흩날리는 비》(1993)로 제39회 에도가와 란포상을 수상하며 데뷔했다. 여성 사립탐정 무라노 미로 시리즈는 기리노 나쓰오의 대표작이다. 한국의 광주민주항쟁을 소재로 소설《다크》를 쓰기도 했다. 기리노 나쓰오는 상복이 많은 작가라 거의 내는 족족 상을 받았다.

《아웃》(1998)은 기리노 나쓰오의 대표작이자 그녀를 세계적으로 알린 작품이다. 제51회 일본 추리작가협회상을 수상했고, 출간된 지 7년이 지난 2004년에는 미국 에드거상 최종 후보에 올랐다. 비록 수상에는 실패했지만 일본에서는 최종 후보에 오른 것만으로도 열기에 휩싸였다. 2015년 문화예술 및 스포츠 방면 인재에게 수여되는 일본의 문화 훈장인 자수포장을 받았으며 2021년 일본 펜클럽 설립 이후 최초의 여성 회장으로 선출되었다.

👣 인간 내면과 관계를 파헤치는 새로운 장르의 탄생

기리노 나쓰오의 소설은 전반적으로 스릴러, 미스터리 문법을 활용하며 사회 비판적 성격을 강하게 가지고 있다. 아동학대, 여성차별, 가정폭력 같은 사회적 문제를 정면으로 다루어 사회파 미스터리 작가로서의 입지를 다졌고, '관계 문학'이라는 장르를 새롭게 개척했다는 평을 듣기도 한다. 관계 문학이란 등장인물의 내면을 깊게 파헤쳐서 상황을 보는 관점들이 다를 수 있다는 사실을 보여 주며 각 인물이 겪게 되는 관계 안의 갈등이 섬세하게 묘사된 소설을 말한다.

신 오우메 가도에서 흘러오는 배기가스에 섞여, 튀김 기름 냄새가 희미하게 풍겼다. 이제부터 마사코가 출근할 도시락 공장에서 흘러오는 냄새다.

'돌아가고 싶어.'

이 냄새를 맡으면 이런 생각이 든다. 어디로 돌아가고 싶어서 그런 건지 알 수 없었다. 지금 막 나온 집이 아닌 건 확실하다. 어째서 집에 돌아가고 싶지 않을까. 대체 어디로 돌아간다는 걸까. 길을 잃은 듯한 기분에 마사코는 당혹한다.

《아웃》은 첫 장면부터 암울하다. 도쿄 교외 마을의 도시락 공장에서 심야 파트타임으로 일하는 네 명의 주부가 소설에는 등장한다. 제각각 빚, 치매에 걸린 시어머니, 실직한 남편, 가정 붕괴 등 현실적인 어려움을 안고 있다. 일반적인 일본 가정주부의 이미지와는 다르지만 어디엔가 분명 존재하는 현실에 시달리다 지친 주부들의 일탈out을 다뤘다. 브라질 외국인노동자의 실상도 생생하게 그렸다.

《아웃》이 일본추리작가협회상을 받자 일본 전역에 기리노 나쓰오 붐이 일어났다. 당시까지만 해도 남성 작가가 주도했던 추리소설 분야에서 여성 작가의 자리는 좁았다. 평범한 주부들이 잔혹한 범죄에 빠져드는 과정을 실감 나게 묘사한 《아웃》은 일본에서 새로운 여성 하드보일드를 선보였다는 호평을 받았다.

1999년에 일본에서 11화의 드라마로 만들어졌으며 2004년에는 미국 에드거상 최종 후보로 노미네이트된 후 서양에서 5개 국어로 번역되는 등 해외에도 널리 알려진 기리노 나쓰오의 대표작이다. 특히 《아웃》이 에드거상 최종 후보에 올랐을 때 일본 추리작가협회는 발칵 뒤집혀졌다. 수상에 실패했는데도 불구하고 일본 작가 최초로 에드거상 최고 장편소설 최종 후보에 올라간 게 어디냐며 큰 호텔 연회장을 빌려서 남자 작가는 연미복, 여자 작가는 드레스 차림으로 큰 파티를 열었다고 한다.

🔗 새로운 하드보일드 여성 탐정, 무라노 미로

레이먼드 챈들러의 필립 말로가 하드보일드 '남성' 탐정을 대표한다면 무라노 미로는 하드보일드 '여성' 탐정을 대표할 만하다. 거기에 아시안, 일본인이라는 정체성까지 떠올리면 더 독보적인 캐릭터다. 기리노 나쓰오는 무라노 미로라는 지나가는 말로라도 결코 착하다고 말할 수 없는 사납고 이기적인 여성 사립탐정을 창조해 냈다. 필립 말로가 LA에서 일한다면 무라노 미로는 신주쿠 가부키초를 주 무대로 활동한다.

일본 사회는 여성이 나긋나긋하고 마음씨 착하고 아름다운 꽃과 같은 존재가 되길 바란다. 부모들은 딸이 자라나서 좋은 남자에게 선택 받는 좋은 여자가 되길 바라며 곱게 키운다.

무라노 미로는 이런 고정관념을 때려 부수는 씩씩한 여성 캐릭터다. 외모는 좀처럼 묘사되지 않지만 남자들이 계속 꼬이는 걸로 봐서 매력이 없는 타입은 아닌 듯하다. 머리는 늘 숏컷에 입이 거칠고 성격은 다혈질이다. 머리가 좋고 논리가 뛰어나기에 말싸움에서 결코 밀리지 않는다. 기억력이 좋아서 수사 속도는 무척 빠른 편이지만 사건을 해결하는 능력이 뛰어난가 묻는다면 다소 애매해진다. 이류 탐정에 가깝다. 남자도 밝혀서 남편 히로오가 자살해서 과부가 된 후에도 여기저기서 연애 사건을 일으킨다.《다크》에서는 한국 남자 서진호와 불같은 사랑에 빠지기도 한다. 상황이 불리해지면 의붓아버지이자 야쿠자와 일했던 전설적인 탐정 무라노 젠조(별명은 무라젠)를 소환해 도움을 받는다.

👣 어두우면서도 아름다운 기리노 나쓰오의 세계

기리노 나쓰오가 지금까지 발표한 작품들을 관통하는 분위기는 한마디로 암울하기 그지 없다. 그동안 사회의 가장 어두운 문제를 폭로하는 문학을 써왔다. 그로 인해 어두우면서도 아름답고 차가우면서도 뜨거운 글을 쓴다는 평을 받는다. 그가 외동딸의 머리를 빗겨주면서 "이 사회는 점점 더 썩어 문드러질 것"이라 말했다는 일화가 유명하다. 비판적이고 비관적인 시선이야말로 기리노 나쓰오의 본질이라 할 수 있다.

《아웃》의 인용구부터가 비관적인 기리노 나쓰오 세계관을 암시하는 것 같다.

절망에 이르는 길이란 어떤 체험도 하지 않으려는 것이다.

─플래너리 오코너

🔍 이 작품이 흥미롭다면 ─────────────

《아웃》이 비 시리즈 장편으로 에드거상 후보에 오르며 세계적으로 기리노 나쓰오를 알린 작품이라면 그녀를 작가로서 인정받게 한 건 무라노 미로 시리즈다. 여성 작가가 쓴 하드보일드 시리즈로 일본 추리소설계에서도 독특한 위치를 점하고 있다.

무라노 미로 시리즈는 첫 작품 《얼굴에 흩날리는 비》로 시작해서 《천사에게 버림받은 밤》(1994), 아버지 무라젠의 이야기를 다룬 《물의 잠, 재의 꿈》(1995), 광주민주항쟁을 소재로 하고 있으며 시리즈의 종지부를 찍은 《다크》(2002)로 이어진다. 무라노 미로 시리즈 단편집으로는《로즈 가든》(2000)이 있다. 표제작〈로즈 가든〉은 미로의 남편이 주인공이고 히로오와 미로 두 사람의 고교 시절을 다룬 단편이다. 미스터리는 약해도 외전으로 재미있게 읽을 수 있다.

기리노 나쓰오의 다른 장편 및 단편집들도 걸출하며 많은 상을 받았다. 《부드러운 볼》(1999)로 나오키상을 수상했고,《그로테스크》(2003)로 이즈미 교카 문학상,《잔학기》(2004)로 시바타 젠자부로상,《도쿄 섬》(2008)으로 다니자키 준이치로 상,《무엇이 있다》(2010)로 요미우리 문학상을 수상했다. 근작으로는《일몰의 저편》(2020)이 있다.

일본 신사회파 미스터리 작가의 역작

모방범

模倣犯
2001

미야베 미유키 宮部みゆき, 1960~

본명은 야베 미유키 矢部みゆき. 데뷔 전 출판사 편집자가 "제대로 된 펜네임을 정하라"고 해서 성을 '미야베'로 바꾸었다고 한다. 팬들에게 '미미여사'라는 애칭으로 불린다.

어릴 적 라쿠고(落語: 무대에 한 사람의 화자가 앉아 목소리의 톤과 몸짓, 손짓을 이용하여 이야기를 하는 일본의 전통예술)와 괴담, 시대극을 좋아했던 아버지와 영화광이었던 어머니의 영향을 많이 받으며 자랐다. 미야베는 NHK 방송국 사극과 히치콕 감독의 영화를 특히 좋아했다고 한다.

고등학교 졸업 후 속기사를 거쳐 법률사무소 직원으로 일하면서 고단샤의 소설 교실 강의를 듣는다. 그렇게 23세에 소설 쓰기를 시작, 1987년 27세에 단편〈우리 이웃의 범죄〉로 올 요미모노 신인상을 받으며 데뷔했다. 1989년《마술은 속삭인다》(1989)로 일본추리스펜스 대상, 1992년《용은 잠들다》(1991)로 제45회 일본추리작가협회상, 1993년《화차》(1992)로 제6회 야마모토 슈고로상을 수상했다. 1997년에는《가모우 저택 사건》(1996)으로 제18회 일본SF 대상, 1999년《이유》(1998)로 제120회 나오키상을 수상했다.

여기에 소개할《모방범》으로 2001년 마이니치 출판문화상 특별상과 2002년 제5회 시바 료타로상, 제52회 예술선장 문부과학대신상 등을 받으며 일본을 대표하는 최고의 작가가 되었다. 그 후에도 2007년에 '스기무라 사부로' 시리즈인 시대물《이름 없는 독》(2006)으로 제29회 요시카와에이지 문학상을 받았으며, 다수의 작품들이 영화화되었다. 일본추리작가협회 회원, 일본SF작가클럽 회원이다.

👣 3부작 구성 속 다양한 인물의 시선

소설은 3부로 구성되어 있는데, 각 부마다 시점이 다르다. 1부에서는 피해자와 경찰, 관계자의 시점에서 이야기가 진행되고, 2부에서는 과거로 돌아가 구리하시와 다카이를 중심으로 보여준다. 3부에서는 피해자와 경찰, 관계자 시점으로 돌아온다.

이야기의 시작은 이러하다. 쓰카다 신이치라는 소년이 공원에서 쓰레기통에 버려진 여자의 오른팔과 핸드백을 발견한다. 소년은 '일가 참살 사건'의 유일한 생존자이다. 핸드백이 얼마전 실종된 회사원 후카가와 마리코의 것임이 밝혀지면서 세간이 떠들썩해진다. 게다가 자칭 범인이 방송국에 전화를 걸어 '오른팔은 후카가와 마리코가 아니다'라고 말해 사회는 더욱 소란스러워진다.

후카가와 마리코의 할아버지 아리마 요시오 역시 범인이 조롱하는 전화를 받게 되는데, 이는 나중에 범인의 지시로 한 여고생이 메시지를 전한 것으로 밝혀진다. 이 여고생은 후에 시체로 발견되고, 후카가와 마리코의 유해도 제3자의 회사로 배달되는 사태가 벌어진다. 11월 5일, 군마현의 산속에서 자동차가 낭떠러지에서 굴러 떨어지는 사고가 발생한다. 자동차의 트렁크에서는 남성의 시체가 나왔고, 운전자 구리하시 히로미와 조수석의 다카이 가즈아키는 사망한 채 발견된다. 여기까지가 1부의 내용이다. 2부를 거쳐 3부의 마지막에 범인이 밝혀지는 순간은 미디어 매체 현장을 무대로 매우 극적인 효과를 연출한다.

📿 극장형 범죄를 예고하다

이 작품은 잡지《주간 포스트》에서 1995년부터 1999년까지 4년간 연재했던 것을 개고하여 2001년 2권의 단행본으로 출판했다. 4년 후 출판사를 옮겨 5권 분량으로 나누어 다시 출판했다. 4년 동안 연재를 한 작품인 만큼 등장인물도 많고, 주요 인물들에 대한 묘사도 충실하다. 신사회파 작가답게 트릭을 푸는 데 집중하기보다 사건 이면의 사회 현상과 인간의 면면을 세심하게 보여 주고 있다. 뒤틀린 심리 때문에 아무 이유 없이 쾌락 살인을 벌이는 이 이야기는 일본 사회에 큰 반향을 불러일으켰다.

《모방범》은 후에 이러한 극장형 범죄들이 발생할 것을 예고했다는 평가를 받는다. 미야베 미유키는 1995년 1월 한신대지진 발생과 3월 옴진리교의 지하철 사린가스 테러 사건으로 사회가 소란스러웠던 가운데 이 작품을 쓰기 시작했다. 서두의 공원에서 나오는 여자의 오른팔과 핸드백 발견 사건은 이노가시라 공원 토막살인 사건을 모티브로 했다.

쾌락형 살인범을 통해 역기능 가정의 폐해를 보여 준 이 작품은 일본에서 2002년에 영화로, 2016년에 드라마로 제작되었고, 2023년 대만에서 10부작 드라마로 제작하여 넷플릭스에 공개했다.

👣 굵직한 사회문제에서 소박한 이웃탐정까지

미야베 미유키는 《모방범》을 연재하며 같은 시기 《아사히신문》에 또 다른 작품 《이유》도 연재했다. 《이유》는 버블경제와 함께 착공되고 그 붕괴와 함께 입주가 시작됐다는 맨션(우리나라로 치면 고급 아파트)을 둘러싼 문제작이다. 《화차》와 마찬가지로 개인의 경제와 그에 대한 사회 구조의 문제점을 지적하고 있다.

굵직한 사회파 미스터리 두 작품을 동시에 연재한 뒤 작가는 일상생활 속의 작은 사건들로 눈을 돌린다. 바로 '행복한 탐정' 시리즈라고 불리우는 '스기무라 사부로' 시리즈다. 미야베 미유키는 "천재가 아닌, 사람이 좋고 성실하고 자식을 아끼는 평범한 사람이 주인공인 시리즈를 쓰고 싶었다"며 집필 동기를 밝혔다.

이 시리즈에서는 일상 속 부조리를 직시하고자 하는 작가의 신념이 드러난다. 일상에서 일어날 수 있는 작은 사건일지라도 신사회파 작가로써의 태도를 보여 줬다고 할 수 있다. 하지만 앞에서도 말했듯이 미야베 미유키 작품의 주인공들은 대부분 성실하고 소박한 소시민이다. 뒤틀린 어둠 속에서 진실을 끄집어내는 건 소시민의 따뜻함과 인정이기에, 그녀의 작품에서는 희망을 엿볼 수 있다.

미야베 미유키는 처음 습작할 때부터 사회물과 시대물을 함께 작업했다. 사회의 어두운 면을 들춰내는 글을 쓰다가 마음이 무거워지면 '도리노모초' 장르인 시대물을 집필한다고 한다. '도리노모초'는 에도 시대를 무대로 한 탐정 소설을 일컫는데, 미야베 미유키는 이 장르의 단편집《혼조 후카가와의 기묘한 이야기》(1991)로 1991년 제13회 요시카와에이지 문학상을 받았다. 7개의 단편이 수록된 이 작품집은 유령이나 요괴, 초능력자 등이 등장하여 수수께끼를 풀어나간다. 불가사의한 이야기 속에서도 미야베 미유키는 따뜻한 시선을 잃지 않고 있다. 이외에도 '오하쓰' 시리즈, '유미노스케' 시리즈가 있다.

🔍 이 작품이 흥미롭다면 ──────

《화차》,《이유》는《모방범》과 함께 미야베 미유키를 대표하는 미스터리 소설이다.《화차》는 신용카드 사용자의 증가와 함께 사회 문제가 되었던 도요타상사 사건(현물모조수법을 통한 신용사기 사건)에서 모티브를 얻은 작품이다.

또 한 명의 일본 신사회파 미스터리 작가 요코야마 히데오는 신문기자 경력을 살려 치밀하게 구성을 짜는 것이 특징이다.《사라진 이틀》(2002)은 각 장마다 수사관, 검사, 기자, 변호사, 판사, 교도관의 시선으로 서술된 군상극이다. 2003년 '이 미스터리가 대단하다!' 1위에 오른 작품인데, 나오키상의 일부 심사위원에게 '작품에 치명적인 결점'이 있다는 지적을 받아 논란이 일기도 했다. 인도 출신 작가 디파 아나파라의 2021년 에드거상 수상작《보라선 열차와 사라진 아이들》(2020)도 눈여겨볼 만하다.

에도가와 란포상 수상작 중
최단기간 내 베스트셀러 등극

13계단

13階段
2001

다카노 가즈아키高野和明, 1964~

어릴 때부터 할리우드 영화를 좋아해서 영화감독을 꿈꿨고, 초등학교 6학년 때 8밀리 영화를 처음으로 찍었다. 고등학교 2학년 때부터 쓰기 시작해서 대학 재수시절에 완성한 각본 '유령'으로 제9회 기도상(일본영화상) 최종 후보에 오르기도 했다. 이것을 계기로 1985년부터 영화감독 오카모토 기하치 밑에서 본격적으로 영화 관련 일을 시작했다. 1989년 미국으로 건너가 로스엔젤레스 시티컬리지에서 영화 연출 등을 공부했으며, 1991년 학교를 중퇴하고 일본으로 돌아와 영화와 텔레비전 각본가로 약 5년간 활동했다.

미야베 미유키의 《마술은 속삭인다》(1989), 《화차》(1992)를 읽고 소설을 쓰기로 마음먹었다. 2001년 일본의 사형 제도를 다룬 미스터리 소설 《13계단》으로 제47회 에도가와 란포상을 수상했다. 심사위원 전원 만장일치였다. 에도가와 란포상 작품 중 최단기간 만에 베스트셀러에 올랐다.

이후 2011년 서스펜스 SF 소설 《제노사이드》(2011)로 제2회 야마다 후타로상과 제65회 일본추리작가협회상을 수상했다. 이 작품은 제145회 나오키상 후보작으로도 올랐으며, 그해 '주간 문춘 미스터리 베스트10'과 '이 미스터리가 대단하다'에서 1위를 차지했다. 또한 2022년 11년 만에 발표한 장편 미스터리 《건널목의 유령》은 2023년 제169회 나오키상 후보로 오르는 등, 일본의 문단과 대중 모두를 사로잡은 작가이다.

소설가 활동 외에도 2008년에는 한 해 앞서 책으로 발표한 《6시간 후에 너는 죽는다》의 드라마 대본을 직접 집필했으며, 같은 작품의 후반부인 '3시간 후에 나는 죽는다'를 연출하여 영상 제작의 역량올 보여 주었다.

👣👣 빠른 속도감이 돋보이는 신사회파 미스터리

이 작품은 '제로 구역'이라 불리는 사형수 감방에 수감된 사카키바라 료가 잃어버린 기억 중 찰나의 순간을 떠올리며 시작한다. 1.5평 방 안에 갇힌 사카키바라 료는 자신이 '어떤 계단'을 올라가던 장면을 떠올린 후, 변호사에게 급하게 편지를 쓴다. 작품은 사형수의 절박한 심정이 묻어나는 장면을 실감나게 묘사했다. 그에게는 살인 당시의 기억이 전혀 없다. 증거와 정황만으로 사형을 선고받고 복역 중이었다.

제1장 '사회복귀'는 장황한 배경 설명 없이 바로 미카미 준이치와 난고 쇼지가 등장한다. 미카미 준이치는 상해치사로 2년 징역형을 받고 복역하다가 출소 3개월을 앞두고 가석방된다. 난고 쇼지는 그가 복역한 마츠야마 형무소의 간수장이다. 난고는 집으로 돌아간 미카미를 찾아가 사형을 앞두고 있는 사카키바라 료의 무죄를 밝히는 데에 도움을 주자고 제안한다. 물론 넉넉한 보수도 뒤따른다. 자신의 과오로 인해 집안이 몰락 직전인 것을 두 눈으로 목격한 미카미는 난고의 제안에 응하게 된다. 이 일을 하면 생긴 빚의 절반을 갚을 수 있다. 그에게도 사형수의 무죄 증명은 중요한 일이 되었다.

가석방 중인 미카미와 퇴직을 앞둔 난고. 두 사람은 한 사람의 사형수를 살리기 위해 '무죄 증명'이라는, 성공 확률이 아주 희박한 작업에 뛰어든다. 하나의 사건으로 다양한 인물군을 만나는 두 사람의 여정은 결코 순탄치 않다. 또한 반전, 그리고 또 다른 반전이 이어지며 읽는 이들로 하여금 마지막까지 소설 안에 푹 빠지게 만든다. 탄탄한 설정 속에 숨겨진 복선이 씨줄날줄처럼 얽혀 있는 각 인물의 상황에 녹아들어 그 무엇 하나 버릴 것 없는 완성도 높은 이야기가 펼쳐져 놀랍기만 하다.

🔗 일본 공공기관의 권위적인 관습과 사법제도의 허점

'13계단'은 사형선고 판결 이후 집행까지 이르는 데에 필요한 13가지 절차를 의미한다. 이 작품에서는 사형수 사카키바라 료가 극적으로 떠올린 찰나의 기억 속 계단과 사형 절차를 절묘하게 연결시켜 '계단'에 상징성을 부여했다. 13계단의 각 담당자가 서류에 사인을 한 후 다음 기관으로 넘긴다. 이 계단에서 다음 계단으로 서류를 올리는 사람들 손에 한 사람의 생사가 걸려 있다. 그들이 서류에 결재하는 사인은 '생명을 인위적으로 거둘 것인가'를 정하는 일종의 심판이다.

그렇게 해서 마지막에 도달하는 곳이 법무 대신의 사무실, 우리나라로 치면 법무부 장관실이다. 자신의 정치적 안위에 대한 배려만이 남은 계단이기도 하다. 각 담당자들이 조금씩이나마 보여 준 인간적인 면은 존재하지 않는, 대중의 시선을 더 신경 쓰는 자리이자 최종 결정을 내리는 장소다. 사형이 결정되는 이

곳에는 생명에 대한 진지한 숙고가 없다.

　흉악무도한 살인범이라면 사형에 처하는 결론에 이의가 없을 수 있다. 하지만 만약 그가 누명을 썼다면? 기억이 없기 때문에 자신의 무죄를 증명하지 못한 채 사법기관의 판단만으로 사형대에 서게 된다면?

　이 소설은 미카미와 난고가 사형수의 무죄를 증명하기 위해 증거를 찾는 과정 속에서 법의 부조리와 경직된 일본 사법제도의 문제점을 자연스럽게 드러낸다. 한 번 선고를 내리면 그것을 뒤집는 게 아주 어려운데, 사법기관의 권위가 실추된다는 게 중요한 이유 중 하나이다. 법을 집행하는 기관 그 어느 곳에서도 환영받지 못하는 두 사람에게 도움의 손길을 건넨 건 바로 사건 담당 검사였다. 증거는 있지만 퍼즐 한 조각이 들어맞지 않는 이 사건이 못내 마음에 걸린 것이다. 작가는 작품 내내 일본 사법제도의 맹점을 지적하면서도 그 안에서 일하는 인간을 잊지 않는다. 자기 일에 충실한, 보통의 좋은 사람들이다.

타인에게 공감할 줄 아는 평범하고 성실한 사람들

이 작품에서 문제를 바로잡는 것은 평범한 사회인 난고 쇼지다. 그는 자신이 집행했던 사형 때문에 평생 마음에 짐을 갖고 살았다. 미카미 준이치는 실수로 사람을 죽이기 전까지 열심히 자신의 삶을 일구어오던 청년이었다. 미카미가 가석방으로 풀려났을 때, 그의 부모는 다 쓰러져 가는 집에 살며 막대한 보상금을 갚고 있었다. 동생은 부모와 함께 살지 못했다. 사람들 앞에서도 떳떳할 수 없었다. 미카미는 새삼 자신이 어떤 일을 벌였는지 절실하게 깨닫는다. 사형수 사건의 피해자 가족을 만나며 알아가는 그들의 고통은 미카미로 하여금 진심으로 자신이 저지른 일을 반성하게 한다.

다카노 가즈아키는 평범한 사람들의 마음속 명암을 통해 사회적 문제점을 지적한다. 또한 각 인물의 심리묘사를 섬세하면서도 설득력 있게 그려낸다. 대단한 인물이 아닌, 매일을 성실하게 살아가는 사람들이 문제를 해결하는 모습은, 그가 처음 소설을 쓰게 만든 미야베 미유키의 작품들과도 닮은 면이 있다. 일본 신사회파 미스터리의 정통을 잇는 다카노 가즈아키의 작품 속 캐릭터들은 거기에 입체적인 모습까지 더해져 독자들에게 인간이 갖는 양면성을 직관적으로 일깨워 준다.

다카노 가즈아키는 약자에 대한 정의 실현을 가장 중요한 화두로 갖고 있는 듯하다. 그는 작품 안에서 크든 작든 차별에 대해 비판한다. 꼼꼼하고 방대한 자료 조사를 토대로 한 그의 작품들은 단순한 미스터리 풀기에 머무르지 않는다. 각 캐릭터를 통해 사회 문제를 투영하고 진화를 선택하는, 우리가 사는 사회의 모습과 바람을 다양하게 담아내 힘 있는 작품을 만들어 낸다.

🔍 이 작품이 흥미롭다면 ──────────

다카노 가즈아키는 《제노사이드》에서 신인류, 용병이라는 키워드로 차별이라는 소재를 밀도 있게 다루었다. 여기서는 도쿄 신오쿠보 전철역에서 선로에 떨어진 승객을 구하고 숨진 한국인 이수현에게서 영감을 얻은 캐릭터가 중요한 인물로 등장한다. 작품 속에서 일본의 역사에 대해 비판적으로 그렸기에 일본 내에서는 논란도 있었다고 한다. 그는 정치적으로 어느 한쪽으로 치우치기보다는 양쪽의 실책을 모두 비판한다.

불행한 유흥업소 종사 여성의 죽음을 다룬 《건널목의 유령》(2022) 역시 그의 이러한 생각을 엿볼 수 있는 작품이다. 약자를 돌보지 못하는 사회 제도의 문제점을 극명하게 드러내고 있다.

다카노 가즈아키가 영향을 받은 미야베 미유키의 《화차》는 한국에서 같은 제목의 영화로 만들어져 잘 알려졌다. 그저 행복해지려고 했던 평범한 시민들이 일본의 버블 경제가 꺼진 직후 어려움에 처한 상황을 밀도 있게 그려냈다.

43

달콤하고 쓰디쓰고 차가운 일상 미스터리의 맛

빙과

氷菓
2001

요네자와 호노부 米澤穗信, 1978~

어릴 적부터 막연하게 작가가 되는 것이 꿈으로, 중학교 시절부터 소설을 쓰기 시작했다. 2001년 《빙과》로 제5회 가도카와 학원 소설 대상 장려상(영 미스터리 호러 부문)을 수상하며 데 뷔했다. 《인사이트 밀》로 제8회 본격 미스터리 대상 후보, 《추상오단장》(2009)으로 제63회 일본추리작가협회상 후보, 제10회 본격 미스터리 대상 후보에 올랐다. 《부러진 용골》(2010)로 제64회 일본추리작가협회상을 수상하였다. 2014년 《야경》으로 제27회 야마모토 슈고로상 을 수상했고 나오키상 후보에 올랐으며, '이 미스터리가 대단하다', '미스터리가 읽고 싶다', '주 간 분슌 미스터리 베스트 10' 일본 부문 1위에 올라 사상 최초 3관왕을 달성하고, 2015년에는 《왕과 서커스》로 2년 연속 동일 부문 3관왕을 달성했다. 2016년 《진실의 10미터 앞》으로 '미 스터리가 읽고 싶다' 1위, '본격 미스터리 베스트 10' 1위를 비롯, 각종 미스터리 랭킹에서 상위 권을 차지했다.

👣 지금 가장 빛나는 일본 추리작가

'하지 않아도 되는 일은 하지 않는다. 해야 하는 일이라면 간략하게 끝낸다'라는 말을 모토로 삼은 고등학생 오레키 호타로는 누나 도모에의 강권으로 가미야마 고등학교 고전부에 가입한다. 그곳에서 만난 지탄다 에루는 무언가 목적을 가지고 고전부에 입부한 게 분명하지만, '일신상의 이유'라고만 말할 뿐 자세한 건 밝히지 않는다.

호타로는 지탄다, 고전부에 가입하게 된 친구 후쿠베 사토시와 이바라 마야카와 함께 일상 속 수수께끼 같은 사건들을 해결한다. 그러던 어느 날 지탄다가 호타로에게 한 가지 부탁을 한다. 어릴 적, 지금은 실종된 외삼촌에게 고전부에 얽힌 이야기를 듣고 울음을 터트린 적이 있는데, 그게 무슨 이야기였는지 기억나지 않는다는 것. 그 이야기가 무엇인지 찾아 달라는 부탁을 받은 호타로는…….

질문 하나. 지금 일본에서 가장 '핫한' 추리작가는 누구일까?

이 질문을 들은 사람이 꺼낼 대답은 제각각일 것이다. 히가시노 게이고, 미야베 미유키, 나카야마 시치리 등등……. 그 대답에 절대로 빠지지 않을 이름이 있다. 요네자와 호노부.

요네자와 호노부는 한국 추리작가들에게 애정과 질투를 동시에 받는 존재일지도 모르겠다. 한국에 번역되어 나오는 그의 작품들은 독자들에게 크게 사랑받는다. 애독자의 호응 측면에서도, 판매 부수 측면에서도. 게다가 작품들은 추리소설 작가의 엄격한(그리고 시샘 섞인) 눈으로 봐도 훌륭하다. 취향의 차이는 있을지 몰라도, 그는 언제나 일정 수준 이상의 좋은 작품을 써 낸다. 개중에는 추리소설 역사에 커다란 의미를 남길 대작 또한 보인다. 게다가 꾸준하고 성실하게 계속 작품을 쓰고 있기까지 하니, 새 작품이 나오기를 기대하면서도 작가로서 질투하지 않는다면 오히려 그게 이상하지 않은가.

질문 둘. 요네자와 호노부의 작품 중 가장 좋아하는 건?

이 질문에는 사람마다 답이 갈릴 것이다. 일본 전국시대의 역사를 미스터리와 훌륭히 결합한《흑뢰성》, 발표 당시 일본의 추리소설 관련 모든 순위를 독식하다시피 한《야경》, 판타지와 미스터리를 결합하는 대담한 시도를 성공리에 보인《부러진 용골》 등등……. 하지만 대중적으로 가장 많은 이가 접한 작품이라면《빙과》와 이 작품이 포함된 '고전부 시리즈'일 것이다. 고전부 시리즈는 사랑할 만한 이유가 충분하다.

⛓ 화려하지는 않은 데뷔

《빙과》는 요네자와 호노부의 작품 가운데 대중에게 가장 많이 노출된 작품이라고 해도 틀리지 않다. 책도 높은 판매량을 기록했고, 교토애니메이션에서 제작한 TV애니메이션도 많은 이들에게 사랑받았고, 영화로도 제작되었다.

공교롭게도 이 작품은 그의 데뷔작이기도 하다. 제5회 가도카와 학원 소설 대상 영 미스터리 호러 부문 장려상을 수상하면서 작가로서 대중에게 알려졌다. 상의 성격을 본다면 이 작품은 라이트노벨의 범주에 속할지도 모르지만, 이야기의 결은 일반적인 라이트노벨과는 달랐다. 결국 고전부 시리즈는 3권부터 일반 문고본에 편입되어 발표된다. 그리고 원래 3권의 원고로 계획했던 작품은 새로운 작품으로 대체되면서 훗날 《안녕, 요정》(2004)이라는 작품으로 재탄생한다. 《안녕, 요정》으로 시작되는 '베루프 시리즈' 또한 그 뿌리 하나를 고전부 시리즈에 둔 셈이다.

이후 그는 다양한 작품을 썼다. 특정한 스타일에 집착하지 않고 본격 미스터리, 사회파 미스터리, 일상 미스터리, 판타지 미스터리, 역사 미스터리 등, 미스터리라는 범주에서 떠올릴 수 있는 것들을 고루 집필하며 작가로서 확고한 명성을 얻는다. 그의 최고작이 무엇인지를 두고 여러 의견이 갈리는 것도 이 때문이다. 하지만 그는 일상 미스터리에 뿌리를 두고 있는 작가임이 분명하다.

👣 일상, 그 평범함과 쓸쓸함

일상을 그리는 작품은 평범한 삶의 모습을 보기 좋게 가공하는 경우가 많다. '청춘-풋풋함', '사랑-설렘', '고향-위로' 등의 도식을 떠올려 보면 알 수 있을 것이다. 일상을 아름답게 비추는 작품은 그걸로 소위 '힐링'을 추구하기도 한다. 하지만 우리의 삶이 그렇게 아름답지만은 않다. 때로는 진절머리 나고 추악함에 고개 돌리고 싶어질 때도 있다. 요네자와 호노부는 그런 일상을 온전히 들여다보고 글에 담아 내는 작가이다. 그는 일상이 지닌 평범한 어두움을 잘 포착한다.

　고전부 시리즈를 읽으면 씁쓸한 여운이 남는다. 사실 《빙과》를 포함한 고전부 시리즈뿐만 아니라, 요네자와 호노부가 일상을 그린 미스터리는 대부분 뒷맛이 달콤하지 않다. 일상은 행복하고 아름다운 것이라고 여기고 싶지만, 불쑥 튀어나오는 인간과 세상의 추악함이 밝은 색채를 흐린다. 일상의 잔잔함 뒤에 어둡고 무거운 여운을 남기는 것이 요네자와 호노부의 특기다.

🔗 일상 미스터리의 역사

일상 미스터리는 서양의 코지 미스터리에서 시작되었다고 보는 견해가 있다. 코지 미스터리를 완성한 작가로 애거서 크리스티가 꼽힌다. 크리스티의 작품 중에서 평범해 보이는 시골의 일상과 거기서 벌어지는 사건, 그리고 사건을 해결하려는 아마추어 탐정이라는 조합이 더러 보인다. 사건의 해결에 집중하던 초기 경향은 점점 주인공과 주변의 일상을 다루는 쪽으로 변해갔고,

그렇게 현재의 일상 미스터리가 만들어졌다.

일본의 일상 미스터리는 인물의 평범한 일상을 그리고, 거기서 벌어지는 사건이 일상에 새로운 색채를 부여하는 형식을 취한다. 사건은 살인과 같은 중범죄가 아니고, 심지어 경범죄조차 아닌 경우도 있다. 어떤 인물이 보인 이상한 행동의 이유를 고찰하는 것이 중요하게 다뤄지기도 한다. '어떻게'보다는 '왜'에 좀 더 집중된 문제 해결이 주를 이루며, 그렇게 밝혀진 진상은 인물이나 상황을 전혀 새롭게 바라보는 계기가 된다.

여기에 요네자와 호노부의 씁쓸한 터치가 덧붙으면, 일상 미스터리는 그만의 맛을 담은 독특한 물건으로 변한다. 우리의 일상은 그저 행복하기만 한 것도, 그저 우울하기만 한 것도 아니다. 일상을 살아가는 우리는 평면적이지 않다. 선함과 정의로움, 추악함과 비루함이 뒤섞여 있다. 일상은 그저 일상이다. 하지만 그의 손을 거쳐 그려진 일상은 우리에게 여운을 남긴다.

'우리는 이런 삶 속에서 어떤 의미를 찾을 수 있는가?'

요네자와 호노부는 그렇게 묻는다. 일상의 모습을 보이지만 뜻밖에 진지한 얼굴을 한 채.

🔍 이 작품이 흥미롭다면

요네자와 호노부의 《안녕, 요정》과 《왕과 서커스》, 《진실의 10미터 앞》은 '베루프 시리즈'라고 불리며, 이 중 첫 작품 《안녕, 요정》은 고전부 시리즈가 될 뻔한 이야기이다. 이 작품에서 고전부 시리즈 특유의 향취를 느낄 수도 있을 것이다.

그가 쓴 '소시민 시리즈' 또한 고등학교를 배경으로 하는 고등학생의 이야기이다. 하지만 여기서는 고전부와는 다른 개성을 드러내는 캐릭터들이 등장한다. 소시민이 되려 애쓰는 평범하지 않은 두 사람의 일상은 애니메이션으로도 제작되어 방영했다.

학교를 배경으로 한 일본 미스터리로 아오사키 유고의 '우라조메 덴마 시리즈'가 있다. 평범한 여학생이 오타쿠 탐정을 만나서 벌어지는 이야기로, 《체육관의 살인》(2012), 《수족관의 살인》(2013), 《도서관의 살인》(2016)이라는 제목으로 발매되었다. 아야츠지 유키토의 '관 시리즈'를 모방한 듯하면서도 일상적인 공간을 배경으로 한 제목이 엘러리 퀸 스타일의 추리와 엮이는 인상적인 작품이다.

기타무라 가오루의 《하늘을 나는 말》(1989)은 일본 일상 미스터리의 문을 연 작품으로 평가받는다. 이 작품에서는 일본의 전통 예능 라쿠고 예능인과 엮인 '나'가 일상에서 만난 여러 사건을 다룬다. 사건은 소소해 보이지만 그걸 풀어내는 과정에서 인간의 다양한 면모가 드러난다.

와카타케 나나미의 《나의 미스터리한 일상》(1991)은 회사의 사내 잡지를 제작하는 화자가 받은 외부 기고 원고를 보여 준다. 일상적인 소소한 수수께끼와 기묘한 분위기의 미스터리가 섞이는 잔잔한 작품이다. 그 평이해 보이는 흐름 때문에 마지막에 제시되는 진상이 더욱 강렬하게 다가온다.

성배의 비밀을 파헤친 문제작

다빈치 코드

The Da Vinci Code
2003

댄 브라운 *Dan Brown, 1964~*

역사상 가장 많이 팔린 소설 중 하나인 《다빈치 코드》를 포함해 수많은 베스트셀러를 낸 작가다. 그의 소설은 전 세계에서 2억 부 이상 팔렸다. 영어 교사 시절 휴가 중 시드니 셀던의 소설을 읽고 스릴러 작가가 되기로 결심하고 1998년 《디지털 포트리스》를 발표한다. 이후 《천사와 악마》, 《디셉션 포인트》를 발표했으나 그때만 해도 크게 성공하지 못했다. 2003년 《다빈치 코드》는 출간과 동시에 베스트셀러가 되어 세계적으로 8000만 부 이상 팔리고 2005년 타임지에서 선정한 세계에서 가장 영향력 있는 100인에 들어가기도 했다. 이후로도 로버트 랭던을 주인공으로 하는 시리즈 《로스트 심벌》, 《인페르노》, 《오리진》을 발표했고 그중 세 편이 영화화되었다.

암호학, 종교, 음모론이 주된 테마인 댄 브라운의 작품은 언제나 독자들에게 첨예한 토론의 장을 마련해 준다. 비밀과 퍼즐, 암호에 대한 그의 관심은 어린 시절 집에서부터 형성되었다. 수학 교사와 오르가니스트 부모 사이에서 태어난 그는 아버지의 영향으로 어린 시절 휴일이 되면 복잡한 보물찾기를 했고 평소에도 애너그램과 크로스워드 퍼즐을 푸는 데 몇 시간씩 매달렸다. 이러한 끝없는 호기심과 탐구 정신은 그가 위대한 추리소설을 집필하는 데 중요한 자양분이 되어 주었다.

👣 매력적인 캐릭터, 휘몰아치는 사건, 거대한 스케일

전 세계 8000만 부 이상 판매, 145주 연속 뉴욕타임스 베스트셀러, 56개 언어로 번역 출간, 2006년 톰 행크스 주연 영화화, 7억 6000만 달러의 흥행 수익. 2000년대 초반 세계적인 열풍을 일으킨 작품 《다빈치 코드》가 세운 기록이다. 성배에 관한 설득력 있는 음모론으로 교황청과 기독교의 거센 비난을 받아 논란의 중심에 오른 이 작품은 픽션 미스터리, 스릴러의 새로운 경지를 열었다는 평가를 받았다. 저자 댄 브라운은 이 작품으로 소설계의 빅뱅이라 불리며 세계 최고 소득 작가 4위에 이름을 올리기도 했다. 추리소설로 범위를 한정하면 1억 부 이상 팔린 고전 《그리고 아무도 없었다》에 이은 역대 2위에 랭크되었다. 추리소설 독자라면 반드시 읽어야 하는 책이라고 할 수 있다.

주인공 로버트 랭던은 하버드대학교 종교기호학 교수로 해박한 지식은 물론 해리슨 포드를 닮은 외모에 수영으로 다져진 건장한 몸의 소유자다. 《다빈치 코드》 외에도 《천사와 악마》, 《로스트 심벌》, 《인페르노》, 《오리진》에 등장해 기이한 사건들을 해결한다. 세계적인 흥행을 기록한 《다빈치 코드》는 시리즈 두 번째 책으로 루브르 박물관 관장 소니에르의 죽음에 용의자로 지목된 로버트 랭던이 소니에르의 손녀이자 암호해독가인 소피 느뵈와 함께 진실을 추적하는 내용을 담고 있다. 레오나르도 다빈치의 〈비트루비우스의 인체비례도〉를 자신의 피로 그리고 죽은 소니에르. 독자들은 그가 남긴 유례없는 수수께끼를 맞닥뜨린다.

13-3-2-21-1-1-8-5
오, 드라코 같은 악마여!
오, 불구의 성인이여!
P.S. 로버트 랭던을 찾아라.

이보다 흥미로운 다잉메시지가 있을까. 종잡을 수 없는 네 줄의 단서를 본 브쥐 파슈 반장이 로버트 랭던이 범인이라고 넘겨짚은 것도 무리가 아니다. 하지만 P.S.는 추신이라는 뜻이 아닌 프린세스 소피의 약자로 생전 소니에르가 자신의 손녀를 부르는 애칭이었다. 소피는 그것이 자신을 향한 암호라는 것을 깨닫고 반장이 쳐 놓은 덫에서 로버트 랭던을 구해 경찰에 쫓기는 동시에 단서를 찾는 모험을 떠난다. 소니에르와는 10년 전의 사건으로 관계가 소원해졌던 소피는 진실에 가까워질수록 할아버지가 그저 평범한 박물관 관장이 아니었음을 깨닫는다.

스승의 명령에 따라 쐐기돌을 찾으려고 무자비한 살육을 하는 알비노 살인마, 기독교의 비밀을 지키는 결사조직 오푸스 데이, 고귀한 혈통을 지켜 온 시온 수도회, 예수와 마리아 막달레나의 관계, 쉴 새 없이 휘몰아치는 사건에 페이지를 넘기다 보면 독자들은 2000년 간 모호한 상징들에 감싸여 있던 성배의 진실과 마주한다. 마침내 성배의 위치를 깨달은 로버트 랭던이 그 앞에 무릎 꿇는 마지막 장면에서는 경외감이 북받쳐 오르기까지 한다. 영화 음악의 거장 한스 짐머가 작곡한 〈Chevaliers De Sangreal성배기사단〉이 배경음악으로 울려 퍼지는 영화 엔딩에서 장중하고 장엄한 느낌은 절정에 이른다. 관객들은 로버트 랭던이 그랬던 것처럼 땅의 틈새로부터 속삭이며 올라오는 세월의 지혜를, 누군가의 목소리를 들은 듯한 여운에 잠긴다.

🔗 엄청난 흥행과 뜨거운 논란, 세상을 시끄럽게 한 추리소설

루브르 박물관, 템플 교회, 로슬린 성당, 웨스트민스터 대성당 등 프랑스와 영국을 넘나드는 엄청난 스케일의 전개는 추리하는 재미뿐만 아니라 흥미로운 볼거리와 역사적인 지식에 대한 갈증도 만족시켜 책을 덮은 후에도 오랫동안 반추하고 음미해 볼 수 있는 기회를 독자에게 제공한다. 실제로 롯데 관광, 영국 관광청, 프랑스 관광청이 협력해《다빈치 코드》에 등장한 명소를 관광하는 투어 상품을 선보이기도 했다.

누구나 아는 명화 레오나르도 다빈치의 〈최후의 만찬〉 속에 성배의 비밀이 숨겨져 있고, 수많은 이들이 목숨까지 바쳐 가며 그 비밀을 위해 싸운다는 설정은 무척이나 매혹적으로 다가온다. 추리소설이야 원래가 음모론의 장르라지만 교황청이 금기시하는 내용에 정면으로 도전하며 역사와 예술 속에 숨겨진 단서들을 이용해 성배의 정체와 위치를 추리해 내는 지성은 가히 아름답다고 할 만하다.

세계적인 명성을 떨친 《다빈치 코드》라고 해서 과오가 없는 것은 아니다. 《장미의 이름》으로 유명한 움베르토 에코는 대담집 《작가란 무엇인가》에서 《다빈치 코드》를 읽는 잘못을 저지르고 말았다며 작품을 폄하했고, 댄 브라운을 자신의 작품 《푸코의 진자》에 나오는 음모론을 믿는 얼간이라고 비난했다. 픽션 미스터리는 사실과 허구가 적절하게 섞여 있는 것이 일반적인 통념인데 댄 브라운이 자신의 이야기가 사실이라고 늘 이야기하고 다녔기 때문이다.

신학자를 비롯한 전문가들도 《다빈치 코드》에는 일일이 지적하기 어려울 정도로 많은 오류가 있다고 비판했고, 《성경 왜곡의 역사》, 《다빈치 코드의 족보》, 《다빈치 코드의 허구》 등 소설 내용을 반박하는 서적이 해외는 물론 국내에서도 출간되었다. 열광적인 팬들에 이어 안티까지 대량으로 생산한 이 책이 그로 인해 더욱 유명세를 떨쳤음은 자명하다.

하지만 그렇다고 해서 《다빈치 코드》가 평가절하 되어서는 안 된다. 댄 브라운이 자신의 음모론을 사실로 믿는다는 이유로 작가를 공격할 수는 있지만 작품만으로 판단하는 독자 입장에서 《다빈치 코드》는 이전 세대의 작품들을 뛰어넘는 명실상부한 고품격 스릴러라 할 수 있다. 인간의 원초적인 호기심을 자극하는 사건, 한시도 눈을 뗄 수 없는 치밀한 이야기 전개, 매력적인 캐릭터들, 수천 년에 걸친 종교에 의혹을 제기하는 문제 정신, 역사의 한가운데서 벌어지는 흥미진진한 수수께끼 풀이. 이 외에도 수많은 장점을 지닌 이 작품은 추리소설에 막 입문하는 독자들에게는 훌륭한 교본이자 길잡이가 되어 줄 것이다.

🔍 이 작품이 흥미롭다면 ━━━━━━━━━━━

《다빈치 코드》를 재미있게 읽었다면 로버트 랭던이 나오는 다른 소설도 읽어 보면 좋다. 비밀결사 일루미나티와 로마 교황청의 갈등을 다룬 《천사와 악마》, 프리메이슨을 다룬 《로스트 심벌》, 대규모 생물학적 테러를 다룬 《인페르노》, 인류의 기원에 대한 통찰이 담긴 《오리진》이 있고 댄 브라운은 인터뷰에서 시리즈로 열 권 이상을 기획하고 있다고 밝힌 바 있다.

본격 미스터리의 기준을
확장한 화제작

용의자 X의 헌신

容疑者Xの献身
2005

히가시노 게이고 東野圭吾, 1958~

나오는 작품마다 베스트셀러에 오르는 작가로, 한국에서는 무라카미 하루키 이후 대중적으로
가장 널리 알려진 일본의 소설가라고 할 수 있다. 히트작 제조기라는 그도 처음부터 순조롭게
작가 생활을 한 건 아니었다.

오사카부립대학교 전기공학과를 졸업한 후, 일본전장주식회사(현 '덴소')에서 기술자로 일하며
소설을 쓰기 시작했다. 1983년부터 2년 동안 에도가와 란포상에 도전했지만 고배를 마셨다.
1985년에 《방과후》라는 작품으로 제31회 에도가와 란포상을 수상, 드디어 소설가로 데뷔했다.
하지만 좀처럼 인기작을 쓰지 못했고 문학상에도 15회나 떨어지는 등 약 13년간 힘든 시간을 보
냈다. 1998년에 출간한 《비밀》이 단번에 인기작이 되고, 그때부터 흥행가도를 달리기 시작한
다. 《비밀》은 영화, 드라마로 제작되었으며 제52회 일본추리작가협회상 장편부문을 수상했다.
사회에도 많은 기여를 하는 작가로 2011년 동일본 대지진 당시 《기린의 날개》의 10만 부 인세
를 성금으로 기부했고 2018부터는 대기업의 지원이 끊긴 '스노우보드 마스터 대회'를 후원하
고 있다. 2023년에는 일본 정부가 과학, 학술, 스포츠, 예술 분야에서 뛰어난 업적을 달성한 인
물에게 수여하는 자수포장을, 2024년에는 사회 공익을 위해 기부한 사람에게 수여하는 감수
포장을 받았다. 2023년 3월에 총 100종의 작품을 발표하였으며, 일본 국내 판매 부수 1억 부
를 돌파했다.

👣 이웃집 남자의 이상한 호의

도시락 가게 '벤텐테이'를 운영하며 딸과 함께 살고 있는 하나오카 야스코에게는 힘든 속사정이 있다. 전 남편 도가시가 지속적으로 찾아와 돈을 요구하며 괴롭히기 때문이다. 그날도 도가시는 불쑥 찾아와 야스코를 괴롭혔고 분노를 참지 못한 딸이 도가시의 뒤통수를 청동화병으로 내리쳤다. 야스코는 전깃줄로 도가시의 목을 졸라 살해한다.

"바퀴벌레는 잘 처리하셨습니까?" 도가시가 죽자 어쩔 줄 몰라하는 모녀에게 옆집에 사는 이시가미가 조용히 말을 건넨다. 그는 사건을 은폐하는 방법과 경찰의 질문에 답을 하는 요령을 알려 준다.

사건을 담당한 구사나기 형사는 유가와를 찾아가 도움을 청하고, 이 과정에서 유가와는 대학동창인 이시가미가 참고인 진술을 했음을 알게 된다. 유가와는 반가운 마음에 이시가미를 찾아가지만, 그에게서 수상한 점을 발견한다.

《용의자 X의 헌신》은 순수한 사랑을 주인공의 동기로 삼았다. 개인주의와 분리가 외로움을 준다면 마음에서 우러난 작은 관심은 온기를 더한다. 히가시노 게이고는 이를 통해 우리 사회가 겪는 많은 문제의 근본적인 원인이 무엇인지를 말하고 있다. 오랜 시간 일상의 평온을 느끼지 못했던 사람이 겨우 따뜻함을 찾았을 때, 그리고 그것이 사라질지도 모른다는 위기감을 느꼈을 때 어떤 일까지 하게 되는가.

히가시노 게이고의 작품에서는 종종 이러한 고전적인 낭만이 깔려 있는 걸 볼 수 있다. 작품이 어떠한 소재와 주제를 다루고 있든, 우리가 지켜야 하는 것은 최첨단 과학 기술이나 경제적 이익이 아닌 순수한 마음과 온정이라고 히가시노 게이고는 미스터리 장르를 통해 독자들에게 역설한다.

《용의자 X의 헌신》은《백야행》(1999),《나미야 잡화점의 기적》(2012)과 함께 히가시노 게이고의 작품을 대표하는 3대 작품으로 꼽힌다. '갈릴레오'라는 별명을 가진 물리학과 교수 유가와 마나부를 주인공으로 하는 '갈릴레오 시리즈'의 세 번째 작품이기도 하다.

이 작품은 2003년부터 문예지《올 요미모노》에 연재되어 2005년 8월에 문예춘추에서 출판되었다. 2006년 본격 미스터리 대상, 제134회 나오키상 수상, 그리고 '이 미스터리가 대단하다' 1위, 2017년의 '본격 미스터리 베스트10' 20주년에서 2위에 오르는 등 초유의 화제작으로 회자된다. 일본 뿐 아니라 한국에서 영화, 연극으로 만들었고 중국과 인도에서도 영화화되었다. 영어로도 번역되어 미국에서 출판되었다.

🔗 우아한 물리학자 명탐정 유가와 마나부

데이토대학 이공학부 물리학과의 준교수로 시작해 시리즈《침묵의 퍼레이드》에서는 교수가 되었다. 물리학 지식을 기반으로 사건을 해결하는데, 타고난 통찰력과 직관도 거기에 한몫 한다. '갈릴레오'라는 별명은 일본 경시청에서 붙였다. 장신에 탄탄한 몸매를 하고 있어 나이보다 젊어 보인다.

사생활에 대해서는 일체 밝혀진 바가 없다. 성격이 좀 비뚤어져 있다고는 하나, 천재적 두뇌의 소유자들이 평범한 사람들의 삶을 이해하지 못하는 것 뿐이다. '온기 없는 우아함'이 그의 특징이다. 5개의 단편 모음집《탐정 갈릴레오》에서 그의 스승이 "예전에는 과학에만 관심이 있었다"고 하자, 유가와가 이렇게 말한다. "사람의 마음도 과학입니다. 터무니없이 깊은." 그는 어쩌면 사람의 심리를 물리학으로 규명하고 싶은 걸지도 모른다.

유가와 마나부를 주인공으로 하는 갈릴레오 시리즈는 단편 모음집과 장편소설 총 10권이 나왔고 그중 8권이 국내에 번역 출간되어 있다. 각각 독립적인 이야기를 다루고 있기 때문에 어떤 책을 먼저 읽든 독자가 이해하는 데에는 큰 무리가 없다.

👣 다작 그리고 수많은 히트작

한국에서 히가시노 게이고가 유명해진 것은 갈릴레오 시리즈가 출간된 후부터다. 일본에서 드라마, 영화로도 제작된 이 시리즈의 주인공은 앞서 소개한 유가와 마나부이다. 이공계를 전공한 작가가 자신의 특기를 십분 살린 작품이다. 그 외에도 '가가 교이치로 형사' 시리즈, '매스커레이드' 시리즈, '명탐정 덴카이치' 시리즈, '라플라스의 마녀' 시리즈 등 많은 장편소설과 단편소설집을 선보였다.

거의 매년 장편을 출간하는, 상당히 다작을 하는 작가이다. 그만큼 작품성에 편차가 있다는 평도 받지만, 나오키상, 서점대상, 본격미스터리 대상, 중앙공론문예상, 시바타 렌자부로상, 요시카와 에이지 문학상 등, 대중소설가로 받을 수 있는 상은 거의 다 받았을 정도로 작품성도 높이 평가받고 있다. 또한 수많은 작품이 일본과 중국, 한국 등에서 드라마와 영화로 제작되어 관심을 끌었다. 한국에서는 2014년 《용의자 X의 헌신》, 2022년에 《가면산장 살인 사건》을 연극무대에 올려 호평을 받았다.

🔍 이 작품이 흥미롭다면 ──────────

히가시노 게이고가 자신의 전공을 살려 '갈릴레오 시리즈'를 썼다면, 이케이도 준은 대형 은행에서 일했던 경력을 바탕으로 은행을 배경으로 한 작품을 많이 썼다. 감쪽같이 사라진 은행원의 실종 사건을 다룬 《샤일록의 아이들》(2006)은 은행 업무와 관련한 전문적인 지식을 다뤄 색다른 재미를 느낄 수 있다. 일본 아마존에서 품절 사태가 났던 베스트셀러 '한자와 나오키 시리즈' 역시 은행원 탐정이라는 독특한 설정에 스릴러 요소까지 더했다. 누구나 한 번 쯤은 당해 봤을 억울한 일을 당한 대로 갚아 주는 한자와 나오키를 통해 대리만족과 카타르시스를 느낄 수 있다. 한국에도 《한자와 나오키 1: 당한 만큼 갚아 준다》 등 시리즈 4권까지 출간되었다.

#사회파미스터리 #이야미스 【이지유】

이야미스의 여왕이 쓴 잔혹 미스터리

고백

告白
2007

미나토 가나에 湊かなえ, 1973~

공상가였던 초등학교 시절, 도서관에서 에도가와 란포와 아카가와 지로의 소설을 탐독했다고 한다. 대학을 졸업하고 1년 반 동안 의류회사에서 근무하다가 퇴사 후 청년해외협력대 대원으로 남태평양의 통가에서 2년 정도 봉사활동을 했다. 결혼 후 '형체로 남길 수 있는 일에 도전하고 싶다'는 마음에 글을 쓰기 시작했고, 2005년에 제2회 BS-i 신인각본상 가작에 당선되었다. 2007년 가나토 미나에金戸美品라는 필명으로 쓴 <답은, 낮의 달>이 제35회 창작라디오드라마대상을 받은 후, 같은 해에 <성직자>로 제29회 소설추리신인상을 수상하며 소설가로 데뷔했다. 2008년에는 신인상을 받은 <성직자>를 제1장으로 한 장편소설《고백》을 발표했는데, 이 작품은 2009년에《주간문춘》미스터리 베스트10의 1위와 일본서점대상을 받게 된다. 누계 300만 부를 넘는 베스트셀러가 된《고백》은 작가의 이름을 널리 알리는 한편, '이야미스(嫌なミステリ, 읽고 난 후 불쾌해지는 미스터리)' 장르까지 독자들의 뇌리에 각인시켰다.

미나토 가나에는 주부 겸 작가로 활동을 시작할 당시, 오후에는 집안일을 하고 밤 10시부터 새벽 4시까지 글을 쓴 후에 아침이면 가족들의 출근과 등교를 배웅하고 그때부터 잠자리에 들었다고 한다.

2012년에는 일본 민영방송 후지TV 드라마《고교입시》의 오리지널 각본을 쓰는 등 왕성한 활동을 하며 '이야미스의 여왕'이라는 호칭으로 대중과 문단의 찬사를 받고 있다.

👣 살해당한 딸, 그리고 각자의 시점에서 서술된 이야기

"내 딸을 죽인 사람은 바로 우리 반에 있습니다."

주인공인 중학교 교사 모리구치 유코는 자신이 맡은 1학년 교실의 종업식에서 자신의 딸의 죽음과 관련된 진실을 밝힌다. 딸아이는 세간에 알려진 것처럼 사고사가 아닌 그녀가 담임을 맡은 반 학생 두 명에 의해 살해당했다는 것. 유코는 담담한 어조로 사건의 전말에 대해 이야기한 후 충격적인 발언을 한다.

"나는 두 사람이 마신 우유에 무언가를 조금 섞었어요. HIV에 걸린 사쿠라노미야 선생님의 피예요. 둘 다 남김없이 마셔줬죠. 고마워요."

그녀는 패닉에 빠진 아이들에게 유익한 봄방학이 되기를 바란다는 말을 남기고 반을 떠난다. 이렇게 포문을 연 소설은 마지막 장까지 사건에 관련된 등장인물들의 속마음을 저마다의 입장에서 생생하게 드러낸다. 이 소설은 그들의 악몽에 가까운 고백이 주된 내용이다.

소설 1장, 2장, 6장은 대화체이고 3장과 5장은 독백체다. 다른 인물의 독백에서 나오지 않은 진실이 다른 장, 다른 인물의 독백에서 드러난다. 이처럼 각 인물의 시점에서 이야기를 풀어 가는 형식은 작가의 다른 장편《백설 공주 살인 사건》(2012)에 도 나온다. 인간의 감춰진 내면을 까발리기 위해 선택한 유용한 도구다.

《고백》은 1장 '성직자'가 모리구치 유코의 시점, 2장 '순교자' 는 반장 미즈키의 시점, 3장 '자애자'는 소년 B의 누나가 발견한 어머니의 일기, 4장 '구도자'는 소년 B의 시점이며, 5장 '신봉자' 는 소년 A의 시점이고, 6장 '전도자'는 소년A와 교사 모리구치 유코를 교차로 보여 주며 결말에 이른다.

저자는 각기 다른 시점을 쓸 때마다 각 인물들을 동정하지 않 기로 했고, 그러기 위해서 누구 한 사람도 깊이 마음에 두지 않 았다고 한다. 이러한 전체 구성이 각 장의 인물에 집중된 이야기 로 탄생했으며, 독자들은 각 캐릭터의 시점에 온전히 몰입할 수 있게 되었다.《고백》에서는 독자에게 몇 가지 질문을 던진다. 그 중 우리 현실에 가장 와 닿는 질문은 소년범죄다.

🔗 소년법은 정당한가

'촉법소년'은 현재 우리 사회에서 가장 뜨거운 이슈 중 하나다. 일본 역시 다르지 않다. 소년법 문제로 크고 작은 논란이 이어지 고 있다.

한국은 만 10세 이상 14세 미만의 청소년은 촉법소년이라 하여 범죄를 저질렀을 때 처벌이 아닌 교정 처분을 내린다. 일본 상황도 비슷하다. 분명히 사건의 피해자가 있는데 가해자는 없다. 악의를 가진 청소년이 법을 이용하여 범죄를 저지르고도 태연하게 평범한 일상을 영위하는 데 의문을 제기하는 이들이 늘고 있다.

《고백》은 이 문제를 극적으로 보여 준다. 모리구치는 자기 딸이 죽은 후에도 계속 범인들의 담임을 맡아야 했다. 독자들은 수위 높은 범죄를 저지른 소년 A와 B가 과연 소년법으로 보호받아도 되는지 의문을 갖는다. 이 소설은 구체적 상황을 통해 현시점에서 소년법은 과연 타당한가를 직설적으로 묻는다. 촉법소년을 둘러싼 여러 의견 중에는 범죄를 저지른 청소년들의 환경에 대해 주목하는 목소리가 있다. 소설 역시 이러한 문제점도 분명하게 짚고 넘어간다. 또한 극한 슬픔을 겪은 모리구치 유코의 개인적 복수는 과연 정당한지, 작가는 독자들의 마음의 도덕적 방어벽을 뚫고 물음표를 던진다.

《고백》은 데뷔작으로는 사상 처음 일본서점대상에서 대상을 받은 작품이다. 또한 주간문춘 미스터리 베스트10 1위와 '이 미스터리가 대단하다!' 4위에 올랐다. 소설이 공전의 히트를 치면서 배우 마츠 다카코 주연으로 영화화되어, 2010년 일본의 개봉작 흥행 수입 7위에 올랐다.

앞서 말했듯이《고백》의 제1장은 제29회 소설추리신인상을 수상한 〈성직자〉이다. 미나토 가나에는 여기에 '순교자', '자애자', '구도자', '신봉자', '전도자'를 더해 총 6장의 장편을 완성했다. 〈성직자〉를 집필할 당시에는 장편을 쓸 생각은 하지 못했지만, 처음 쓸 때부터 등장인물들의 이력서, 가족 구성 등을 모두 만들어 두었기 때문에 그들의 시점을 글로 옮기는 작업에 들어갈 수 있었다고 한다.

👣 '이야미스' 이전에 사회파 미스터리

미나토 가나에의 작품들이 '이야미스' 장르로 분류되기는 하나, 사회파 미스터리의 성격 역시 갖고 있다. 특히 인간관계 속에 복잡하게 얽힌 심리를 묘사하는 데에 뛰어나다. 부모와 자식 사이의 미묘한 속사정이나 그 안에서 억압된 감정이 사회적 관계 속에서 뒤틀려 나오는 모습을 섬세하고 적나라하게 그려낸다.

미나토 가나에는 작품을 집필할 때 맨 처음 등장인물의 캐릭터를 설정하는 데에 힘을 쏟는 편이라고 한다. 캐릭터 설정이 잘 되어 있으면 각각의 등장인물이 움직이기 시작하는데, 작가는 그 안에서 취사선택을 하여 이야기를 진행시킨다고. 여러 작품에서 서스펜스와 여성의 심리묘사를 잘 보여 주고 있다.

전체보다 개인이 더 중요한 이 시대에 왜 미나토 가나에가 주목받는지를 잘 알 수 있는 지점이다. 단순한 '불쾌한 느낌'이 아닌 우리 사회의 문제를 직격하는 데에서 자연스럽게 탄생하는

'이야미스'이기 때문이다. 그렇기에 그녀의 작품은 '기분 나쁨'에서 그치지 않는다. "인간의 어두운 구석에 감춰진 진실을 찾아내 치유와 구원에 이르는 것이 궁극적인 글쓰기의 목적"이라고 말한 것처럼 저자는 불쾌함이 초점이 아닌 그 너머를 지향한다. 다양한 작품을 쓰겠다는 미나토 가나에의 차기작들이 기대되는 이유이기도 하다.

🔍 이 작품이 흥미롭다면 ─────────────

미나토 가나에의 작품은 수많은 공감대를 형성하여 다수의 드라마 및 영화로 제작이 되었다. 2013년 야마모토 슈고로상 후보에 오른 《모성》(2012)은 영화로 제작되어 2022년 일본에서 공개되었다. '죽을 만큼, 죽일 만큼 서로를 사랑했던 엄마와 딸'이라는 부제에서 볼 수 있듯 엄마와 딸 사이의 심리를 잘 표현한 작품이다. 또 다른 '이야미스' 작가인 마리 유키코의 《이사》(2015)는 낯선 곳으로 이사를 간 주인공의 공포 심리를 현실감 있게 잘 표현해 냈다는 평가를 받고 있다. '이야미스'에 흥미를 느낀 독자들에게 추천한다.

우아하고 감상적인 일본 고서점 미스터리

비블리아 고서당 사건수첩

ビブリア古書堂の事件手帖
2011

미카미 엔三上延, 1971~

1971년 요코하마에서 태어났다. 무사시대학교 사회학과 졸업 후 중고 레코드 가게, 고서점 등에서 일했다. 2002년 전격문고에서 라이트노벨《다크 바이올렛》으로 데뷔했다. 고서에 얽힌 수수께끼를 풀어 가는 독특한 미스터리인《비블리아 고서당 사건수첩》을 발표하면서 그는 일본에서 가장 사랑받는 작가 대열에 올랐다. 호러에서 판타지, 감동적인 미스터리까지 폭넓은 작품으로 활약하는 그는 치밀하게 구성된 이야기로 데뷔 무렵부터 지금까지 고정팬이 많다.

👣 책을 둘러싼 미스터리

고우라 다이스케는 어릴 적 외할머니에게 야단맞은 일 때문에 모종의 거부감이 생겨 책 읽기를 어려워하는 인물이다. 외할머니가 죽은 후 남은 책을 처분하려다가 나쓰메 소세키 전집 속 책 한 권에 남은 기묘한 서명을 보고 그 의문을 풀러 '비블리아 고서당'에 찾아간다. 그렇게 다이스케는 고서당의 점장 시오리코와 엮여 책에 얽힌 여러 미스터리를 풀기 시작한다.

《비블리아 고서당 사건수첩》에서 탐정의 역할을 맡는 건 비블리아 고서당의 점장 시노카와 시오리코다. 전형적인 안락의자 탐정의 성격을 띤 인물이면서, 독서광이라는 독특한 특징이 덧붙었다. 책의 1권에서는 다리를 다쳐 병원에 입원한 걸로 나온다. 이 부상의 이유는 작품 중간에 밝혀지는데 다자이 오사무의 책《만년》을 노리는 자에게 습격당했기 때문. 독서광 탐정에 걸맞은 독서광 빌런이 1권의 마지막을 장식하는 셈이다.

작가 중에서 책을 싫어할 사람은 없을 것이다. 책을 좋아하고 이야기를 좋아하기 때문에 작가가 되었을 터이다. 그런 작가의 머릿속에 책을 소재로 한 작품을 써야겠다는 생각이 떠오르지 않는 게 오히려 이상하지 않겠는가?

하지만 책을 소재로 한 그럴듯한 미스터리를 말해 보라고 한다면 쉽게 떠오르지 않는다. 그만큼 책은 다루기 어려운 소재이다. 책 자체를 다룰 것인가, 책을 만지는 사람을 다룰 것인가, 혹은 책이 가득한 장소를 다룰 것인가. 이 고민부터 벌써 막막하기만 하다. 책을 좋아하는 인물을 등장시키겠다고 마음먹어도 여전히 고민은 이어진다. 애서가라는 특징을 어떻게 표현할 것인가? 특징을 너무 과하게 드러내면 비현실적이 될 테고, 특징을 덜 서술하면 책을 좋아하는 일반인과 다를 바 없어진다.

《비블리아 고서당 사건수첩》은 그럴듯하게 이 난제를 해결한 사례이다. 독서광인 탐정은 자의 반 타의 반으로 활동적이지 않기에 자연스레 안락의자 탐정의 역할을 맡는다. 탐정의 생활공간은 고서점이니 자연스레 책에 둘러싸여 있고, 여러 독특한 문제가 흘러들어올 환경 또한 갖추어진다.

책을 둘러싼 미스터리는 뜻밖에 다양한 층위를 갖추고 있다. 책 자체로만 보면 책의 내용과 저자의 이야기가 한 겹을 이룬다. 출간된 책이 상품으로 지닌 가치 또한 한 겹의 의미를 가진다. 개인의 삶 혹은 역사에서 만들어진 독특한 흔적 역시 한 겹의 의미를 지닌다. 낱장 하나하나가 합쳐져 한 권의 책이 되는 것처럼, 책의 물성을 닮은 미스터리가 그렇게 태어난다.

🔗 잔혹한 미스터리의 테제와 일상 미스터리의 맛

미스터리에는 관습처럼 정해진 규범이 여럿 있다. 그중 대표적인 것은, 작품 안에서 일어나는 사건이 살인이어야 한다는 것이다. 물론 모든 작품이 그렇지는 않다. 하지만 살인이 아닌 사건을 탐정이 추적하는 경우는 드물다. 생각해 보면 당연하다. 단순한 강도 사건을 추적하는 걸 보며 스릴을 느낄 독자가 얼마나 될까?

하지만 '추리소설=살인'이라는 기묘한 등식은 절대적 법칙은 아니다. 초창기 추리소설, 가령 셜록 홈즈가 등장하는 작품 중에서도 살인 외에 강도나 유괴 등을 다룬 작품도 여럿 있었음을 상기해 보자. 살인은 가장 큰 자극을 줄 수 있는 소재일 뿐, 다른 유형의 범죄 또한 추리소설에서 다루지 못할 이유는 없다.

추리물의 세상은 사방팔방이 살인과 시체로 뒤덮여 있는 지옥이라는 농담을 들은 적 있다. 추리물에서 살인이 일상적으로 벌어지다 보니 그런 말도 나오는 것일 터이다. 하지만 이는 바꿔 말하자면, 현실은 절대로 그렇지 않다는 말이기도 하다. 현실을 그리는 추리 장르가 오히려 비현실성을 띠게 되는 역효과를 불러온 것이다.

어쩌면 그런 이유 때문에 일상 미스터리가 등장한 것인지도 모른다. 살인이라는 강렬한 자극에 길들여진 독자들의 입맛에 슴슴한 평양냉면처럼 불쑥 등장한 일상 미스터리는, 어떤 이들에게는 이 맛도 저 맛도 아닌 밍밍함으로 느껴지겠지만, 어떤 이들에게는 뜻밖의 깊은 풍미를 선사한다.

일상 미스터리는 특정한 하나의 형태를 가지기보다는 여러 다양한 방식으로 발전했다. 우선 요네자와 호노부의《빙과》를 위시한, 학교를 배경으로 하는 청춘물이 있다. 청소년 혹은 대학생 같은 아직은 풋풋하지만 점점 복잡해지는 내면과 차가운 현실과의 갈등 따위의 고민을 소소한 사건으로 풀어내는 방식이다.

또 다른 방향으로는 직업적인 전문성을 내세운 작품들이 있다. 특정 직업에 몸담은 이가 직업적 전문성을 발휘하여 수수께끼를 푸는 형식이다. 미카미 엔의《비블리아 고서당 사건수첩》시리즈는 이런 스타일의 대표 사례로 언급할 만한 작품이다.

👣 전문가 미스터리와 일상 미스터리의 결합

범죄와 관련된 직업인 탐정이나 경찰(혹은 도둑)이 아닌 아마추어가 자기의 직업적인 전문성을 발휘하여 범죄를 해결하는 작품은 다양하다. 하지만 전문가의 전문성이 일상 미스터리와 결합할 수 있을까? 그 점에서도《비블리아 고서당 사건수첩》은 흥미롭다.

시노카와 시오리코는 애서가이자 책에 대해서는 누구도 반박할 수 없는 전문성을 가지고 있다. 책의 판형과 출판 시기, 책의 내용과 일부 구절을 줄줄 말하는 모습을 보면 그러하다. 미스터리에서 탐정은 여러 해석 가운데 올바른 정답을 알려 주는 존재이다. 탐정이 제시한 해석을 사람들이 옳다고 믿는 건 탐정이 가진 전문성 때문일 것이다.《비블리아 고서당 사건수첩》에서 벌어지는 여러 사건은 책에 대해 무척이나 해박한 시오리코의 전문성이 아니라면 미궁에 빠지거나 잘못 해석될 것들이다. 그렇기에 시오리코는 탐정의 자격을 인정받을 수 있다.

전문성을 가진 탐정이 나오는 추리소설에서는 가진 약점을 보완할 존재로 조수 역할을 할 이가 등장하곤 한다. 이 작품의 왓슨 역인 고우라 다이스케는 책에 대한 거부감을 가지게 된 사건을 겪은 이다.

고서점과 가장 어울리지 않아 보이는 이가 왓슨이 되면서, 독자는 자연스레 이 인물이 어떻게 변하게 될지를 (그리고 기왕이면 탐정 시오리코와 잘되기를) 기대한다. 그럴듯한 조수 캐릭터 설정 또한 이 작품의 독특한 느낌을 만들어 준다. 여러 등장인물 사이의 관계성은 차분하고 우아하게, 그야말로 고서점을 연상케 하는 분위기 속에서 펼쳐진다.

개인적인 생각이지만, 전문가 탐정이 나오는 일상 미스터리는 마치 포교를 닮은 듯하다. 전문가가 보는 즐거운 그들의 세상을 매력적으로 소개하면서 일반인들에게 유혹의 손짓을 하는 느낌이다.

"자, 여기 이렇게 매혹적인 세상이 펼쳐져 있습니다. 여러분도 두려워 말고 들어오세요. 들어온 뒤의 일은 책임지지 않습니다."

전문적인 직업과 일상 미스터리의 결합을 다룬 작품 가운데 오카자키 다쿠마의《커피점 탈레랑의 사건 수첩》(2012) 시리즈가 가장 먼저 떠오른다. 아오야마 마코토가 카페 탈레랑에서 만난 바리스타 기리노 미호시와 여러 일상적인 사건에 엮이는 이 이야기에서는 바리스타라는 직업의 전문성을 활용해 미스터리를 해결하는 내용이다. 시리즈 1권의 이야기는《비블리아 고서당 사건수첩》1권을 떠올릴 수밖에 없지만, 이후에는 시리즈만의 독특한 스타일을 확립한다.

마츠오카 케이스케의《만능감정사 Q의 사건수첩》(2010) 시리즈는 감정사라는 특이한 직업을 내세웠지만 앞선 작품에 비하면 일상 미스터리의 색채는 약한 편이다. '전문적 직업+일상에서의 미스터리' 조합의 가능성을 넓힌 작품 중 휴우가 나츠의《약사의 혼잣말》(2014) 시리즈를 살펴볼 필요가 있다. 동양을 배경으로 한 가상 국가의 궁중에서 벌어지는 암투극에 약물과 독에 정통한 약사 소녀 탐정이 엮이면서 폭발적인 인기를 끈 작품이다. 미스터리로서의 깊이나 난이도는 다른 작품에 비하면 무척 약한 편이지만, 탐정의 독보적인 개성이 그 결점을 덮을 만큼 두드러진다.

위에서 언급한 세 작품 모두 일본에서 만화 미디어믹스가 이루어졌다.《만능감정사 Q의 사건수첩》은 일본에서 드라마로 제작되었으며《약사의 혼잣말》은 애니메이션으로 제작되어 큰 인기를 끌었다.

책을 둘러싼 미스터리는 다양하게 창작되었다. 그중 2006년에 처음 발간되어 '세후도 서점 사건메모'라는 시리즈로 묶인 오사키 고즈에의 작품이 떠오른다. 한국에서는《명탐정 홈즈걸》이라는 작품의 분위기와는 전혀 동떨어진 제목으로 나왔지만, 속에 담긴 이야기만큼은 철저히 서점과 책을 전문적으로 파고드는 이들을 위한 것이다.

도서관을 배경으로 한 미스터리라면 움베르토 에코의 《장미의 이름》을 언급해야만 한다. 중세 수도원의 미궁 같은 도서관을 둘러싼 연속되는 죽음을 다룬 이 작품은 추리소설로서의 깊이와 중세 철학과 역사에 대한 고증을 둘 다 잡은 무서운 작품이다.

세계를 강타한 북유럽 스릴러

밀레니엄:
여자를 증오한 남자들

Men som hatar kvinnor
2005

스티그 라르손 *Stieg Larsson, 1954~2004*

1983년 북유럽 최대의 스웨덴 통신사 TT에 입사해 저널리스트로 활동했다. 1995년에는 인종
차별과 극우파, 여러 사회문제를 고발하는 잡지 《엑스포》를 공동 창간하고 편집장으로서 반파
시즘 투쟁을 했는데 이로 인해 자주 암살 위협에 시달렸다. 베트남 전쟁 반대 시위에 참여했다
가 만난 여성 에바 가브리엘손과 사실혼 관계를 유지하면서도 32년간 법적으로 혼인하지 않은
이유도 이 때문이다. 노후 보장 차원에서 밀레니엄 시리즈를 총 10부작으로 구상했으나, 3부작
의 원고만 출판사에 넘긴 상태에서 갑작스럽게 심장마비로 사망한다. 2005년에 출간된 《밀레
니엄: 여자를 증오한 남자들》을 시작으로 《밀레니엄: 불을 가지고 노는 소녀》, 《밀레니엄: 벌집
을 발로 찬 소녀》가 1년 간격으로 차례로 출간되었다. 밀레니엄 시리즈는 유리열쇠상, 스웨덴
최고 추리문학상을 석권하고 세계적으로 1억 부가 팔리는 등 선풍적인 인기를 끌며 오늘날 북
유럽 스릴러를 대표하는 작품으로 자리매김했다.

👣👣 사라진 소녀, 진실을 쫓는 목숨을 건 추리게임

조카 손녀 하리에트의 실종에 대한 비밀을 풀어 달라고 의뢰하는 방예르 그룹의 회장 헨리크 방예르. 40년 전 헤데스타드 섬에서 열린 퍼레이드 날 그녀가 사라진 뒤로 헨리크는 생일 때마다 하리에트의 압화 액자를 우편으로 받는다. 하리에트가 자기 가문 사람에게 살해되었다고 확신하는 방예르는 자신이 죽기 전에 미스터리를 풀겠다는 각오를 하고 유명 기자였던 미카엘 블롬크비스트를 찾는다.

미카엘은 그가 약속한 두둑한 보수도 그렇지만 자신을 파멸로 몰아넣은 베네르스트룀의 약점을 알려 주겠다는 제안에 혹해서 사건을 수락한다. 천재 해커 리스베트 살란데르는 한 변호사의 의뢰로 미카엘 블롬크비스트의 뒷조사를 하던 중 그가 쫓는 살인 사건에 관심을 가지게 되고, 미카엘은 자신을 뒷조사한 그녀의 능력을 높이 사서 파트너로 함께할 것을 부탁한다. 그렇게 두 사람은 손을 잡고 진상을 파헤친다.

리스베트 살란데르는 정신병원 입원 경력과 강한 반사회적 성격으로 성인이 된 후로도 법적 후견인의 관리를 받는 인물이다. 소녀 같은 자그마한 체형에 볼품없는 외모, 코에 피어싱을 하고 문신으로 온몸이 뒤덮인 그녀는 외관과 달리 뛰어난 기억력과 사고력, 해킹 등 반전 능력의 소유자다. 얼핏 보면 단순히 사회 부적응자라고 볼 수 있지만, 세상의 핍박에도 굴하지 않고 반항하는 독기와 배짱은 누구도 따라오지 못한다. 얼마나 용맹한지 작품 후반부에는 고문실에서 죽음의 위기에 처한 미카엘을 구해 내고, 미카엘을 수렁에 빠뜨린 베네르스트룀의 비밀 계좌에서 돈을 전부 빼돌려 카타르시스를 선사하는 진정한 '걸 크러시'의 표본이다. 냉정하고 치밀한 그녀가 미카엘에게 단순히 성적 욕구가 아닌 인간으로서의 애정을 처음으로 느끼는 모습은 독자들에게 사랑의 위대한 힘을 일깨우기도 한다. 여주인공 리스베트의 베일에 가려진 개인사는 2권《밀레니엄: 불을 가지고 노는 소녀》에서 보다 구체적으로 다루어진다.

'북유럽에서 성경 다음으로 많이 팔린 책'
'어른들을 위한 해리포터'

2005년부터 이어진 밀레니엄 시리즈에 쏟아진 찬사다. 스웨덴 국민 3분의 1이 넘게 읽었고 전 세계 52개국에서 1억 부에 달하는 판매량을 기록한 이 시리즈는 유리열쇠상과 스웨덴 최고 추리문학상을 수상했고 미국, 영국, 독일, 프랑스 등지에서 아마존 종합 베스트셀러 1위를 달성했다. 2023년 타임지가 선정한 세계 100대 추리, 스릴러 소설에도 선정되었다. 이러한 세계적 인기와 영광을 마땅히 누려야 할 작가 스티그 라르손은 안타깝게도 원고를 출판사에 넘기고 출간을 6개월 앞둔 2004년에 세상을 떠났다. 사후에야 빛을 본 그의 작품들은 기존에 구상했던 10부작이 아닌 3부작까지만 출간되었는데, 이후는 유가족의 의뢰를 받은 다비드 라게르크란츠가 집필해 6부작으로 완결되었다.

《밀레니엄: 여자를 증오한 남자들》은 시리즈 첫 작품으로 출간과 동시에 평단의 극찬과 독자들의 열렬한 반응을 얻으며 5000만 권 이상이 팔렸다. 인기에 힘입어 2009년 스웨덴에서 영화화되었고, 2011년에는 데이비드 핀처 감독이 할리우드에서 영화로 만들었다. 2011년에 개봉한 작품은 영국 아카데미 외국어영화상, 미국 아카데미 편집상, 새턴 어워즈 최우수 호러 스릴러상을 수상하며 호평을 받았다.

🔓 평화로운 복지국가와 그 이면의 잔혹한 현실

밀레니엄 시리즈가 이토록 세계적인 돌풍을 일으킨 이유는 무엇일까? 충격적인 사건 전개, 매력적인 캐릭터 등 여러 가지 요소가 있겠지만, 북유럽이라는 생소한 곳을 배경으로 한 점을 우선 꼽아볼 수 있다. 복지 국가로서 평화롭다고 인식되는 스웨덴에서 벌어진 끔찍한 연쇄살인이라는 설정부터가 독자들을 매료시키고, 인류가 탄생한 이래 숙명처럼 역사 속에서 반복되어 온 추악한 살인 동기는 밝혀진 이후에도 머릿속을 떠나지 않고 맴돈다. 이제 그것은 소설이 아닌 현실의 사회문제로서 대두하여 애써 진실을 외면하던 독자들의 마음을 불편하게 만든다.

소설이라는 가상의 세계에서 벌어진 사건임을 암시하는 비현실적인 동기와 탐정, 트릭은 이 책에서 찾아볼 수 없다. 언론인 출신의 작가다운 간결하고 생생한 서술은 소설의 모든 것이 현실 속에서, 우리의 주변에서 벌어진 사건이라고 끊임없이 호소한다. 세계 행복지수 7위 안에 드는 복지 국가라는 이상적인 가면 뒤에 숨겨진 잔인함과 비정함, 도덕적 타락을 맞닥뜨리면서 독자들은 보이는 것이 전부가 아니라는 사실을 깨닫고 몸서리를 친다.

이는 비단 살인 사건에만 국한되는 것이 아니다. 도입부에서 주인공 미카엘 블롬크비스트가 기자로서의 양심을 걸고 부패 재벌 베네르스트룀을 폭로하지만, 음모에 휘말려 징역형을 선고받는 것이나 후견인 비우르만 변호사에게 성폭행을 당하는 여주인공 리스베트 살란데르의 절규는 곳곳에 있는 썩은 이빨은 아픔을 감수하고라도 뽑아 내야 한다는 작가의 의도를 드러낸다.

🐾 소설보다 안타까운 작가의 생

주인공 미카엘 블롬크비스트는 스티그 라르손의 삶이 투영된 인물이다. 통신사에서 저널리스트로 활동했던 그는 1995년 잡지 《엑스포》를 창간하여 인종차별과 파시즘, 극우파를 비롯해 스웨덴의 여러 사회문제를 고발했고, 반파시즘 투쟁으로 반대파의 암살 위협에도 끊임없이 시달렸다. 에바 가브리엘손과 사실혼 관계를 유지하면서도 법적으로 혼인 신고를 하지 못한 것도 그런 위태로운 삶 때문이었다. 그가 편집장을 맡았던 《엑스포》가 미카엘이 근무하는 《밀레니엄》 잡지의 모델이라는 것과 어떤 외압에도 굴복하지 않고 꿋꿋하게 진실을 향해 나아가는 미카엘이 작가의 분신이라는 점은 자명하다.

살아서는 밀레니엄 시리즈의 인기를 누리지 못한 불운의 작가 스티그 라르손. 그는 4권을 집필하던 중 미완성으로 남겨둔 채 생을 마감했는데 시리즈의 히트 이후로도 그 원고는 대중에 공개되지 않고 있다. 다비드 라게르크란츠가 4권을 집필했다지만 그건 기존의 내용은 반영되지 않은 소설이다.

스티그 라르손의 동반자였던 에바 가브리엘손과 라르손의 아버지, 동생은 장기간에 걸친 법적 분쟁을 했는데, 그가 자신의 아내를 암살 위협에서 안전하게 하려고 혼인 신고를 하지 않은 탓이었다. 그의 유산은 평소 왕래가 별로 없었던 아버지와 동생에게 갔고 사실상 반쪽이자 함께 소설을 구상했던 에바 가브리엘손은 인세조차 얻어 내지 못했다. 그녀가 라르손의 미완성 원고를 그들 부자에게 넘기는 것을 끝내 거부함으로써 독자들은 라르손이 구상했던 10부작의 내용이 무엇인지 영영 알 길이 없어진 셈이다.

밀레니엄 시리즈를 재밌게 읽은 분들이라면 다른 북유럽 미스터리에도 눈을 돌려 보는 것을 추천한다. 초창기 북유럽 미스터리를 세계에 널리 알린 마이 셰발, 페르 발뢰의 《로제나》 등 마르틴 베크 시리즈부터 노르웨이의 국민 작가 요 네스뵈의 《스노우맨》으로 대표되는 해리 홀레 시리즈가 매서운 겨울바람이 휘몰아치는 스칸디나비아 반도의 독특하고 아름다운 매력에 빠져들게 할 것이다.

#신사회파미스터리【조동신】

홍콩이라는 역동적인 도시를 담아낸 작품

13.67

2014

찬호께이 陳浩基, 1975~

홍콩에서 태어나고 자랐다. 대학을 졸업한 뒤 대만추리작가협회 작품공모전에 참가한 것을 계기로 추리소설을 쓰기 시작했다. 현재 대만추리작가협회 해외 회원으로 활동하고 있다.
2008년 추리동화《잭과 콩나무 살인 사건》으로 제6회 대만추리작가협회 공모전 결선에 오르며 타이완 추리소설계에 등장했고, 다음 해인 2009년 추리동화 후속작 <푸른 수염의 밀실>이 제7회 공모전에서 1등상을 받으며 이름을 알리기 시작했다. 이후 장편 추리소설《합리적인 추론》, 단편 SF소설 <시간은 곧 금> 등으로 타이완의 대중문학상을 여러 차례 받았다. 2011년《기억나지 않음, 형사》로 제2회 시마다 소지 추리소설상을 받으면서 시마다 소지로부터 '무한대의 재능'이라는 극찬을 받기도 했다.

👣 죽음을 앞둔 경찰의 전설과 홍콩의 현실

이 작품은 관전둬라는 한 경찰관의 성장기를 여섯 개의 단편을 통해 역순으로 보여 주는 연작 단편집으로 제목인 《13.67》은 연도를 나타내며, 모든 에피소드는 각각 다른 해에 일어난다.

첫 에피소드인 〈흑과 백 사이의 진실〉은 2013년 홍콩의 한 병원에서 시작한다. 경찰의 전설이라 불리는 관전둬는 죽음을 앞두고 보지도, 말하지도 못한 채 누워 있을 뿐이지만 들을 수는 있으므로, 기계와 자신을 연결하여 뇌파로 '예', '아니오'로만 대답할 수밖에 없다. 하지만 이 방식으로 사건을 해결해 낸다.

〈죄수의 도의〉의 배경은 2003년, 관전둬는 은퇴한 지 오래지만 경찰에 고문으로 오가면서 예전의 부하인 뤄샤오밍(2013년에도 등장)에게 사건 해결과 관련된 조언을 해 준다. 이번 사건은 홍콩 연예계와 관련된 어두운 면을 보여 주고 있다.

〈가장 긴 하루〉는 홍콩이 중국으로 반환된 해인 1997년을 배경으로 삼고 있다. 관전둬는 약간 이른 은퇴를 하려고 한다. 그런데 그날 상가에서 의문의 부식액 테러 사건이 일어나고 동시에 중국에서 넘어와 있던 범죄자가 탈옥하는 일이 벌어진다. 관전둬는 은퇴 전 마지막 사건을 해결한다.

〈테미스의 천칭〉은 1989년, 홍콩 경찰이 중국에서 넘어온 악명 높은 범죄자를 잡는 작전을 펴고 그가 어느 집에서 대량 학살을 일으키게 된다. 하지만 그 뒤에 있던 추잡한 진실을 관전둬만

이 알아내게 되는 이야기다.

〈빌려온 공간〉은 1977년, 홍콩에서 근무 중인 경찰 그레이엄의 아들이 유괴되는 이야기다. 그레이엄의 집에는 몸값을 요구하는 전화가 온다. 하지만 범인의 요구는 점점 이상해지고, 관전뒤는 이 사건 뒤에 부패한 경찰관 여러 명이 연루되어 있음을 알게 된다.

마지막 단편인 〈빌려온 시간〉은 특이하게도 유일하게 일인칭 주인공 시점이며, 1967년을 배경으로 삼고 있다. 주인공은 어느 날 우연히 좌파들이 홍콩 곳곳에서 폭탄을 터뜨릴 것이라는 계획을 듣게 되고 이를 경찰에 신고하지만, 당시 친중국 좌파들의 시위 때문에 경찰관들은 다들 정신이 없다. 주인공은 겨우 자신을 도와주는 경찰관을 만나 이 사건의 뒤를 쫓는다.

조금 진부한 표현이지만 이 작품의 진정한 주인공은 홍콩이라는 도시 그 자체라고 할 수 있다. 따지고 보면 19세기 이후 홍콩만큼 파란만장한 역사의 도시도 드물다. 1842년 아편전쟁 이후 영국에 할양되었다가 1997년까지, 99년간 임대로 바뀌었다. 중국이 공산화되자 중국에서 많은 수의 자본가, 특히 금융업 종사자들이 홍콩으로 피해 왔다. 자연스레 홍콩은 금융업과 무역의 중심지가 되었고, 동남아는 물론 서양 사람들까지 많이 오가는 곳이 되었다. 뿐만 아니라 중국 본토에서 죄를 지은 사람들도 홍콩을 도피처로 삼기도 했다. 그러나 1997년에 중국으로 반환되자 그 여파도 컸다. 불과 몇 년 전에도 반중 시위가 일어나는 등 여러 부침을 겪고 있다.

그런 면에서 보면 홍콩에서는 좌우 대립이 한국보다도 더 심했다고 할 수 있다. 주민들은 총독부의 영국 관리들을 흰 돼지, 중국인인 경찰관은 그들의 지시를 받으므로 누런 개라 불렀으며, 게다가 친 공산당 세력 등이 시위를 벌이는 일도 잦았다.

즉, 이 작품은 한마디로 홍콩이라는 도시의 역사를 추리소설이라는 형식으로 표현해 냈다고 할 수 있다.

🔗 무한대의 재능, 찬호께이

찬호께이는 본격 미스터리는 물론, 상당히 다양한 분야의 추리소설을 쓴 작가이므로 그의 작품 하나하나마다 여러 가지 매력을 느낄 수 있다. 《기억나지 않음, 형사》는 찬호께이에게 시마다 소지 특별상을 안겨준 작품이다. 기억상실증에 걸린 형사가 자기 자신의 정체를 밝혀 나가는 과정, 그리고 그동안에 계속 일어나는 다른 사건을 쫓는 일이 잘 나타나 있다.

《13.67》이 홍콩의 과거를 보여준다면,《망내인》(2017)은 홍콩의 현재를 보여 준다. 인터넷이 보편화된 세상, 각종 가짜 뉴스가 나오고 이로 인하여 한 사람이 어떻게 매장되는지 등을 잘 나타낸 작품이다. 부모를 잃고 동생과 둘이 살던 어우야이는 자신의 동생이 인터넷상에서 공격을 받고 자살하는 비극을 겪는다. 이에 동생을 괴롭힌 사람들을 찾으려다가 신비에 싸인 천재 해커 아녜를 만나 그들을 추적한다.

《디오게네스 변주곡》(2018)도 추천할 만하다. 찬호께이가 데뷔 10주년을 맞이해 낸 단편집으로 10년 동안의 단편을 모음곡 형식으로 매 단편마다 클래식 음악처럼 순서를 정리하고 표제를 붙였다. 작가가 철학자 디오게네스처럼 깊은 상상 속에서 창작한 작품들 모음이라는 뜻이다. 찬호께이라는 작가의 여러 면을 볼 수 있는 작품집이다.

《염소가 웃는 순간》(2019)은 캠퍼스 기담이라는 소재를 다룬 공포소설이다. 어느 대학의 기숙사에는 7대 불가사의라 불리는 괴담이 있다. 그 중 하나인 악마 소환 의식이 벌어진 지하실이 아직 그 기숙사에 그대로 남아 있는데, 주인공과 기숙사 친구들은 모두 그리로 다녀온 다음부터 한 명씩, 그 7대 불가사의 내용에 맞춰서 사라지기 시작한다는 이야기다.

이토록 다양한 시도를 하면서 질도 떨어지지 않으니, 시마다 소지가 '무한대의 재능'이라고 할 만하기도 하다.

🔍 이 작품이 흥미롭다면 ────────

중화권 미스터리는 한국에 그리 많이 소개되지는 않았다. 대만 추리작가 협회에서는 중국어로 쓴 추리소설이라면 어디에서든 받는다. 따라서 찬호께이처럼 홍콩 출신, 혹은 말레이시아나 싱가포르 등 다른 곳의 화교들도 작품을 낼 수 있어서 그만큼 다양한 배경의 소설이 투고되곤 한다.

물론 중국 본토의 추리소설도 몇 편이 나오기도 했다. 그중 추천할 만한 것은 레이미의 '심리죄 시리즈'다. 레이미는 형법학 및 범죄심리학 교수라는 점 외에는 자세한 이력이 알려지지 않았다. 그는 이 시리즈를 2006년 티엔야 포럼의 한 게시판에 연재하기 시작하였고, 2007년 종이책 초판을 출간하였다. 이 시리즈는 주인공 팡무가 범죄학을 전공한 뒤 경찰로 성장해 나가는 스토리를 담고 있다. 한국에는 1부《프로파일링》(2014), 2부《교화장》(2014), 3부《검은 강》(2014)까지 3권이 나와 있다.

1부《프로파일링》은 대학생인 팡무가 경찰의 자문이 되어서 살인 사건을 해결해 나가는 내용이다. 현장을 보고 범인의 성별, 외모, 가정환경, 경제 상태 등을 순식간에 읽어 내는 팡무는 경찰을 도와 살인 사건을 해결해 나가는데, 도시와 대학 주변에서는 게리 리지웨이, 해럴드 시프먼 등 실제로 악명 높은 연쇄살인범의 사건 방식을 따라하는 살인 사건이 일어나며 범인이 궁극적으로 노리는 것은 바로 팡무 자신임을 알게 된다.

이러한 설정은 오늘날 영미권 스릴러 소설에서는 비교적 흔히 볼 수 있지만, 배경을 중국으로 했다는 점에서 색다른 맛이 있다. 또한 2부부터는 본격적으로 경찰이 된 팡무의 활약이 이어진다. 시리즈가 진행되어 감에 따라 팡무가 어떻게 변화하는지 보는 재미도 있다.

'심리죄' 시리즈는 영화《더 크리미널 마인드: 공공의 적》(2017)과《길티 오브 마인드》(2017)가 제작되기도 했고, 웹드라마로도 만들어졌으며, 현재 여러 언어로 번역되어 유럽 및 아시아 등의 국가에 널리 소개되어 사랑받고 있다. 대만의 추리소설 중에는 워푸의《픽스》(2017)도 읽을 만하다. 제목

'픽스FIX'는 고치고, 바로잡고, 보완하며, 마음 깊이 기억한다는 의미다.

이 작품은 대만에서 실제로 일어났던 사건 7개를 소재로 추리소설을 쓰는 작가들의 이야기인데, 작가에게 어느 날 '아귀'라는 아이디의 인물이 메일을 보낸다. 작가가 잘못 짚었고 사건의 진상은 다르다는 내용이다. 과연 이 '아귀'의 정체는 무엇이며 책 내용을 어떻게 알았을까. 작가들은 혼란스러워하면서도 아귀의 말을 따른다.

이 작품을 통해 작가는 본인의 추리소설 창작론을 내세우기도 한다. 미스터리는 어떻게 쓰고, 기본 요소들을 어떻게 결합하고 세부 사항까지 완성해 나가는 방법 등을 자세히 보여 주기도 한다.

환상 속 뭉클한 미스터리

거울 속 외딴 성

かがみの孤城

2017

츠지무라 미즈키 辻村深月, 1980~

어릴 때부터 호러와 미스터리를 좋아했고, 2004년《차가운 학교의 시간은 멈춘다》로 제31회 메피스토상을 수상하며 작가로 데뷔했다. 2011년《츠나구》로 제32회 요시카와 에이지 문학 신인상을 수상, 2012년에는 범죄를 테마로 한 소설집《열쇠 없는 꿈을 꾸다》로 제147회 나오 키상을 수상, 2018년《거울 속 외딴 성》으로 제15회 서점대상 1위가 되며 일본에서 사랑받는 작가로 자리매김했다.

난임 부부와 열다섯 살 미혼모라는 두 가족을 통해 '가족이란 무엇인가'라는 긴 여운을 남기는 《아침이 온다》는 일본에서 드라마와 영화로까지 제작되었고, 영화는 2020년 칸 영화제에 초 청되는 환영을 받았다. 그 외에도《얼음고래》,《테두리 없는 거울》,《어쩌다 너랑 가족》등의 책 을 썼다.

👣 환상성과 구원

학교에서 괴롭힘을 받아 등교하지 않는 중학생 소녀 코코로. 집 안에서만 생활하지만 그마저도 바깥에서 들여다볼지도 모를 시선이 두려워 방에 틀어박혀 지낸다. 그러던 어느 날, 방 안에 있던 거울이 빛나기 시작했다. 거울 속에 펼쳐진 낯선 성 안에는 코코로와 사정이 비슷한 6명의 아이들이 있었다. 영문도 모르고 끌려온 그들 앞에, 늑대 가면을 쓴 기묘한 여자아이가 나타난다. 그리고 "1년 동안 소원 열쇠를 찾아야 한다"고 지시하는데…….

이상하지만 바깥세상보다 마음이 놓이는 성, 하지만 성에는 여러 금기가 있고, 모인 아이들은 학교에 가지 못하는 공통점을 가지고 있지만 어딘지 모르게 어긋나는 점도 있다. 거울 속 성에서의 만남은 과연 어떤 일로 이어지게 될까?

판타지 속에서 그려지는 낯선 세계는 우리가 만나는 익숙하고 지겹고 힘든 일상과는 전혀 다른 모습이다. 작품을 읽으며 낯선 세상을 '안전하게' 만끽한다. 판타지가 선사하는 일탈은 잠깐의 도피일 수도 있다. 하지만 판타지의 세계를 걸으며 펼쳐지는 거침없는 모험과 신비로운 존재들과의 만남은 우리가 숨을 돌릴 수 있게 해 준다. 잠깐의 숨 돌리기로 휴식을 취한 우리는 다시 일상을 걸어갈 위안과 용기를 얻는다. 결국 판타지의 일탈은 일상에서 우리를 구원하는 행동일지도 모른다.

《거울 속 외딴 성》에서 작중 등장인물에게는 현실에서 도피를 택할 저마다의 사정이 있다는 점이 흥미롭다. 거울 너머의 세계는 미스터리하고 신비한 공간을 넘어 그들을 구원해 줄 것만 같은 공간이 된다. 거울 너머의 신비로운 외딴성에서 겪은 기나긴 모험은 그곳에 온 고독한 아이들에게 결속과 유대를 선사하며, 결국 모두에게 현실을 대처하고 극복할 용기를 준다.

판타지에 담긴 구원은 그렇게 《거울 속 외딴 성》의 작중 테마와 절묘하게 엮인다. 어쩌면 작가가 판타지라는 장르의 매력을 제대로 담으려고 시도했기에 이런 이야기로 풀어낸 것인지도 모른다.

🔗 판타지에 미스터리를 더하기

판타지라는 장르는 매력적이다. 읽는 이의 가슴을 두근거리게 하고 머리에서 온갖 상상을 피어오르게 하는, 낯설지만 뜻밖에 어색하지 않은 세계에서 펼쳐지는 모험담이 그려진다. 어쩌면 판타지야말로 장르문학 중에서 가장 자유로운 분야가 아닐까. 판타지 장르를 떠올릴 때마다 광활하게 뻗은 대지나 끝없는 바다가 떠오르는 건 그 때문일지도 모르겠다.

그런데 판타지가 미스터리와 결합할 수 있을까? 단순한 질문 같지만, 뜻밖에 그 답은 단순하게 나오지 않는다. 추리와 미스터리 장르를 살펴보면, 그 속에 철저한 규범과 질서를 품고 있다는 사실을 발견할 수 있다. 본격 추리소설에서 언급되는 10계나 20계 같은 규칙을 떠올려 보라. 그런 '엄격한' 미스터리가 '자유로운' 판타지와 결합한다고? 언뜻 물과 기름을 한데 섞는 일 같다. 양자의 결합은 까다롭게만 보인다.

하지만 이 둘이 잘 섞이기만 하면, 각 장르가 가진 장점이 극대화되면서 독자에게 신선한 매력을 드러낼 수 있다. 그런 매력을 보이는 작품 중 하나가 츠지무라 미즈키가 쓴《거울 속 외딴 성》이다. 이 작품은 판타지와 미스터리를 일상과 결합하여 잔잔한 여운과 감동을 주는 작품이다.

《거울 속 외딴 성》은 미스터리로서의 요소도 놓치지 않고 있다. 거울 속 성에 불려 온 등장인물들은 공통점을 가지고 있다. 모두 등교 거부아고, 같은 중학교를 다닌다. 하지만 그들의 이야기는 완전하게 맞물리지 않는다. 어째서일까?

이 의문은 판타지나 SF 장르 속 관습으로도 설명 가능하다. 아니, 오히려 그쪽으로 설명하는 편이 더욱 자연스러우면서도 손쉬운 방법이다. 하지만 작가는 그 방법을 취하지 않고, 서술의 어긋남을 추리와 미스터리의 방법으로 풀어낸다. 작가가 제시한 해결책은 작품 속에서 효과적으로 기능한다. 그래서 일반적인 판타지나 추리 장르 작품에서는 느끼기 어려운 감동과 여운을 주는 데 성공한다.

이 작품은 성장 소설로서도, 소위 '힐링 소설'로서도 읽힐 수 있다. 작품 속 등장인물들이 겪는 고민은 충분히 현실적이기 때문이다. 작가는 인물의 고민을 장르적인 방식으로 훌륭하게 해결해 낸다. 그래서 이 작품은 비슷한 부류로 엮일 작품들과 전혀 다른 색깔을 지닌다.

서로 다른 장르의 결합은 무척 어렵다. 하지만 제대로 해내기만 한다면, 자신만의 독특함이 태어난다.《거울 속 외딴 성》은 그걸 증명한 좋은 사례이다.

🔍 이 작품이 흥미롭다면

츠지무라 미즈키는 환상적인 배경에서 벌어지는 미스터리한 사건을 그린 소설을 여럿 썼다. 데뷔작인《차가운 학교의 시간은 멈춘다》는 현실과 동떨어진 듯한 이상한 공간에 갇힌 학교에 돌연 남겨진 인물들이 마주한 현상의 진실을 찾아내는 내용이다.

서로 다른 장르가 한 소설에서 결합하는 것은 어렵지 않게 찾아볼 수 있는 현상이다. 판타지와 미스터리 역시 마찬가지이다. 따지고 보면 유명한 '해리 포터 시리즈'도 판타지 배경 속에서 벌어지는 미스터리를 파헤치는 작품이지 않은가. 하지만 미스터리와 추리를 메인으로 하여 결합한 작품은 그 반대의 경우보다는 적은 듯하다.

미국의 작가 랜달 개릿이 쓴 '다아시 경 시리즈'는 마법이 존재하는 세계관 속 유럽의 대체 역사를 배경으로 한다. 이 작품은 판타지나 스팀펑크를 연상시키는 SF의 외형을 하고 있지만, 내용은 꽤 정통적인 후던잇 미스터

리이다. 한국에서는《셰르부르의 저주》(1979),《마술사가 너무 많다》(1966),
《나폴리 특급 살인》(1981) 세 권이 번역되어 나온 적 있다.

아오야기 아이토가 쓴《옛날 옛적 어느 마을에 시체가 있었습니다》(2019)
와《빨간 모자, 여행을 떠나 시체를 만났습니다》(2020)는 민담과 동화를
미스터리와 결합한 작품이다. 전자는 일본 전래 민담과 동화를, 후자는 서
양의 민담과 동화를 가져와 거기 나오는 등장인물이 미스터리한 사건에
휘말리는 전개이다.《빨간 모자, 여행을 떠나 시체를 만났습니다》는 넷플
릭스 시리즈로 만들어지기도 했다.

동화와 미스터리의 결합을 시도한 작품 중에서는 찬호께이의《마술 피
리》(2020)도 언급해야 할 것이다. 작가 호프만과 조수 안데르센(이 노골적
인 작명들을 보라!)이 여행 중에 만나는 여러 사건을 해결하는 내용으로, 특
히 첫 번째 이야기인 〈잭과 콩나무 살인 사건〉은 찬호께이가 작가로서 첫
발을 내딛은 작품이기도 하다.

요괴나 귀신을 미스터리와 결합시킨 작품도 눈에 띈다. 시로다이라 쿄의
《허구추리》시리즈는 요괴들의 지혜의 신이 된 이와나가 코토코와 어릴
적 먹은 요괴의 고기로 다른 요괴들에게 두려움의 대상이 된 사쿠라가와
쿠로가 만나서 겪는 사건들을 그린 작품이다. 소설과 만화로 활발하게 제
작되는 중이며 이를 바탕으로 한 애니메이션 또한 제작되었다.

세계 추리소설
필독서50

세계 추리소설 필독서 50

초판 1쇄 발행 2025년 1월 6일

지은이 무경, 박상민, 박소해, 이지유, 조동신
펴낸이 정덕식, 김재현
펴낸곳 (주)센시오

출판등록 2009년 10월 14일 제300-2009-126호
주소 서울특별시 마포구 성암로 189, 1707-1호
전화 02-734-0981
팩스 02-333-0081
메일 sensio@sensiobook.com

책임 편집 장혜원
디자인 Design IF
경영지원 임효순

ISBN 979-11-6657-180-0 (03800)

소중한 원고를 기다립니다. sensio@sensiobook.com